RÍO SUBTERRÁNEO

Josu Iturbe

© D.R. Josu Iturbe, 2012

© D.R. de esta edición:
Santillana Ediciones Generales, SA de CV
Av. Río Mixcoac 274, Col. Acacias
CP. 03240, teléfono 54 20 75 30
www.sumadeletras.com/mx

Diseño de cubierta: Allan Rodríguez

Primera edición: enero de 2012

ISBN: 978-607-11-1684-0

Impreso en México

Índice

Pareciera que toda vida, la temporal existencia de cada uno de los humanos que somos o hemos sido, fuera como un río, a veces caudaloso y lleno de afluentes, estrecho riachuelo en otras ocasiones, lleno de rápidos o lento como delta. Pero esta vida río tiene, fuera de la vista, por debajo de su cauce, a metros y metros de profundidad, otro río de lo que no se ve, de lo que permanece escondido, el río de lo subterráneo, fuerte corriente de eso que, a menudo, nos ocultamos a nosotros mismos.

A mi niña grande,
a la hermosa Laura.

Capítulo 1

El tiempo de las mentiras

...creyendo que si allí los navíos dejase, se me alzarían con ellos, y yéndose todos los que de esta voluntad estaban, yo quedaría casi solo, por donde se estorbara el gran servicio que a Dios y a vuestra alteza en esta tierra se ha hecho, tuve manera como, so color que los dichos navíos no estaban para navegar, los eché a la costa por donde todos perdieron la esperanza de la tierra. Y yo hice mi camino más seguro y sin sospecha que vueltas las espaldas no había de faltarme la gente que yo en la villa había de dejar.

(*Segunda carta de relación de Hernán Cortes al emperador Carlos V*, del 30 de octubre de 1520. Ed. Porrúa, México 2005)

Es verano, el terrible verano yucateco, cuarenta grados a la sombra en la blanca Mérida, hora de la siesta. En la calle desierta, flanqueada por aparentemente abandonadas villas de altos ventanales enrejados, se escucha el lento ritmo marcado por los cascos de un caballo, un jamelgo sería más correcto, que tira de un carruaje chirriante. En el silencio espeso del callejón los equinos pasos resuenan como campanas que tocan a muerto. Doblando la esquina se detiene y claro, muelles que crujen, monedas que caen, caballo que rezonga, látigo, y luego el seco compás que se aleja. Contra el muro de una mansioncita en decadencia se recorta una figura alta y corpulenta, viste una gabardina casi blanca. Con ciertas dificultades de equilibrio saca un enorme pañuelo del bolsillo trasero del pantalón, se quita el sombrero finamente trenzado y se enjuaga la frente que se alarga en una lisa calva hasta el cogote. Carraspea, tose y toca el timbre. Nadie responde, es Mérida, y es verano. La figura se arrima a la puerta buscando una sombra que no existe; el sol, en lo alto, cae sobre su cabeza sin remedio haciendo brillar la coronilla. Suenan pasos dentro de la casa. Se oyen lejos, como si el edificio fuera enorme, desde el exterior no lo parece. Todavía se tardan un rato en abrir, el hombre en la calle está envuelto en sudor y no se da abasto con el pañuelo. Se descorre un cerrojo, luego otro, la puerta se abre, una anciana de oblicuos ojos negros se asoma, lo mira de abajo a arriba, no debe de medir más de un metro veinte pero se impone. La figura alta se inclina y casi implora.

—Buenas tardes, busco a…

—Pase usted.

Tiene que doblarse para cruzar por el umbral, alguien más cierra la puerta, caminan por un oscuro zaguán hasta la casa desprovista de muebles, pasan como una exhalación por varias habitaciones, atraviesan un patio de vegetación ajada y eco desproporcionado y, tras un largo pasillo que más parece un túnel, entran a una iglesia iluminada por cientos de velas. La anciana se retira mientras el hombre observa con la boca abierta el altar tras el que relumbra el oro que recubre el retablo, sube dos escalones para acercarse. En el centro, entre relieves y molduras relucientes, entre angelotes y corderos, se nota un vacío, se puede percibir incluso la sombra de una cruz de un metro de alto y los signos evidentes del uso de una palanca. Acerca un dedo para tocar la madera dañada.

—No por favor, no lo haga.

La voz grave y seca hace voltear al hombre sobresaltado como un niño al que han agarrado, por la oreja, en el momento de meter el dedo en el pastel.

—Viene de la policía… ¿no debería usar guantes?

—Padre, ¿esto es lo que se han robado? No parece gran cosa… ¿oiga todo es de oro? —aunque habla correctamente castellano, tiene un leve acento gringo.

—Pan de oro.

—Permítame que me presente, soy el agente especial asignado a este caso.

Al aproximarse, las tablas del piso del ábside crujen bajo el peso del musculoso policía. Se dan la mano, es una escena rara, el policía vestido de blanco doblando el tamaño del sacerdote que de negro riguroso estrecha cordialmente la manaza del agente que parece más bien un luchador de sumo güero. Además el padre es delgado, de tez morena y rasgos marcados, nariz aguileña y profundas arrugas, mientras que el hombre de la ley tiene un ancho y cuadrado rostro rubicundo y de edad indefinida.

—Ya era hora, hace más de una semana que los llamé, yo soy el padre Efraín, y esto es una desgracia.

—¿En cuánto está valorado el objeto?

—Se trata de un cristo policromado del siglo XVI que...

—Sí, sí, pero ¿como cuánto?

—No lo sé, mucho, de todos modos no estaba asegurado. ¿Me dijo usted su nombre, agente especial...? —El rostro lampiño y pálido del padre Efraín parece contraerse todo al entrecerrar los ojos.

—Eh..., Martínez, Martínez López. Pero veamos...

El agente Martínez pasea a lo largo del retablo.

—¿Y esto otro?

—¿El sagrario? No lo toque por favor.

Antes de que el policía llegue a posar la mano sobre la urna dorada que descansa sobre una columna de mármol el cura se lanza trapo en ristre interceptándolo. Lo mira con furia y restriega los relieves de la hornacina compulsivamente.

—¿Es de oro?

—Éste sí, agente especial Martínez —el cura parece calmarse un poco aunque no deja de pulir la superficie labrada con infinidad de figuras barrocas—. Nos lo regaló el obispo, por lo de los milagros, ya sabe.

—Ajá, oiga señor padre, ¿no es muy extraño que se llevaran el crucifijo y no esto? A mí se me antojan más de diez kilos de oro?

—Yo que sé... Lo peor es que el cristo es muy venerado por los parroquianos, y no sabe lo devotos que son... en cuanto se enteren que se han llevado a su jesusito, la que se va a armar —el padre Efraín se santigua dos veces, se queda pensativo un instante y se vuelve a santiguar.

—Es mejor que no lo sepa nadie, diga que lo están restaurando. Por cierto, ¿tiene alguna fotografía del objeto en cuestión?

—Del crucifijo.

—Eso.

—Enseguida.

El padre Efraín sale por una puerta lateral y el agente aprovecha para admirar el retablo del frente de la iglesia, tres pisos de santos y columnas, recubierto hasta el último centímetro de delgadísimas láminas de oro. Ya no se acuerda de las enseñanzas del catecismo y no sabe identificar a los santos que ocupan entre rayos y nubecitas doradas todos los vanos hasta el techo. El excesivo brillo de las velas sobre el precioso metal empieza a molestarle, gira sobre sus talones justo cuando el padre regresa con la foto.

—Es una pieza única, el párroco anterior me contó que desde que él llegó, y antes, se decía que el crucifijo era parte del mascarón de proa...

—¿Un qué?

—Eso que iba en los barcos antiguos, adelante, ya sabe...

—¿Como los dragones en los barcos vikingos?

—Pues algo así, pero que éste era el mascarón de proa del barco en el que llegó Cortés.

—Pues ¿no que quemaron sus naves en Veracruz?

—Sí pero, yo que sé... le digo lo que se decía, y se dice.

—Sería como un souvenir que se trajeron los gachupines, de recuerdo, pero ¿cómo acabó en este barrio de Mérida?

—Ay, amigo, los designios del señor son inescrutables, y lo que tiene que pasar siempre pasa.

—Pues eso que ni qué.

—Si no le molesta vuelva a salir por detrás, es mejor.

El policía sale escoltado por la silenciosa señora mientras el padre Efraín se arrodilla ante el altar tras el que destaca el vacío dejado por el cristo robado. Se concentra en el rezo y mueve la cabeza con pesadumbre.

—Dios mío, haz que regrese pronto tu hijo.

De repente abre los ojos con expresión asustada, parece como si el suelo temblara, trata de incorporarse pero cae contra los bancos, se oye un crujido como de madera quebrándose, como de un árbol a punto de ser derribado, no puede creerlo, el retablo comienza a oscilar, rechina como si una fuerza tremenda lo empujara desde atrás. Logra incorporarse y todavía tiene tiempo de santiguarse estupefacto, eso lo pierde, el retablo completo, como un castillo de naipes, se despega de la pared derrumbándose sobre el altar y sobre el pobre párroco que lo último que ve es el impasible rostro de san Pedro abalanzándose sobre él. Una nube de polvo envuelve el interior de la iglesia.

* * *

Ha estado mirándolo desde hace un rato, le ha llamado la atención, lo cual es novedad para una mujer como ella en un momento de su vida en el que lo normal es mirar para adentro. Sentada en la terraza de un café en el centro de la capital guatemalteca lee la prensa como si buscara algo que evidentemente no encuentra. Enseguida ha llegado él, qué raro suena, ya es un él, y ni siquiera lo conoce todavía. Ella lo observa sentarse, escondida tras lentes oscuros y la sombrilla terciada. Tiene algo, o tal vez es nada más la actitud nerviosa que parece poseerlo. Se trata de un hombre de mediana edad, cuarentón, algo flaco, con aspecto un poco de romano, del romano tópico de amplia mandíbula, nariz considerable y flequillo recto. Habla sin parar por teléfono en un idioma que ella no puede identificar. Pide un café expreso doble y se lo toma a toda velocidad como si le fuera la vida en ello. Eso le parece gracioso y ella logra sonreír, o casi. Él también lee varios periódicos, pasa las páginas con cierta violencia contenida. Ella no puede dejar de mirarlo, parece una de esas fieras que en los zoológicos, confinadas a un espacio mínimo, dan vueltas sin cesar. Se le antoja justamente un felino a punto de saltar sobre la presa, toda la fuerza contenida lista para desatarse en cualquier momento. No ha reparado en ella, tampoco en los otros clientes de la terraza del café que da a una calle bastante transitada. Tres o cuatro mesas más están ocupadas por distintos grupos de turistas extranjeros que parlotean en diferentes lenguas acerca de las mismas sandeces. Es un día caluroso y húmedo, un día como para no hacer nada, más bien para olvidarse de todo. La mujer que mira con discreto e indolente disimulo tendrá unos cuarenta años o algo más, pero muy bien llevados, es elegante con un matiz salvaje, el cabello negro y liso, el rostro agudo, los ojos se anticipan un poco rasgados tras los cristales oscuros, el cuerpo menudo y firme, por no decir atlético, hombros altos y largos brazos con los músculos levemente marcados. Lo demás apenas se intuye tras un vestido de lino negro de redondo escote y amplios vuelos. Unos ojos más expertos se hubieran percatado de las sandalias de tres mil dólares, pero el aspecto general es el de una turista un poco rara que se ha quedado en el lugar visitado por un tiempo indefinido, una *forever*: no lleva cámara de fotos ni planos de la ciudad que, por cierto, conoce de maravilla. Llama al camarero con un gesto, paga la cuenta y se dispone a dejar la terraza cuando un niño se acerca por la banqueta empujando un carrito de helados profusamente decorado con motivos florales y una hilera de campanillas al frente acompasadas al ritmo del traqueteo.

—Señorita, ¿no quiere un helado? Tenemos de treinta sabores diferentes. ¿A que le adivino su gusto?

El niño no tiene más de diez años pero su sonrisa desdentada le da un aura de bestia angelical, de rústica belleza y abierta simpatía.

—¿A ver?

Ella se acerca con curiosidad y en ese momento los ve, son dos jóvenes en una motocicleta que sortean el tráfico hasta llegar frente a ellos. Antes de fijarse en las armas automáticas, instintivamente, jala al niño de la camiseta y se agacha tras el carrito. Aunque ya no puede ver cómo los dos sicarios barren la terraza ráfaga tras ráfaga, sí puede oír las balas incrustándose en la lámina de la heladera. Vuelan vasos y tazas, sillas, mesas y sombrillas son agujereadas, caen heridos o muertos, unos sobre otros, los turistas sorprendidos.

Afortunadamente el tiroteo no dura mucho, sólo segundos. El silencio atroz sustituye la insoportable tormenta de detonaciones, una nube de polvo y humo se disipa con rapidez. Se puede oír ahora el petardeo de la moto alejándose. La mujer se levanta, ella y el niño están ilesos, no parece muy asustada, el niño tampoco, miran alrededor, al desastre de mesas volcadas y cuerpos caídos. Piensa en él y voltea hacia atrás, el tipo está tirado en el piso boca abajo, ella se lleva una mano a los labios como queriendo acallar un grito, pero antes de emitir sonido alguno ve como el hombre se levanta tranquilo sacudiéndose el polvo. La mira a ella fijamente, a los ojos, luego sonríe.

—Tu culo me ha salvado la vida.

Ella va a decir algo pero es interrumpida por sirenas de la policía que se acercan, parece ahora más nerviosa incluso que tras el ataque.

—Bueno pues… mucho gusto, me tengo que ir.

—Yo también me tengo que ir.

—No es que me esté escapando…

Las sirenas se oyen a la vuelta de la esquina.

—No, ni yo, pero qué tal si nos vamos.

—¿Por ahí? —dice ella señalando al otro lado.

—Por ahí.

* * *

—Esto está muy rarísimo.

El perito de la procuraduría del estado examina la pared de donde se ha desprendido el enorme retablo de casi quinientos años de antigüedad aplastando al párroco. Ya han levantado el cadáver y toda el área de la iglesia y sus inmediaciones está acordonada. El perito enfundado en una bata blanca que le queda muy pequeña fotografía los restos del retablo, luego vuelve hacia la pared, se acerca y examina unos huecos practicados en el muro, se rasca la barbilla, regresa sobre sus pasos. Un hombre de baja estatura y vestido de guayabera gris perla toma notas sentado en un banco, prácticamente el único que queda en pie.

—Mi jefe, esto parece una trampa.

—¿Una trampa? —levanta la cabeza, unos lentes anticuados le cuelgan de la nariz.

—Quiero decir que la estructura que sujetaba el retablo estaba lista para desprenderse al accionar determinado mecanismo que no logro ubicar.

—Pero esta… cosa, tiene… —consulta una diminuta libreta— cuatrocientos y feria de años, ¿existía ese artefacto desde antes o se hicieron arreglos…?

—¿Posteriormente? No veo cómo… estos pernos sólo pudieron soltarse al accionar el mecanismo, un mecanismo de más de cuatrocientos años, como usted bien dice… ¿cómo podía alguien saber que existía semejante maquinaria?

—¿Y por qué ahora? ¿Un accidente? ¿La erosión?

—No lo entiendo, no… el sistema está limpio, cumplió su cometido, respondió a la perfección. Alguien tenía que saber cómo accionarlo.

—Pero insisto, ¿por qué ahora? ¿Para matar a ese pobre cura?

El perito señala a la anciana mujer que en ese momento cruza impasible entre los escombros con una charola cargada de vasos llenos de agua de melón.

—Debería interrogar a la señora. Pregunte si pasó algo raro en los últimos días. Si el cura tenía enemigos.

El agente del ministerio público se levanta.

—Permítame señora… —la ayuda con la charola y se la pasa a un agente uniformado—, quisiera hacerle unas preguntas. Por ejemplo —mira con condescendencia hacia el perito—, ¿tenía el padre Efraín enemigos declarados, algún conflicto de… faldas?

—Jesús, María y José, no, cómo cree, si era un bendito, un pan de dios —la mujer se santigua tres veces.

—¿Y recuerda usted algo extraño en estos últimos días, algo fuera de lo común?

—Pues como no sea lo del robo.

—¿Qué robo?

—Pues el del cristo, cuál va a ser.

—¿Robaron un cristo y nadie lo reportó a la policía?

—Cómo no, si el otro día por aquí andaba el mentado agente especial Martínez, y vaya que habló con el padrecito —se queda pensando—, sí, justo antes de la desgracia…

—A ver, espéreme un poco. Dice que el padre habló con un policía poco antes de que el retablo se cayera.

—Muy poco antes, apenitas salía por la puerta cuando retumbó toda la iglesia, fue muy raro, ¿no cree?

—Sobre todo teniendo en cuenta que nosotros no hemos enviado a nadie ni sabemos nada de ningún robo, no existe reporte al respecto, eso sí es raro.

—Tampoco hay ningún agente Martínez en la corporación, mi jefe, ni entre los de fuera, que yo sepa.

—Debe ser entonces el sospechoso. ¿Qué tanto habló con el cura?

—Yo ahí sí no sé nada, que como sea una es muy discreta, yo ni me meto, pero me pareció que hablaban del oro, que cómo se habían llevado un cristo sin valor y habían dejado el sagrario que es toditito de oro puro.

—Entonces el ladrón… no era —el perito mueve negativamente la cabeza.

—Ande, váyase ya señora, y no se vaya a tropezar.

El hombre de la guayabera anota algo en su pequeña libreta, luego dice, como para él mismo:

—Es el tercer robo en una iglesia en este mes, pero esto es otra cosa.

—Asesinato.

—Mínimo, pero no diga nada, supongamos de momento que fue un accidente, la madera estaba podrida, yo que sé, ya bastante tengo con los de la Interpol y su pinche lista de los más buscados, lo que me faltaba es echarme a los federales a las espaldas.

—Pero, licenciado Xiu, eso pondría en juego mi prestigio profesional.

—No me haga reír, doctor Watson, usted no tiene prestigio profesional.

El licenciado Salvador Xiu toma del hombro al buen perito y lo acompaña a la puerta.

* * *

Ella no sabe en qué momento ha tomado su mano en la huida, tal vez para cruzar un charco producido por el repentino chaparrón veraniego, una lluvia recia que se desata de improviso y los empapa antes de que se den cuenta. Corren por las calles, saltando riachuelos que surgen de la nada, todos las puertas están cerradas, mojados y riéndose a carcajadas llegan hasta un diminuto parque donde se refugian al fin bajo una gigantesca ceiba, pelean a codazos un poco de espacio junto a una docena de lugareños que alternativamente se ponen a estornudar. Ellos se miran un tanto azorados y se sueltan de la mano. Él la observa por unos segundos, está convencido del poder de su mirada, le ha funcionado con tantas mujeres.

—¿Cómo te llamas?

—Alisia, Alisia, no con "c" como la del cuento de las maravillas, sino con "s" como los vientos alisios…

—Pero en femenino singular, claro. Son esos vientos que van de los trópicos al ecuador, si no me equivoco, creo que tiene que ver con que llueva tanto en la cuenca amazónica, ¿no?

Todos los sistemas de alarma se disparan en la cabeza de Alisia: un maldito intelectual, casi peor que un cavernícola machista, o lo mismo pero con más citas textuales. No, no y mil veces no, no otra vez, por qué le resultan irresistibles los mismos hombres que son incompatibles con la escasa tolerancia de la mediana edad. Si algo ha aprendido, sobre todo en los últimos diez años, es que tal vez nunca llegue a saber lo que quiere pero que reconoce a la perfección lo que no quiere bajo ninguna circunstancia.

—Te has quedado muda, perdona si he sido un poco pedante, es que doy clases, sabes, a adolescentes, y cuesta trabajo quitarse el tonillo didáctico. Me olvido que estoy de vacaciones.

Más viandantes a remojo se meten bajo las amplias ramas del árbol y ellos tienen que apretujarse para eludir los chorros de agua que se escurren entre las hojas. Sus cuerpos se tocan, las caras están muy cerca la una de la otra. Ella nota el aliento de él, aroma a café y tabaco, se acuerda de su padre, de los besos de domingo cuando la mandaba con sus hermanas a la iglesia, se acuerda también de las palabras, siempre las mismas, de su madre al despedirlo: "Por lo que más quieras, no te olvides del pastel". Sonríe sin poder evitarlo, cuando, por fin, regresaba su padre, siempre a la hora de comer, sus besos también sabían a coñac.

—¿Eres español?

—Más o menos, ¿y tú?

—No me has dicho cómo te llamas.

—Ramón. ¿De dónde eres? No te agarro el acento.

—De muchas partes, pero ahora de aquí.

—Misteriosa, ¿eh?

Ella se separa un poco y lo mira a los ojos.

—Pues déjame decirte que tú no tienes cara de llamarte Ramón pero para nada.

—A ti en cambio el nombre te viene que ni pintado, Alisia, ¿no tendrás tú algo que ver con este tormentón?

—Me han llamado muchas cosas pero bruja…

En ese preciso instante deja de llover, como si alguien en el cielo hubiera cerrado una llave de golpe. Ramón estira el brazo para comprobar con la palma abierta que ya no cae agua.

—Gracias de todos modos.

Ella no puede evitar que una carcajada resuene en el repentino silencio de la calle apenas matizado por el abundante goteo de los árboles. Él habla.

—Te invito a un café.

—Mejor un trago, conozco una cantina por aquí… muy cerquita.

* * *

En las oficinas del procurador de justicia el licenciado Xiu está muy concentrando frente a la pantalla del computador revisando en la página de Interpol los nuevos añadidos a la larga lista de objetos artísticos robados. En los últimos meses han aumentado escandalosamente los saqueos a iglesias en todo el continente, parece que los objetos del llamado arte sacro están de moda. En general es fácil darse cuenta de que el mercado negro de arte mueve miles de millones de dólares, entre robos y falsificaciones en todas sus facetas, y sin hablar del lavado de dinero sistemático mediante la compra de arte tanto lícito como ilícito. Qué duda cabe que se trata de un negocio gigantesco y con amplias ramificaciones. Se considera que mínimo diez mil piezas de arte son robadas a lo largo y ancho de todo el mundo al año, esto supone ya más de tres mil millones de dólares, de cuyo total no se recupera habitualmente ni el diez por ciento. En cuanto al saqueo de templos religiosos en la región es evidente que la falta de seguridad resulta la causa principal de su multiplicación, eso y la aparente pérdida de fe de los ladrones que no han tenido empacho en cometer sacrilegio tras sacrilegio. En ese aspecto el licenciado Xiu no es particularmente creyente, estrictamente sería más bien ateo pero nunca se lo ha planteado, va a misa en los bautizos, bodas y entierros, de un tiempo a esta parte los últimos son más cotidianos, debe ser por la edad, precisamente esta tarde tiene que ir a uno, el del padre Efraín, bueno, tal vez pueda descubrir algo más. Entra a las páginas de subastas electrónicas, sabe que el 99.9 de todo lo que se vende en internet es falso o, mínimo, robado, pero quiere ver en cuánto puede cotizarse un cristo del siglo XVI. Tiene una fotografía que encontró en los archivos del párroco, sabe que una copia le fue entregada al falso policía, se pregunta cuál es el interés de este individuo en el asunto y por qué mató al padre, si es que él lo mató. Al comparar algunos precios no entiende la importancia del asunto, se pueden conseguir piezas de esas épocas, que no sean obras maestras desde luego, por treinta o cuarenta mil dólares. No es tanto dinero. Empieza a aburrirle el asunto, a fin de cuentas no parece un caso tan importante. Tal vez es mejor hacerse a un lado y que se ocupen los federales. Sobre la mesa perfectamente ordenada tiene un montón de expedientes por revisar, lo mira y suspira. Siente una pereza inmensa. En realidad en lo que quisiera trabajar es en su postergada tesis sobre el aumento vertiginoso del suicidio en los últimos años, espera, algún día, poder por fin doctorarse. Eso sí es un asunto serio, no tanto el ser doctor como el poder responder a una serie de preguntas: ¿por qué su estado está a la cabeza de las estadísticas de suicidio? ¿Por qué cada vez son más jóvenes los suicidas o por qué se suicida un niño? Se levanta de golpe rascándose la nuca, no, lo mejor es irse a comer. Con sólo imaginar qué le habrá preparado hoy su esposa, Aurora, se le pasa el aburrimiento, supera el mal humor y acaba tarareando la tonada de un viejo bolero. Y después de comer... una siestita. La placidez de sus pensamientos se ve alterada de pronto por un alboroto en el pasillo: "¿Y ahora qué?". Tocan a la puerta y abren sin esperar respuesta. Entra el perito con la misma pequeña bata blanca ostensiblemente más sucia.

—Mi jefe, que han matado a otro...

—¿A otro qué?

—A otro cura.

—¿Cómo que a otro? ¿No estábamos en que lo del primero era, de momento, un accidente?

—Pues lo que viene siendo éste no sé cómo vamos a decir que es un accidente, le rebanaron el gaznate —hace el gesto de degollarse con el pulgar de su mano derecha, luego, con la izquierda, consulta su Palm—. Era… el padre Tomás, Tomás Garcialópez, así junto.

—¿Robaron algo en su iglesia?

—No, para nada, no estaba ni cerca de la parroquia, ni de su casa. Lo mataron en un callejón de mala muerte, saliendo de un burdel, dicen.

—Entonces ¿qué tiene que ver con lo nuestro?

—Pues esto mero.

Le entrega un teléfono celular que Xiu mira un poco sorprendido, no ha podido quitarse de la cabeza la imagen de un plato de papadzules humeantes.

—¿Ajá?

—La última llamada de su teléfono fue al padre Efraín.

Xiu levanta los hombros y se da por vencido en sus fantasías culinarias.

—Vamos.

—A sus órdenes, pero ¿no es hora de ir a comer?

—Parece que no, doctor Zhivago.

* * *

El lugar es una especie de cervecería improvisada en una vivienda particular. Se entra por la puerta principal, se atraviesa un pasillo, se saluda a la familia y llegas a un pequeño patio donde suena distorsionada música reggae. Tres mesas y no más de diez sillas vacías los reciben, nadie los atiende. Se sienten incómodos, en el camino no han cruzado una palabra y, tras un breve silencio que parece una eternidad, los dos empiezan a hablar a la vez, se interrumpen. Luego, ella dice:

—Perdona, perdona, habla tú.

—No, no, antes muerto, las damas primero.

—Ok. Te quería preguntar, desde antes, ya sabes, cómo está eso de que mis nalgas te salvaron la vida.

—El culo, dije el culo.

—Bueno, está bien, pero qué quisiste decir.

—Pues es que justo pasaste delante de mi mesa, y claro, yo, que me fijo en todo pues...

—Que te clavaste en mi trasero.

—Pues eso sí, pero de repente te agachas y veo a ese par de cabrones de parvulario en la moto y con ametralladoras, y claro, me tiro al suelo. Te lo digo, si hubiera mirado para otro lado, sólo un segundo, si no me hubiera concentrado...

—En mi... culo.

—...estaría muerto, como esos pobres turistas...

Los dos se quedan pensativos, rememorando la terrible masacre de la que se han librado de milagro, luego ella sonríe y él también. Llega el mesero y ordenan una jarra de cerveza, vuelven a mirarse, vuelven a sonreír, parecen un par de idiotas. A simple vista se nota que simpatizan.

—¿Entonces eres maestro?

—Profesor diría yo, de secundaria que decís vosotros.

—¿En España?

—En Bilbao, más bien. ¿Y tú?

—Soy mexicana.

—¿Y te dedicas a...?

—Estoy de paseo.

—Y yo de paso.

—¿A dónde vas?

—Mañana vuelo a Mérida, vía Belice.

—No, ¿cómo crees?

—Claro que me lo creo, aquí mismo tengo el billete.

—No, quiero decir, qué casualidad, yo también voy a Mérida mañana.

—Eso sí es el destino.

Durante horas hablan de sus vidas, o las versiones de sus vidas que cada uno de ellos considera adecuada para el momento. Aunque la química entre ellos es evidente los dos se reservan lo que son, quiénes son, mostrando un rostro prefabricado para la ocasión. Él se presenta como profesor de historia en año sabático, ella como una empresaria retirada aficionada a la pintura; él viaja por puro placer y cita a Kerouac y hasta a Marco Polo, ella viaja para pintar paisajes, porque no le gusta quedarse mucho tiempo en ningún sitio y además porque puede permitírselo. Él rompió con su novia hace tres meses, no tiene hijos, ella acaba de cumplir un año divorciada de un importante empresario de Sinaloa, tampoco tiene hijos. Aunque vuelan al día siguiente en diferentes horarios deciden cambiar los vuelos para viajar juntos. Tras la segunda jarra de cerveza la animada conversación sobre arte e historia pierde fuelle. El sol se ha puesto, apenas se ven las caras, se enciende una línea de lucecitas navideñas de colores parpadeantes que cuelga de un árbol raquítico.

—¿Así que mañana a Mérida? —pregunta retóricamente Ramón.

—Qué casualidad, de veras que es increíble.

Ramón vacía la jarra en los vasos y dice:

—Oye, ¿a por quién supones que iban los de antes?

—Quién sabe…

—Por los turistas no creo, y… no había nadie más que nosotros.

—No sé.

—Tú parecías tener mucha prisa.

—Tú también.

—No me gusta la policía, Alisia.

—Ramón, a mí tampoco.

—Ya me tengo que ir.

—Nos vemos mañana en el aeropuerto, ¿te parece?

—¿Vives con alguien?

—No.

—¿Por qué no vienes conmigo o yo voy contigo?

—Mejor nos vemos en el aeropuerto.

—Mañana.

—Mañana.

Ella lo besa levemente en la mejilla y, apoyándose en su hombro, se levanta y se va, él trata de seguirla pero el mesero se interpone exigiendo el pago de la cuenta, pierde bastante tiempo porque no está familiarizado con la moneda local y cuando finalmente sale a la calle, tras saludar a la familia de la casa, sólo alcanza a ver un taxi alejarse y girar con brusquedad a la derecha.

Capítulo 2
El tiempo de las mentiras piadosas

Ya de día claro vimos venir por la costa muchos más indios guerreros con sus banderas tendidas y penachos y tambores, y se juntaron con los primeros que había venido la noche antes, y luego hicieron sus escuadrones y nos cercaron por todas partes, y nos dan tales rociadas de flechas y varas y piedras tiradas con hondas, que hirieron sobre ochenta de nuestros soldados, y se juntaron con nosotros pie con pie, unos con lanzas y otros flechando, y con espadas de navajas, que parecen que son hechura de dos manos, de arte que nos traían a mal andar, puesto que les dábamos muy buena priesa de estocadas y cuchilladas, y las escopetas y ballestas que no paraban, unas tirando y otras armando.

(Bernal Díaz del Castillo, en *Historia verdadera de la conquista de Nueva España*, al cuidado de Guillermo Serés, Círculo de Lectores, España 1989)

Resulta evidente que el lugar donde ha aparecido el cuerpo no es la escena del crimen, casi no hay sangre. El pobre padre Garcíalopez está desnudo boca arriba, o más bien no, no, porque tiene el rostro completamente vuelto hacia el piso en una contorsión escalofriante. Al acercarse, el licenciado Xiu aprecia que el pecho está abierto y la cabeza prácticamente seccionada, sujeta apenas por un poco de músculo y piel. Lo han desangrado en otra parte y luego han venido a tirarlo aquí, piensa mientras se arrodilla junto al cadáver. Con cuidado hace girar la cabeza para poder ver un rostro desencajado y pintado de azul turquesa. Acerca su mano al pecho, es una herida burda, aparentemente post mórtem, como si hubieran tratado de sacarle el corazón pero sin saber hacerlo y hurgado más de la cuenta entre las costillas, una verdadera carnicería.

—¡Qué barbaridad!

—Aficionados al fin —el perito parece materializarse tras la espalda de Xiu que da un respingo y se levanta.

—Por dios, doctor Jekyll, un día de éstos me va a matar de un susto. Si parece usted un alma en pena.

Lo cierto es que la amplia figura del perito, con su bata blanca abierta y a contraluz, parece la de un clásico fantasma, sólo le falta arrastrar unas cadenas, a cambio trae bajo el brazo una cruz en una bolsa de plástico transparente.

—Perdón licenciado Xiu, le tengo noticias, encontramos el cristo robado en San Desiderio. Aquí lo traigo, ya lo ha identificado un experto en arte sacro, no hay duda. Es una cruz muy curiosa, por cierto. Tiene en la parte de atrás un hueco, como para ocultar algo, el sabelotodo dijo que servía para colocar detrás un ídolo de alguno de los dioses antiguos, así cuando parecía que adoraban a Cristo crucificado en realidad rezaban a la serpiente emplumada de Kukulkán, o vaya usted a saber....

El perito le muestra la bolsa y Xiu observa el vacío tallado en la cruz.

—¿Dónde dice que apareció?

—Ahí está el detalle, lo encontraron justo detrás de la iglesia... ¡Nunca se lo llevaron!

—Les interesaba más lo que había dentro. Por eso mataron al segundo cura, porque también sabía lo que había ahí. Y nosotros no tenemos ni idea.

—Esto, desde luego, parece un asesinato ritual, la pintura azul en la cara... y le sacaron el corazón —se inclina sobre el cadáver parar verlo mejor— y alguna otra cosa...

El licenciado Xiu se aleja unos pasos del lugar, camina despacio hacia el cruce de la calle mirando detenidamente la superficie asfaltada.

—¿Asesinato ritual, doctor Livingstone? No vuelva a usar ese concepto, se lo suplico, o ¿quiere que los medios nos crucifiquen a todos? Ya bastante con que es cura, no, hay que mantener la boca cerrada. Venga para acá y vea esto, son marcas de llantas de motocicleta, muy recientes...

—De varias motos diría yo, tres diferentes por lo menos.

—Averigüe con los señores agentes si los vecinos vieron unos motoristas y a qué hora. Y por favor guarde eso —señala la cruz envuelta en plástico— antes de que lo pierda, ese pedazo de madera cuesta más de lo que usted gana en un año. Ah, una última cosa, diga a la señora Encarnación que me deje en la oficina los expedientes de robos de arte de los últimos cinco años, pero nada más los casos en que las piezas hayan aparecido. A ver si entendemos qué andan buscando éstos...

* * *

Un DC-10 enfila hacia la pista de despegue, lleva un par de horas de retraso debido a una pertinaz lluvia y a la niebla que se enrosca, hasta hace unos momentos, frente a los ventanales de la sala de última espera. Un mínimo despeje es aprovechado ahora para de inmediato levantar vuelo. Los pasajeros ya están más que hartos y se toman la explicación de la aeromoza con desgana, la mayoría opta por dormir, los demás parecen esperar a que sirvan algo de beber. Ramón está sentado junto a la ventanilla, Alisia acaba de acomodar alguna pieza de su amplio equipaje y se sienta, los dos mantienen silencio ante los protocolos típicos, sabidos de memoria, y cuando por fin despegan ella lo mira a él con expresión pícara.

—¿Y qué sabes de Mérida?

—La antigua Emérita Augusta, capital de la Lusitania romana, fundada en el año veinticinco antes de Cristo, actualmente provincia de Badajoz...

—No, tarado, la Mérida a la que vamos.

—Perdón, perdón, Mérida, capital del estado de Yucatán, que junto a Campeche y Quintana Roo forma la península de Yucatán. La ciudad fue fundada en 1542 por Francisco de Montejo. Según tengo entendido, la conquista de la península por los españoles fue bastante encarnizada.

—Los mayas llevaban en esa tierra más de tres mil años, y aunque habían previsto la llegada de los conquistadores, sí, no me mires así. Sabían perfectamente que su tiempo se acababa, pero no por eso dejaron de pelear. Se resistieron a su destino con ferocidad. Lucharon durante trescientos años y siguieron luchando hasta el siglo XIX.

—Sí, primero contra los españoles, pero luego también contra los mexicanos…

—Ah, la hermana república de Yucatán, ¿tú sabes que fue independiente de México algún tiempo?

—Oye, Alisia, tengo que decirte algo…

—Eres casado —dice ella con falsa ironía.

—No, no, para nada, lo que no soy es profesor, ni maestro vamos… estoy metido en política, pero para qué te cuento, sólo quería quitarme de encima el personaje, no sé… no me apetece fingir lo que no soy.

—Pero tampoco me vas a decir qué eres.

—Tú tampoco.

—De momento.

—Bueno, pues vaya eso de adelanto.

—Que no eres maestro.

—Exacto.

Alisia se estira en el asiento lo que el cinturón de seguridad le permite. Sin mirarlo dice.

—Y tú, Ramón, ¿crees en el amor a simple vista?

Ramón sale de su ensimismamiento y mira a Alisia, está sonriendo pero el tono de su voz es áspero.

—El amor no existe —dice él.

—Claro que el amor existe pero es mentira —dice ella, de buen humor.

—El amor ese, es hormonas y querencia, como los toros, algo físico, ganas de follar, poco más.

—El amor es mucho más, mi amigo, es sobre todo mentiras y juegos de poder.

—Entonces, sí crees en el amor, aunque sea del malo.

—De amor apache, como decimos en México, sé bastante, pero ¿y tú? Aunque dices que no existe puedes creer en él, ¿no?

—Como creer en dios...

—De eso ni me digas, que soy bien guadalupana.

—Vamos, que se puede creer en lo imposible, pero...

—Ah, hombre de poca fe. ¿No te has enamorado alguna vez?

—Hombre, enamorado, en el sentido de esa enajenación temporal que sufre uno, a veces, que te lleva por delante, como una buena droga...

—Lo es.

—Por eso, no deja de ser una "alucinación" pensar que el otro es único y lo máximo, esa identificación finalmente es algo también... "carnal" y "químico".

—No es necesario que pongas comillas —ella hace el gesto con los dos índices de trazar dobles líneas verticales en el aire. Él se ríe.

—Vale, vale, quiero decir que sí existe, pero no porque exista en sí, sino porque queremos creerlo, nada más, cada uno elige su modo de...

—¿Engañarse?

—Eso, intentar trascender, o creérselo al menos.

—¿No que no?

—Estoy en un momento de mi vida en que ya me gustaría creer en algo.

—¿También tienes un pasado oscuro?

—¿También?

Los dos callan y durante unos segundos el sonido de los rotores los invade, él se da cuenta de que se ha olvidado de que está en un avión, que por cierto no le gustan nada de nada. Ella simplemente escucha el ronroneo de la máquina. Han apagado las luces.

—Pues yo pienso que el problema no es si existe o no existe el amor, o lo que sea eso, el problema es que la gente no sabe amar. Todos lo hacen mal.

—¿Todos? Te refieres a ellos, a nosotros, a los hombres.

—Pues no exactamente, pero sí.

"Con el feminismo hemos topado", se dice Ramón, y piensa que ya ha hablado más de la cuenta, que es mejor regresar tras su escudo habitual, pero no puede. Esa mujer, Alisia, le parece encantadora, se siente seducido literalmente y eso le pone a la expectativa, tenso, pero también logra mejorar su humor. Hace mucho tiempo que Ramón no se divierte tanto sintiéndose como un despreocupado adolescente, el adolescente que no le tocó ser, porque se dedicó a tirar piedras y preparar variaciones de la receta del buen Molotov. Mejor dormir un rato. En la semioscuridad ella parece ya dormida o está fingiendo, Ramón cierra los ojos y se recuesta, ella los abre y lo mira, pero enseguida también se duerme.

* * *

Está atardeciendo en una playa desierta del estado de Campeche, decenas de kilómetros de una estrecha franja de arena blanquísima. De un lado se ve la carretera de tercera, del otro un mar azul turquesa de belleza hiriente y olas encrespadas. Hay infinidad de postes enterrados en la orilla sobre la que se posan pelícanos y gaviotas, largas hileras de pájaros se pierden a derecha e izquierda tras la mínima elevación del árido terreno. Algunas palmeras se alternan con cactus aferrados a un terreno de calcita, que como la blanquísima arena de la playa está compuesta de restos fósiles de la vida submarina, de cuando la península de Yucatán emergió de las aguas, por eso la arena es fría, no es arena de sílice y no se calienta como ésta bajo el ardiente sol. En una pequeña quebrada que llega hasta el mar un cobertizo es apenas visible, hecho de madera seca y con techo de palma no se distingue del paisaje deslumbrante. Parece una postal del paraíso, el cielo sin una nube, el mar rizado por el viento refrescante del atardecer. Entonces un ruido lejano se ve más que se oye porque las aves empiezan a levantar vuelo entre graznidos y peleas desde el sur de la carretera. Con un efecto dominó pero al revés, alzan vuelo en lugar de caer, nubes de pájaros cubren el cielo trazando una curva hacia el norte. El sonido se acerca, aclarándose, son varios vehículos de motor que se aproximan, ya se los ve a lo lejos, rebasando una pequeña loma aparecen tres motoristas. Tienen el típico aspecto de "Ángeles del Infierno" pero sin distintivos ni escudos, los tres visten de negro y las motocicletas, tipo chopper y sin silenciador, retumban con violencia en el desolado ambiente. En kilómetros a la redonda no queda un ave, el petardeo de los escapes provoca un extraño eco, se detienen y se apean de las motos dirigiéndose pesadamente hacia el cobertizo. El que parece el líder se quita el casco, es un hombre corpulento de claros rasgos indígenas, la nariz y la frente erizadas de *piercings*, los lóbulos de las orejas dilatados por enormes aros de obsidiana, una melena negra enmarca el rostro estrecho de mirada incandescente. El que le sigue también se quita el casco, tiene unos cincuenta años, trae lentes oscuros y la cabeza afeitada salvo un largo penacho rojo que parece la cresta de un gallo, igual tiene rasgos indígenas y un colmillo atravesado en la nariz. El tercero, que se queda con el casco puesto, es más pequeño y delgado y es el primero en hablar con voz aguda.

—Mejor hubiéramos ido por unas cervezas bien frías.

El líder voltea hacia él.

—Cállate animal, tenemos una misión que cumplir.

El del penacho rojo también se voltea y recita ensimismado atusándose la cresta.

—Todo pasa deprisa en el tiempo del no tiempo.

—Eso es cierto, hagamos lo que hemos venido a hacer y ya. Trae la piedra, hay que curarla.

El del casco regresa junto a las motos para tomar un bulto de las alforjas. Los otros ya han llegado al cobertizo y abren un pesado candado que asegura la puerta, es una nave rectangular de unos cinco por diez metros, un haz de luz invade el interior, se ve una multitud de partículas de polvo flotando. Las espuelas de la botas resuenan en la oscuridad hasta que encienden un largo tubo fluorescente en el techo. Al fondo, en una esquina, atada a una silla, amordazada y cubiertos los ojos, se agita una jovencita, una adolescente en realidad. Está desnuda por completo salvo unos calcetines cortos muy sucios que no hace mucho fueron blancos. Debe de estar llorando pero no se la oye, nada más agita los hombros presa de un hipo ahogado. Se acercan a ella, el de la cresta tiene una cámara de video en la mano. El del casco vigila en el umbral de la puerta.

—Ahora no —dice el líder señalando la cámara, se acerca a la muchacha y la olfatea ferozmente.

—Está sucia, no la podemos sacrificar así.

—Sería impropio, y nos haría ver mal ante el gran Chixchulub —contesta el de la cresta muy serio.

—La muy puerca se ha hecho todo encima —añade el del casco.

—Ustedes dos llévenla al mar y me le dan una limpiadita, mientras yo preparo el altar…Y cuando la traigan de vuelta que siga virgen, ¿entendido cabrones?

—Sí Gran Esperador.

El líder mira fijamente al del casco esperando una respuesta, el tipo baja la cabeza y luego asiente, pero no dice nada, los dos salen con la pobre niña a rastras, pataleando, va dejando tras de sí un reguero de heces y orina. El líder inicia los preparativos, acerca la larga mesa de campaña a la cruda luz en el centro de la nave y de su bota derecha saca un afilado cuchillo de pedernal curvo. Con parsimonia y murmurando en un lenguaje incomprensible una especie de letanía lo coloca sobre la mesa junto al objeto envuelto, también pone un pequeño tarro de pintura. Descubre el objeto, es una pequeña piedra oscura de forma redondeada y brillo tornasolado, el tipo se postra ante ella y sigue murmurando entre dientes.

En la playa la escena no es menos extraña, con el agua a la cintura tratan de limpiar a la muchacha, le han desatado y descubierto la cara, pero ha perdido el conocimiento. El del casco la sujeta fuertemente de los sobacos y el otro la enjuaga tratando de mantener el equilibrio ante el embate de las olas. Restriega como puede un pañuelo negro entre sus piernas delgadas. Es una niña blanca de cabello muy rubio, el rostro salpicado de pecas. Los tres suben y bajan con las olas, empapados hasta el pecho. El del casco contorsiona la cintura imitando movimientos de coito con la muchacha.

—Si nos la pudiéramos coger primero, ganaríamos una lana, ¡mira qué cuero! —La aprieta contra sí y le estruja los senos. El de la cresta pone la mano chorreante sobre el visor del casco y lo empuja hacia atrás, al tiempo rompe una ola y los tres caen, la muchacha espabilada por la inmersión se pone a gritar pero enseguida la someten y amordazan, se dirigen a la orilla.

—No se puede, es sacrilegio, debe ser pura.

—Pues por lo menos graba cuando... ya sabes.

—Para venderla como video *snuff*, ¿no?

—Eso sí está permitido.

—No lo creo.

—Pues a la chingada.

—Pues a la chingada.

La sacan del agua y la dejan secarse al sol convenientemente amarrada. El de la cresta saca un puro y lo examina, de milagro no está mojado, trata de encenderlo sin lograrlo y se desespera. El del casco se acerca y se detiene desafiante frente al de la cresta, con movimientos pausados se quita el casco, una larga melena oscura trenzada al modo rastafari se esponja, parece imposible que tanto pelo pueda caber ahí dentro. Es una mujer muy joven de altos pómulos y ojos verdes que contrastan con la piel cobriza de etnia inclasificable. Del bolsillo superior de su ceñida chamarra negra saca un zippo y lo enciende a la primera. Aplica la llama sobre el cigarro, el de la cresta aspira y lanza una espesa bocanada de humo sobre ella.

—Durga, para ser una puta lesbiana eres bastante cachonda.

—A mi no me pongas etiquetas, punketo de mierda.

—¿A poco también te gusta la verga?

—Si no está pegada a un hombre.

—Ah, qué cabrona.

Se quitan las chamarras húmedas y se tienden sobre la arena. Las gaviotas y los pelícanos están empezando a volver y a tomar sus lugares sobre los troncos a una prudente distancia de ellos.

—Mira Gul, vamos a llevarla bien, no me gustaría tener que…

—¿Sabes qué día es hoy, qué celebramos?

—Alguna masacre, supongo, algo que paso hace mucho tiempo.

—Little Big Horne, nada menos, hoy es 26 de junio.

—¿Little qué?

* * *

"El indio sólo escucha por la espalda" era una frase común tras la conquista de Yucatán, que daba a entender que los mayas originarios de la región no sólo habían guerreado hasta sus últimas consecuencias, sino que se negaban a trabajar como esclavos. Y nada más hacían caso del látigo, nada más oían por la espalda. De todos modos las sublevaciones contra los conquistadores españoles se habían sucedido durante cuatro siglos…

Xiu deja sobre la mesa el pesado tomo de la enciclopedia que está leyendo y se deja llevar por sus pensamientos. La conquista fue cruel y encarnizada, se imagina la sorpresa de sus antepasados ante la llegada de aquellos seres revestidos de acero y montados en bestias desconocidas, con perros de presa y armas que escupían fuego, descendiendo de unos monstruos aún mayores que flotaban en el agua. Se le antoja tan lejano, a él, que siempre se ha considerado un moderno, hijo y nieto de masón. Laico, salvo para las fiestas con banquete, le cuesta mucho considerar que semejante matanza esté impresa en su genética, él ve en el fondo de sí mismo tratando de detectar algo que lo vincule con una historia gloriosa y terrible, no puede, su arraigo es a su ciudad, y sobre todo a su familia, a la esposa y a sus tres hijas, los tres soles del Triple Rey, como se autodenomina ante ellas. De todas formas, la historia prehispánica le da la sensación de pasado prebíblico, algo de lo que nadie está muy seguro. Sí sabe que su apellido fue de nobles, de grandes señoríos, hacía siglos por ahí, por Uxmal, pero cuando visitó las ruinas de aquellos palacios que, quién sabe si habían sido de sus ascendentes, en un viaje todo pagado con la familia, se quedó dormido después del buffet y no vio nada. Es escéptico por naturaleza y sobre todo práctico.

Al examinar los expedientes de robo de arte de los últimos años, en especial cuando las piezas han sido fácilmente recuperadas poco después, se percata de que todas son obras del siglo XVI, traídas por los conquistadores en las primeras oleadas. Nada del arte magnífico que desarrollarían los indígenas después, bajo la impronta de la iconografía cristiana y los parámetros constructivos del imperio español. No, estos eran crucifijos, esculturas de santos, algún angelote, y dos o tres vírgenes, en total, incluyendo el último Cristo, doce piezas, todas robadas y recuperadas poco después, todas con un hueco donde ocultar algo, todos de tamaño similar. ¿Qué significa? Alguien está recuperando algo oculto por casi quinientos años, ¿qué es? Queda demostrado que pueden llegar al crimen para conseguir esos objetos determinados y no otros. Saben lo que están buscando y dónde buscarlo. Pero ¿por qué medio milenio después? ¿Qué se oculta detrás de esas obras de arte que no son sino estuches para lo que sea que está escondido adentro? Por eso está leyendo todo lo que ha encontrado en su amplia biblioteca sobre la historia de la conquista, desde su "descubrimiento" por Valdivia en 1511. Siete años después fue explorada con muchas dificultades por Grijalba, desde el principio los españoles fueron recibidos con hostilidad, y eso que algunos decían que aquéllos eran emisarios de Kukulkán, nada menos.

Tiene sobre la mesa una montaña de libros de historia, toma uno abierto y lee en voz alta uno de sus subrayados.

Tan luego ponían el pie en cualquier porción del territorio, el jefe de los expedicionarios leía a los indios una fórmula rara y extravagante en que les hacía saber que el Papa, como representante de Dios, había donado aquel país a los monarcas españoles y que si ellos no se sometían voluntariamente se les haría la guerra, se les reduciría a la esclavitud y se les despojaría de sus haciendas y hasta de sus mujeres.

Mira en la página legal del libro donde pone: "*Historia de Yucatán* de Eligio Ancona. Imprenta Manuel Heredia Argüelles, Mérida 1878". Lo deja sobre la mesa y toma otro, es la *Relación de las cosas de Yucatán* de fray Diego de Landa en una edición moderna de Porrúa, abre por donde está marcado y lee.

Yo vi un gran árbol cerca del pueblo, en el cual un capitán ahorcó a muchas mujeres indias y de los pies de ellas los niños, sus hijos.

Se queda pensativo con el índice entre las páginas del libro. "La verdad es que la humanidad siempre ha sido de lo más brutal, lo humano es mucho más salvaje que cualquier comportamiento faunístico, podríamos decir, hasta hoy, hasta ahorita mismo si te tomas la molestia de abrir el periódico. Siempre hemos pensado, qué curioso, que 'ser humano' es más que 'ser animal', pero lo cierto es que los humanos avergonzaríamos al bicho más rastrero si tuviera conciencia. Parece que lo humano precisamente, lo que nos separa de ellos, eso, eso es lo que nos obliga a hacer mal las cosas, a ser egoístas, a olvidar la naturaleza. No nos aguantamos a nosotros mismos, con tantas respuestas para tantas preguntas que nadie se hace…"

Piensa y vuelve a pensar, en esto y en aquello, todo ese asunto que tiene entre manos es algo más complejo que el saqueo cotidiano del patrimonio cultural, es algo, lo que sea, que viene desde mucho más atrás, cientos de años más atrás. Desde el tiempo de la invasión a sangre y fuego… casi no ha llovido, bueno, por aquí poco…

—Tiburoncitoooo —la voz de Aurora, su esposa, es tan dulce que anticipa como nada el placer de comer, los jugos gástricos se descontrolan, la sangre se apresta para entrarle a la digestión, y él sólo puede pensar ya en sentarse a la mesa. "Pensar", piensa, "después de la siesta".

* * *

En el soberbio paisaje del atardecer, con decenas de pelícanos en formación volando en el horizonte y una paleta de color que va del amarillo cadmio al rojo incandescente, sólo los gritos de la pobre niña son discordantes. Las olas han adquirido un ritmo frenético como queriendo amortiguar la chilladera, pero es inútil. Arriba, en la cúpula del firmamento, nubes negras tampoco pueden ocultar del todo las estrellas. Tras el último y desgarrador sonido inhumano surge un seco crujido de evocaciones nauseabundas, y otra vez todo es silencio. Ya está oscuro. Pasan unos minutos hasta que los tipos salen del cobertizo, al abrir la puerta sucesivamente parece que le están haciendo fotos a la noche magnífica. El primero es el Gran Esperador limpiando su cuchillo, después Gul, el de la cresta roja, y Durga, la rastafari nazi.

—La piedra está lista —dice el primero volteándose un segundo sin dejar de caminar hacia las motos—, que lo demás vuelva a las cenizas.

Los otros dos se detienen. Gul escruta a Durga, quien le mantiene la mirada hasta que saca el encendedor del bolsillo superior de su chamarra.

—Toma —dice ella.

—Date gusto.

Durga sonríe y enciende la llama, está empezando a carcajearse cuando arroja el encendedor al interior del cobertizo, se oye un clac metálico y luego el siseo acelerado de las llamas al extenderse sobre el líquido inflamable, en segundos todo se convierte en una bola de fuego que ilumina la difusa bahía. Los dos están muertos de la risa, se doblan del ataque hasta que oyen, entre el estrépito de las llamas y las bromas, el encendido de la motocicleta del líder; entonces se apuran a correr sin dejar del todo las risotadas. La pose adusta del jefe los inhibe, intentan ponerse serios, y luego se ponen también sus cascos. El Gran Esperador trata de volver a la circunspección, pero en realidad él también está muy contento, nadie ha conseguido estar tan cerca de lograr lo imposible, y él... está a punto de traer el infierno a la Tierra. No son quinientos ni mil años, son millones los que nos contemplan ahora, eones de espera han merecido la pena para desplegar la hecatombe final. Ése es el poder que el Esperador detenta, la dinastía a la que pertenece, el derecho le corresponde por herencia, antes de ser indígena, antes de ser de su tribu siquiera, es el Esperador. Una responsabilidad única y terrible ante el inminente regreso de los dioses, y el advenimiento de un nuevo orden, si al caos se le puede considerar algún tipo de orden. No puede evitar sonreír con una mueca siniestra.

—Estamos muy cerca hermanos, me gustaría que se lo tomaran más en serio, debemos llegar a T'hó antes del anochecer.

—Sólo queda una —dice Durga.

—Y ya sabemos dónde está —añade Gul.

—Cuanto antes empiece el final, antes estaremos al principio.

—¡Resurrección! ¡Resurrección! —gritan al tiempo los acólitos.

Se suben a las motos y parten con estruendo mientras el cobertizo se convierte en un montón de brasas que pronto se extinguirá sobre la arena. Nadie se ha percatado de que un automóvil está estacionado con las luces apagadas un poco más al sur. Cuando los motoristas desaparecen en dirección opuesta el carro se pone en marcha y los sigue a prudente distancia. Es un viejo Dodge de los sesenta del siglo pasado de un azul celeste muy deslucido, el motor suena bien. Viene siguiéndolos desde que raptaron a la chica, si fuera de la policía habría intervenido, así que...

Al volante hay un tipo grande y güero, tapa su amplia calva con un sombrero flexible de palma y suda permanentemente desde que está en este país que no es el suyo. Se llama Tom, durante años ha trabajado para la multinacional de seguridad Blackwater, que recientemente cambió de nombre por unos problemillas de asesinato y tortura en un suburbio de Bagdad. Lo cierto es que el ejército norteamericano cada vez delega más en empresas privadas y éstas cada vez tienen menos escrúpulos. Con ellos ha operado en Irak y en Afganistán recientemente, es especialista en inteligencia, fue subcontratado por Hallyburton para manejar la seguridad de una empresa gringa que busca petróleo muy cerca de las aguas jurisdiccionales del golfo mexicano, pero en realidad está investigando por cuenta del padre de una de las niñas desaparecidas. Le pagan espléndidamente por encontrar al asesino y cree que ya lo ha encontrado, la niña apareció descuartizada en una playa de Tabasco hace dos meses, y ése es el tiempo que le ha costado localizar a esta banda de salvajes, perversos salvajes.

Capítulo 3

El tiempo de las verdades a medias

¡Haced lo mismo con nosotros! ¡Sacrificadnos!, dijeron.
¡Despedazadnos uno por uno!, les dijeron Hun-Camé
y Vucub-Camé a Hunahpú e Ixbalanqué.
—Está bien; después resucitaréis. ¿Acaso no nos habéis traído
para que os divirtamos a vosotros, los Señores, y a vuestro
hijos y vasallos? les dijeron los Señores. Y he aquí que primero
sacrificaron al que era su jefe y Señor, el llamado Hun-Camé,
rey de Xibalbá. Y muerto Hun-Camé, se apoderaron de
Vucub-Camé. Y no lo resucitaron.

(*Popol Vuh*, Fondo de Cultura Económica, México 2008)

E sa mañana Xiu llega temprano a la oficina y el perito ya lo está esperando. Todavía paladea el delicioso café con canela que le hace su mujer moliendo el grano y ya se le está agriando en el estómago. El perito trae un montón de papeles bajo el brazo y un entusiasmo extraño para ser tan de mañana.

—Hemos averiguado que se busca a los motoristas en Campeche por asesinato, parece que están implicados además en una docena de… ¿qué cree?

—Dígamelo usted doctor… —duda un segundo— Frankenstein.

—Robo de arte en diferentes iglesias a lo largo de toda la península, también han estado en Quintana Roo… le digo que en Campeche hay una orden de búsqueda y captura.

—Sí, sí, ¿pero para esto me ha correteado en el desayuno? Doctorcito, el desayuno es la comida más importante del día.

—Perdone licenciado, es que he empezado por el final. Lo otro es que revisando los teléfonos del padre Efraín y del padre Garcíalopez nos hemos percatado de que ambos cruzaron múltiples llamadas con otro número de celular.

—¿Tiene el nombre?

—Sí licenciado Xiu, es por eso que lo apuré, se trata de... su hermano.

—¿El hermano de... uno de los padres?

—No, el hermano de usted señor... Marcelo Xiu, su hermano mayor, y único, si no me equivoco.

—¿Mi hermano?

—Parece que conocía muy bien a los dos muertos, ¿a qué se dedica su hermano, si me permite la indiscreción?

—A nada que yo sepa... antes era hippie.

—¿Vamos a verlo?

—Gracias, pero prefiero hacerlo yo, ¿tiene la dirección?

—¿No la tiene usted?

—No nos llevamos mucho.

—¿Hace cuánto que no ve a su hermano licenciado Xiu?

—Veinte años más o menos.

El perito se queda mirándolo como si lo viera por primera vez. Respeta demasiado a Xiu como para pensar que pueda tener problemas irresolubles con nadie, y menos con un hermano, un hombre tan recto y apacible, imposible.

—Despierte doctor Chiflado y deme de una vez la dirección.

—Aquí está, es una casa vieja en el centro.

—Sí, ya la conozco. Usted mejor envíe los expedientes de los motoristas a todas las delegaciones, que los busquen hasta debajo de las piedras.

—Tome, aquí tiene usted una copia —el perito le entrega los expedientes de los tres individuos plenamente identificados. Xiu mira el reloj y se levanta con expresión de dolor, se lleva la mano a la boca del estómago.

—Hay que cuidar esa úlcera licenciado Xiu.

—Usted ocúpese de su próstata.

—¡Licenciado!

—¡Doctor!

* * *

En el lobby de un hotelito en el centro de Mérida, Alisia y Ramón se despiden para dedicarse a sus actividades particulares. Alisia se siente un poco agobiada porque no ha sabido librarse de él desde que bajaron del avión, no ha podido evitar compartir taxi para llegar al hotel, su hotel. Y no ha sido nada fácil conseguir otra habitación sin reserva previa, todo el centro está saturado de visitantes gringos y europeos, el lobby es un maremágnum de idiomas y diferentes variedades del tipo turista. Han dejado el equipaje en sus respectivos cuartos, se han cambiado de ropa, bueno ella, y se disponen a salir. Ramón cede el paso a Alisia que se mete en la puerta giratoria, él la sigue, afuera la toma del brazo pero ella se escamotea levantando una mano para que un taxi se acerque.

—Bueno, Alisia, ¿qué planes tienes hoy?

Alisia lo mira al tiempo que en su mente se abre la agenda imaginaria en la que anota los pendientes, los muchos pendientes.

—Yo… tengo que ver a alguien, y muchas cosas que hacer.

—¿Y en la noche? ¿Estás ocupada en la noche?

—En la noche, no, quiero decir sí, tengo una cena.

—Vale, vale, no pasa nada, otra vez será.

Alisia percibe un tono de enojo en Ramón, y eso, no sabe por qué, la inquieta. Qué absurdo, no le ha dado pie a nada, se han reído, sí, pero no es para tanto, ella no está

ahora para perder tiempo en una aventura con un españolito con nombre falso. También se da cuenta ahora de que ha
tonteado demasiado, que el otro está interesado, y ¿ella no?

—No, espera, puede que lo de la noche se cancele.

—No pasa nada, no es "a huevo", como decís vosotros.

—Ya, pero que sí…

—Que sí ¿qué?

—Que sí nos podemos ver.

—Nos buscamos a las nueve en el zócalo, ahí por los
cafés, ¿vale?

Ramón se da la vuelta muy serio y enfila hacia adelante sin tener idea de a dónde va. Alisia mira cómo se
aleja y piensa: "Y ahora ¿qué hice? Yo no quería pero ya
tengo una cita, y él, que encima se ha salido con la suya,
parece ser el enojado. ¿En qué me estoy metiendo? Ni
hemos cogido todavía y ya la cosa se pone rara. ¿Cogido?
¿Ya he decidido que me lo voy a coger? Puta madre, estoy
peor de lo que creía. Al mal paso darle prisa", se dice para
cerrar el monólogo interno, estos soliloquios suelen ser
leves interludios relajados en su vida trepidante, su vida
de acción, de no parar, y menos últimamente. En realidad,
se da cuenta, y es cierto, que tiene mucho, muchísimo que
hacer, y se mete al taxi que parte en dirección contraria a
la que siguió Ramón.

* * *

La reja que da paso a un pequeño antepatio está abierta, no hay timbre ni campana. Xiu cruza el abandonado
jardín que conduce a una puerta metálica, también está
abierta. Traspasa el umbral con un crujido sordo y entra
a lo que parece una polvorienta librería de viejo, rústicos
estantes tapizan las paredes hasta el techo, mesas atestadas

dificultan el paso, recorre dos o tres habitaciones pasando un dedo por la superficie de las torres de incontables volúmenes impresos, es polvo de semanas, no de meses, ya es algo. Sube las escaleras al segundo piso, lo mismo, estantes cargados de libros, la habitación del fondo, con amplios ventanales enrejados y sin cortinas que miran a la calle, parece ser el estudio. Destaca una mesa enorme de despacho rodeada por archivadores metálicos a su vez cubiertos de más libros y legajos, sobre la mesa le sorprende encontrar una computadora portátil de última generación. Pilas de libretas de taquigrafía están acomodadas en una triple fila a un lado. Toma una y la abre al azar, hay poca luz y Xiu no puede entender nada del apretado texto de letra afilada que llena por completo las páginas. Lo deja donde estaba y sigue explorando. En un espacio libre entre archivadores cuelga un mapa de la península de Yucatán sobre el que se ha superpuesto una retícula, una diana cuyo centro se encuentra cerca de la ciudad de Progreso, podría ser un esquema del cráter producido por el impacto del meteorito de Chixchulub, piensa enseguida Xiu. Sobre la tierra firme aparece marcada una hilera de cenotes que forman un arco, justamente del lado sur del borde del cráter. Numerosas líneas cruzan el plano trazadas con mano temblorosa. ¿Qué pueden ser esas indicaciones? No son desde luego carreteras, tampoco divisiones municipales, ni antiguos caminos mayas… Toca con el dedo el mapa y recorre una de las muchas nervaduras dibujadas con una pluma azul temblorosa…

—Son ríos, ríos subterráneos.

Xiu da un pequeño brinco de sorpresa, ante él se encuentra su hermano, al que no ve desde hace tanto tiempo y al que apenas reconoce.

—Marcelo.

Salvador Xiu lo mira de arriba abajo, parece más su abuelo que su hermano, lleva una larga barba de chivo y la melena, ya gris, un tanto alborotada, como de científico loco, la mano derecha se apoya en un bastón y la izquierda sostiene un revolver. Está vestido con una bata de cuadros y su mirada es la de un iluminado.

—Puedes bajar eso.

—¿Seguro, hermano?

—No te creía interesado en la geofísica.

—Todo lo interesante me interesa.

—¿A qué te dedicas, hermano? —recalca la última palabra.

—A salvar al mundo.

Se miran durante unos instantes que al licenciado Xiu le parecen una eternidad, luego decide acercarse, da dos pasos y tiende la mano, el otro todavía no ha bajado el revólver.

—No me acuerdo por qué nos peleamos la última vez —dice Salvador.

—No te preocupes siempre habrá una próxima —responde Marcelo al tiempo que guarda la pistola en el bolsillo. Se limpia la mano en la descolorida solapa de la bata y estrecha la de su hermano sin demasiado entusiasmo.

—Sigues hablando como un loco.

—Tú empezaste a decir que lo era, y siempre tienes razón, ¿no Salvador?

—Éramos niños, Marcelo.

—¿Desde cuándo desconocer la ley te exime de ella?

—Hablando de ella...

—Ya sabía yo que esta visita no era cosa de familia.

—¿No habrá un lugar donde podamos sentarnos?

Marcelo indica, del otro lado del pasillo, la puerta acristalada que da paso a una amplia terraza bañada por el sol.

—Claro, vamos a la terraza, ¿te acuerdas? Donde jugábamos a piratas cuando éramos niños, seguro te acuerdas, tú eras… Barbamarilla.

—Y tú Barbaverde.

—Vamos Salvador, pásale, ponte cómodo mientras yo veo si tengo algo de beber.

—¿No es un poco tempranito?

—¿Hace veinte años que no nos vemos y me lo pones tan difícil?

—Está bien Marcelo, un brindis por el piadoso olvido.

—No, Salvador, mejor por el tranquilizador perdón.

Marcelo desaparece escaleras abajo y se le escucha andar en la cocina, abrir armarios y cajones al parecer infructuosamente. Al momento, Xiu piensa que claro que se acuerda de por qué se pelearon. No es algo que se pueda olvidar así. Al morir sus progenitores, primero su madre y un año después su padre, toda la herencia se la dejaron a Marcelo, por aquel entonces un hippy recalcitrante que vivía en una comuna en Baja California, mientras él era el hijo modelo que había estudiado derecho gracias a becas y denodados esfuerzos. Nunca pudo entender porqué su padre había actuado de forma tan absurda, dejárselo todo a un tipo que no usaba zapatos para no perderlos en alguno de sus habituales viajes en ácido. Y sigue sin poder entenderlo, qué hace, entonces, aquí y ahora, perdonándolo todo, en apariencia, por una mera coincidencia en un caso que está investigando. En realidad lo perdona para poder interrogarlo. ¿Es acaso un miserable? Se lo pregunta casi en voz alta cuando entra Marcelo.

—No hay cerveza pero tengo un whisky casi decente, ya sabes que yo sólo tomo por lo de la presión.

—No, no sabía, pero sí recuerdo que llegaste drogado al entierro de papá.

Marcelo parece distraído y no hace ningún comentario, trae una botella y dos vasos en una mano, en la otra una silla desvencijada, la pone junto al muro que da a la calle e invita a su hermano a sentarse, sirve la bebida y se la ofrece.

—Ando mal de hielo.

—Está bien, salud.

Brindan y beben los dos de un jalón. Posan los vasos vacíos sobre el borde del muro.

—Y ahora dejemos el pasado y hablemos del presente. Conocías al padre Efraín y también al padre Garcialópez, ¿qué me puedes decir de ellos? ¿En qué andaban metidos? Supongo que sabes que están muertos, que los han matado...

Marcelo se apoya, a la sombra, contra el muro del fondo.

—Un trío de motoristas salidos del infierno.

—¿Cómo sabes eso?

—Bueno, quiero decir que mataron a Garcialópez, porque lo del padre Efraín fue un accidente, un despiste del pobre que no sabía dónde tenía la cabeza. El mecanismo del retablo sufrió un retardo, en lugar de aplastar al ladrón aplastó al cura.

—A ver, a ver, sabes de los motoristas, sabes de los muertos y de cómo murieron, sabes de todo, pero tú ¿qué tienes que ver con todo esto?

—No me parece un interrogatorio muy profesional...

—¿Qué es lo que está pasando Marcelo?

—Si te lo digo, ¿me vas a creer?

—¿Tan increíble es?

—No para muchos, pero para ti que eres el paradigma del escepticismo y la racionalidad científica, no sé cómo te suene eso de las profecías del quinto sol…

—Pues me suena a que has fumado de la mala.

—Ves, hermano, cómo es imposible hablar contigo, jamás escuchas y siempre tienes una idea preconcebida acerca de todo… No sé para qué preguntas si no quieres escuchar la respuesta.

—Ok, está bien, olvídate de mi escepticismo de antología, y dime por favor todo lo que tengas que decir.

Se levanta y vacía lo que queda de la botella en los vasos, le da uno a Marcelo y brinda antes de apurar el suyo de un trago. Marcelo lo imita.

—Espero que tengas algo de tiempo y la mente muy abierta.

* * *

—Él nada más quiere verla, entiéndalo, es de lo más normal.

Tiene acento norteño y parece un alto ejecutivo de una agencia de publicidad o algo así, nada más le delatan los anillos de oro y el alfiler con diamantes de la corbata. Se llama Oscar, el cabello está cortado a la moda y no usa lentes de sol. Sentado frente a Alisia, en una calesa tirada por un caballo negro y conducida por un viejillo que se hace el dormido, los dos se sacuden al ritmo de las calles adoquinadas y el trote lento del animal.

—Pero yo no lo quiero ver a él, entiéndalo usted y él. ¿Cómo me ha encontrado?

—Ya sabe que don Manolo está en todas partes.

—Sí lo sé, pero también sé que no es mi dueño.

Los cascos del caballo resuenan en las calles de casas señoriales con amplios ventanales y balcones enrejados, bien cerrados ante el sol de mediodía. Fuera no hay ni un resquicio de sombra.

—Señorita, yo le recomendaría que ya se reconcilie de una vez, si él la quiere mucho…

—Que se reconcilie él… con su chingada madre.

—Señorita, usted tiene algo que le pertenece al señor Manolo.

—Ah, ése es el punto, que me he llevado algo de él, ¿no?

—Usted sabe y nosotros sabemos… ya sabe.

—Pues, dígale al señor que todo lo que tengo es mío y muy mío, y que deje de estar chingando.

—Me temo que no puedo hacer eso, me la encargó mucho el señor Manolo, señorita…

Alisia, con un movimiento rapidísimo, saca una pequeña pistola del bolso y se inclina para apuntar entre las costillas del tipo trajeado sin que él pueda reaccionar, aunque mantiene la calma, gotas de sudor perlan su nariz. Alisia le dice al oído:

—Me vuelve a decir señorita y le juro que le meto una bala en la panza.

—No se busque más problemas… —se muerde la lengua.

—Eh, señor, pare aquí. ¡Deténgase le digo!

Sacude al viejito sin dejar de apuntar con la pistola al matón. Por fin se detiene la calesa y ella da un salto hasta la banqueta, corriendo se mete a un típico mercado de frutas y verduras, es una enorme nave de techo curvado.

Oscar también baja de la calesa, un carro que los sigue a poca distancia se detiene y salen cuatro matones como armarios quitando el seguro a los cuernos de chivo, él les indica que lo sigan y se meten todos al mercado. Pero para ese momento Alisia ya ha escapado por una puerta lateral y puesto tierra de por medio. Tomando aire en una esquina mira el reloj, no puede regresar al hotel y es muy pronto para acercarse al zócalo, debe desaparecer por un rato. Sigue hasta una avenida donde aborda un taxi.

* * *

La violencia debía ser un medio para lograr un determinado fin, en este caso la independencia. Así lo dictaba la ideología, y la doctrina política que hacía de tripas corazón respecto al sentimiento de pecado tan arraigado en comunidades que unían como ángulos de un triángulo imposible el socialismo, con el nacionalismo y la religión. El segundo va bien con el tercero, pero el primero nada tiene que ver con los otros dos. La violencia era efectiva porque imponía un status quo sobre el que pivotar, no negociar, no queríamos negociar, sino mantener la inercia histórica que nos daba poder político y legitimidad histórica. Es asombroso que yo me lo creyera y que me aplicara al terrorismo con tal tesón que hasta le sacara gusto, que lo disfrutara. Es entonces cuando descubres la única utilización posible de la violencia: como fin en sí misma. La violencia entonces tenía sentido como lo tiene la violencia del león que atrapa y mata a una gacela, en la lucha por la supervivencia existe una guerra sin cuartel en la que todo vale, y es la audacia lo que te permite salir adelante, nos creíamos héroes, guerrilleros urbanos con licencia para matar. Hasta que me harté de todo, hasta que ya no me lo creí, o más bien no me gustó lo que vi al pararme delante de un espejo una mañana de junio. Supongo que podría llamarse epifanía pero al revés, no la creencia que te cae como un rayo, no la fe que te derriba de la cabalgadura sino la comprensión instantánea de la futilidad absoluta de toda la entelequia en la que vives, matar es matar, me cago en dios. Ahora lo creo, ahora he abandonado la lucha armada, ahora estoy huyendo de lo que era, no para ser otro, sino para ser, simplemente.

Ramón deja de escribir después de un impulso que lo ha llevado a emborronar una página de su cuaderno de viaje, está en una cantina miserable del centro, llena de moscas y vacía de parroquianos. Toma cerveza tibia porque se les acabó el hielo, pero es mejor estar adentro con el infernal calor que hace afuera, por eso hay tantas moscas, buscan alivio al sofocante exterior. Planea visitar algún museo, o unas ruinas, lo típico, pero Chichén está muy lejos, quiere estar de vuelta antes de la noche y averiguar si Alisia acude a la cita. No alberga muchas ilusiones. Trata de animarse pensando que tiene una nueva vida por delante, que ante él se despliega la posibilidad única de volver a inventarse, mira el cuaderno y pasa las páginas garabateadas con dibujos y textos desalineados escritos con letra de médico con Parkinson. Lo cierra y se levanta para pagar la cuenta.

—Disculpe, puede tirar esto a la basura.

Le tiende el cuaderno y luego deposita unas monedas sobre la barra. A punto de cruzar la entrada, con puertas batientes de salón del oeste, aparecen tres tipos mal encarados que se dirigen al cantinero, dos hombres y una mujer que parecen sacados de una película de *Madmax*, son los malvados motoristas. Ramón les cede el paso y sale. El más alto habla con voz grave y magnética:

—Hermano, ¿no está por aquí la iglesia de las Mercenarias?

—¿Se les hace tarde para llegar a misa?

—Hermano, le estoy preguntando algo —la voz es mezcla del gruñido de oso con el siseo de una serpiente.

El cantinero empieza a sudar, se desabrocha un botón de la guayabera.

—Quiero decir que sí, que la iglesia está justo detrás de este edificio, se van a la derecha y luego a la derecha otra vez, ahí está, y perdone…

—Hermano, estás perdonado.

Se dan la vuelta crujiendo en su ropa de cuero y haciendo sonar las espuelas sobre el piso de madera podrida. Salen y pasan junto a Ramón que está embobado contemplando las motocicletas. La mujer lo mira con odio, encienden las motos y se van hacia la derecha. "Y ¿por qué no?", piensa Ramón y se encamina en la misma dirección.

* * *

—Déjame entonces recapitular —Xiu se levanta de la silla, se siente un tanto achispado pero de buen humor, se pasea y gesticula—, según tú y tus fuentes, heterogéneas por decir lo menos, hay una secta que busca iniciar… ¡el fin del mundo! Que por cierto ya estaba anunciado por los antiguos mayas, pues en el 2012 concluye el ciclo denominado del quinto sol, y empieza el sexto. Y ¿cómo pretenden conseguir el advenimiento de la catástrofe universal? Pues están rescatando una serie de piedras mágicas que han estado escondidas por medio milenio dentro de obras de arte religioso que servían para contenerlas y mitigar su poder. Una vez juntas estas trece... ¿son trece? Estas trece piedras, ajá, piensan hacer entonces un ritual que desatará el mal sobre la Tierra...

—Ya ha empezado, ¿no lees los periódicos? Crímenes brutales, fenómenos naturales devastadores, crisis económica y corrupción, no hace falta leer entre líneas. Y recuerda que sólo les falta una... y que ya saben dónde está.

—No te preocupes, ya deben estar llegando las patrullas, justo ahora —Xiu consulta su reloj.

—No te crees nada, ¿verdad?

—De lo que estoy seguro es de que ellos sí se lo creen. Y, ¿tú te lo crees? ¿Qué clase de grupo formabas con los dos curas?

—Intentamos proteger las piedras durante quinientos años, generaciones de guardianes, pero... con el tiempo nos fuimos debilitando, las vocaciones han disminuido como en la misma iglesia, los seminarios están vacíos, nosotros igual...

—¿Quiénes son nosotros?

—La Hermandad del Sello.

—Ah, chingaos.

—No sé para qué te digo nada.

—Continúa por favor, y perdona, este whisky tuyo...

—La Hermandad del Sello existe desde que los primeros conquistadores españoles llegaron a la península, desde el principio encontraron algo muy extraño. No, no eran los sacrificios humanos, o lo exótico de los atuendos, o el oro, era otra cosa, mucho más terrible que las cabezas cortadas, los pechos abiertos y los corazones sangrantes. Algo que se oculta en la oscuridad desde hace millones de años... y ellos quieren traerlo a la luz.

—Ellos… Tiene que ver con Chixchulub, ¿no?

—Según los científicos, en Chixchulub hay un cráter de casi doscientos kilómetros de diámetro producido por la colisión de un meteorito, o un asteroide, no se sabe, hace sesenta y cinco millones de años.

—Eso es lo que acabó con los dinosaurios, según he leído.

—Unos dicen que sí, otros dicen que no, la presencia de iridio en determinado estrato de la corteza terrestre no es concluyente para pensar en una hecatombe de esa naturaleza, supongo que a muchos astrónomos les cuesta creer que la amenaza pueda venir de las estrellas. Pero ni siquiera es así, el Mal, con mayúscula, duerme en el golfo de México.

Xiu mira a su hermano dándose cuenta de lo loco que está. Tiene la mirada fija en el cielo, en las nubes que se deslizan lentamente sobre el horizonte. "Pobre hombre", piensa.

—También he leído que el Instituto de Geofísica de la Universidad planea enviar una expedición submarina para sondear el cráter.

—Yo no sondearía mucho, hay cosas que es mejor dejar en paz.

—¿Desde cuándo perteneces a esa Hermandad del Sello?

—Desde que pasé por la universidad…

—Y tanto que pasaste…

—Salvador, eres un pendejo integral.

—Perdona pero es que creo que… es hora de comer.

Xiu se asoma un instante sobre el muro que da a la calle, conoce el panorama de memoria, nació y vivió ahí por más de veinticinco años, una sonrisa le ilumina el rostro.

—¿No quieres venir a casa? Mi mujer, Aurora, es una excelente cocinera, y así seguimos platicando.

—¿Vas a sacar al loco de tu hermano a pasear? ¿No sería mejor llevar una camisa de fuerza?

—Está bien, tranquilo, de verdad quiero que vengas, y sí, claro que pienso que estás loco, pero nadie es perfecto.

—Has envejecido Chava.

—Afortunadamente.

—Vamos pues.

Se levantan y Marcelo se mete al cuarto de azotea, es el único espacio de la casa que no está llena de libros, y enseguida aparece algo más presentable, con una camisa limpia aunque sin planchar y los inevitables guaraches. Se pone unos lentes de sol de espejuelos redondos, es un Ho Chi Minh gordo. Xiu lo mira con desaprobación.

Salen de la terraza y bajan las escaleras mientras siguen conversando.

—¿Cómo son las piedras?

—Son del tamaño de un puño, verdes, de un verde como de jade sucio, irisado, parecen piedras de río, pero metálicas, de una rara aleación. Se supone que son de origen extraterrestre.

Están saliendo por la puerta, una patrulla los espera.

—Meteoritos otra vez…

—Pueden ser, yo he visto una y resulta muy extraño que con esa dureza tengan formas tan redondeadas, como si hubieran sido erosionadas por el agua, pero ¿qué agua podría erosionar así el metal sólido?

—Vinieron con el meteorito hace sesenta y cinco millones de años, ¿es eso?

—Exacto hermano, no son de este mundo.

—Bueno, bueno, mejor volvamos a "este" mundo que es hora de comer.

* * *

La entrada de la iglesia está cerrada, es extraño por la hora, varias señoras de edad hablan en corrillo preocupadas por semejante circunstancia única y hacen conjeturas: la iglesia tendría que estar abierta, así que ha de haber ocurrido algo, algo terrible. Ramón se seca el sudor con la manga, luego aporrea la puerta con energía. Nada. Decide dar la vuelta al edificio y buscar otra entrada. Las señoras lo siguen alborotadas con sus peinados de estética reciente y sus vestidos discretos. Llegan a unas escaleras que descienden —según las mujeres que hablan a coro— hasta la sacristía. Apenas le da tiempo a percibir con el rabillo del ojo unas motos estacionadas detrás de un contrafuerte, las señoras lo empujan. No hay nadie, las puertas están abiertas y los muebles removidos, en el pasillo que lleva al altar hay un cuerpo descoyuntado de un joven no mayor de trece años. Las beatas se abalanzan sobre el cadáver con gritos y espasmos, es el monaguillo, un niño llamado Bautista. Mientras las mujeres se desgañitan tratando inútilmente de reanimarlo, Ramón aprovecha para entrar a la iglesia por el altar, enseguida se percata del desaguisado, varias esculturas de santos yacen derribadas. En el altar mayor una virgen de madera ha sido arrancada de su nicho y partida a la mitad de un hachazo. Ramón mira a todas partes, siente algo que le eriza el vello en la nuca, pero no ve nada raro. Entra una de las señoras gritando:

—¡Padre Edelmiro! ¡Padre Edelmiro!

La señora histérica camina entre los bancos hacia el confesionario y se mete de golpe en la cabina de caoba saturada de molduras y marquetería fina. Enseguida resuena un seco crujido y un grito se ahoga al instante. Ramón ve las cortinas púrpura agitarse al tiempo que una sombra cruza por detrás y oye decir a sus espaldas:

—Éste es bien güero, nos puede servir para limpiar la piedra.

Ramón va a girar sobre sus talones para ver de dónde proviene la desagrable voz cuando del confesionario surge una alta figura de aspecto aterrador con un hacha ensangrentada en las manos, enseguida lo reconoce como uno de los motoristas de la cantina. El característico sonido de cortar cartucho le hace volverse, ahora sí. Otro de los tipos, el de la cresta roja, lo apunta con una pistola. Detrás de la pila bautismal aparece el tercer elemento, la mujer de enorme cabellera trenzada. Al tiempo que suenan las sirenas detrás de la puerta trancada las señoras entran en tropel desde la sacristía y la confusión se desata. El de la cresta empieza a disparar a las pobres señoras que caen con estrépito derribando candelabros y figuras, Ramón corre a esconderse tras las filas de bancas, en un riguroso zigzag trata de aproximarse a la entrada que ya está siendo forzada por la policía. Usan un ariete y pronto ceden las hojas de recia madera. Los tipos malos escapan por la sacristía pero la chica tropieza con uno de los cadáveres. Ramón observa desde la última fila de bancas que la muchacha con pinta de rastafari se levanta y se va sin percatarse de que se le ha caído un bulto de la chamarra. Él mira a la puerta que todavía resiste, se acerca y lo recoge, es una piedra de río del tamaño de una mandarina, pero pesa mucho y parece de metal. La guarda en el bolsillo interior de su saco de lino y decide hacer un discreto mutis por el foro, no necesita hablar con la policía ahora. Sale a la calle de atrás justo para ver a los motoristas alejarse por un callejón, una de las oscuras figuras se detiene y mira a Ramón. Se escuchan disparos, una patrulla ha intentado cortarles el paso, todo parece inútil porque el estrépito de los escapes se oye ya muy lejos. Ramón se mezcla entre los grupos de vecinos que han salido de sus casas a ver qué sucede y consigue pasar junto a los atónitos policías sin levantar sospechas. Se pierde entre las calles caminando sin prisa.

Capítulo 4

El tiempo de la verdad posible

Aunque los ejércitos ladinos podían marchar hacia donde se les antojase. A la costa oriental o hasta Bacalar, lo hacían arriesgando sus bases, puesto que peleaban en un terreno que no tenía frente ni retaguardia ni objetivos de importancia vital y contra un enemigo que estaba lejos de encontrarse acabado. Era una guerra de desgaste, monótona y enloquecedora. La victoria parecía imposible, pero la derrota era inimaginable, y para el que pudiera aguantar más tiempo, la recompensa sería apenas otra cosa que la supervivencia.

(Nelson Reed, *La Guerra de Castas en Yucatán*, Biblioteca Era, México 1971)

La noche apenas da respiro, parece incluso que hace más calor que en el día, es un bochorno saturado de humedad, Ramón siente el sudor que baja desde las sienes, bordea la mandíbula y cae sobre el pecho. Un exprés doble, que sorbe despacio en la terraza de un café del centro de Mérida, no ayuda precisamente a refrescarlo. Está impaciente pero trata de guardar la compostura sin poder evitar mirar de vez en cuando a los lados. Al inclinarse sobre la mesa de mármol, la piedra que lleva en su saco de lino produce un sonido profundo, como de campana. Los de la mesa de junto voltean a ver, el camarero mueve el bigotillo, un niño que pasa sonríe maliciosamente. Ramón baja la mirada y sujeta la piedra contra su pecho, cierra los ojos. Está mareado, por el calor supone, y no puede quitarse de la mente un recuerdo que siempre lo ha atormentado, se presenta a menudo en forma de pesadilla nocturna pero también surge, de improviso, a plena luz del día, como ahora. Fue su última acción armada, una ejecución, el disparo en la nuca a un secuestrado. Siempre es el mismo plano, la víctima está de espaldas, es una mujer, la escena recuerda un cuadro de Magritte. La pistola aparece siempre un poco distorsionada, un leve efecto de ojo de pez. Siempre, apunta a la cabeza … y dispara. Se repite una y otra vez el disparo, pero sin sonido, nada más el estallido lumínico que quema la imagen, la sobreimpresiona pasando al blanco puro durante una fracción de segundo, luego vuelve a repetirse la escena del disparo sordo, otra vez fundido a blanco, disparo, fundido a blanco, y se puede seguir durante minutos hasta que algo rompe el encantamiento y vuelve en sí. Las secuelas siempre son las mismas, fotofobia y dolor de cabeza. Abre los ojos. Frente a él está sentada ella, Alisia, con una sonrisa nueva, que no le había visto hasta ahora. El diálogo es un tanto atropellado.

—Hola… ¿llevas mucho…?

—Acabo de llegar…

—Creo que me quedé dormido…

—Me parece que tenías una pesadilla…

—No, qué va, es narcolepsia, una secuela de mi época de yonqui.

—¿En serio?

—Estuve colgado del caballo unos añitos.

Alisia lo mira sorprendida, lo último que podía pensar es que Ramón era un ex drogadicto, de heroína, lo peor de lo peor, y vaya que ella sabe algo al respecto. Eso debe ser lo que la atrae de él, lo no convencional. Es alguien sobre quien es inútil especular, alguien cuyo misterio parece más denso que el propio, alguien… muy guapo por cierto.

—¿A ti también te da por la narcolepsia? —interroga él de buen humor.

—Perdona, estaba pensando.

—Vamos a pedir otro café que la noche es larga. ¡Camarero!

—Mesero, Ramón, se dice mesero.

—¡Mesero!

* * *

—Entonces, según tú, ¿qué hay bajo el cráter de Chix-chulub?

Xiu se sienta a la cabecera de la mesa, a su derecha debería estar su esposa Aurora pero como siempre está trajinando en la cocina, justo al lado está acomodado Marcelo que come con verdadero entusiasmo, frente a él se sientan las tres niñas de la casa, Martha, Susana y Rebeca, que lo miran expectantes. Se acaban de enterar de que tienen un tío y no pierden detalle de la conversación aunque no entiendan ni la mitad de las palabras. La señora de la casa hace su entrada con un descomunal pastel de chocolate. A Marcelo se le dificulta hablar porque no deja de masticar, parece tener un hambre canina. Mastica y habla, mastica y habla, no es muy agradable de ver pero las niñas lo disfrutan sin recato, se retuercen de la risa.

—Hermano, te puedo jurar que no lo sé. Según los más antiguos textos conservados por los Guardianes del Sello, hace millones de años otras razas poblaban la Tierra, otras civilizaciones infinitamente más avanzadas tenían a este planeta por su hogar.

La hija mayor de Xiu, Martha, lo interroga con descaro y voz aguda.

—¿Razas extraterrestres?

—¿Por qué extraterrestres? Nada más porque vivieron aquí… antes que nosotros. Lo único seguro es que no eran humanas.

Xiu interviene, las niñas están con la boca abierta, es demasiado, seguro que luego tienen pesadillas con enanitos verdes.

—Pero un buen día se fueron sin dejar rastro y este cuento... se ha acabado.

—Bueno, hay quien dice que dejaron muchos rastros.

—¡Qué! ¿Las pistas de Nazca o los moais de la isla de Pascua?

—No importa, el asunto es que dejaron algo aquí.

—En el cráter...

—Según esta teoría, no sería un cráter por el impacto de un meteoro, sino por los efectos de un despegue, una deflagración de índole atómica.

—Se fueron en su nave —dice Martha.

—Como E.T. —añade Susana mientras Rebeca da palmas.

Xiu se levanta de la mesa, nervioso, y apura a sus hijas.

—Niñas, vayan a la sala a comer el pastel y déjenme hablar con su tío.

—Adiós tío —dice Martha.

—Adiós tío —dice Susana.

—Adiós tío —dice Rebeca.

—Adiós niñas —dice Marcelo y dirigiéndose a Salvador añade—: La cosa es que estos seres, dioses si tú quieres, estos entes se fueron voluntariamente o fueron expulsados por otros más poderosos, pero siempre han querido regresar a sus dominios.

—¿Y eso es necesariamente malo?

—Según los textos, el advenimiento de esta raza es incompatible con la vida humana, no me preguntes por qué.

—Pero esos textos, ¿cuándo fueron escritos? Porque lo de Chixchulub ocurrió hace sesenta y cinco millones de años, más o menos, ¿qué humano pudo ser testigo?

—He estado trabajando en un códice que fue preservado gracias a la Hermandad, es un texto muy viejo, de más de mil años, pero que habla de un tiempo mucho más remoto, el tiempo de las leyendas que se forjaron cuando los primeros mayas llegaron a la península; es acerca de lo que ahí encontraron.

—Los rastros de esa antiquísima civilización...

—Los rastros y algo más.

—¡Las piedras!

—Las piedras son para invocarlo.

—¿Invocar a quién?

—A eso que duerme bajo la península de Yucatán.

—Ya estamos.

* * *

Alisia y Ramón caminan por el mercadito de artesanía que ocupa el centro de la plaza del zócalo de Mérida, hablan de nada. Ella camina delante, así que él puede verla bien. Es un tipo de mujer que no tiene nada que ver con su "gusto" habitual pero le encanta, le parece la cosa más hermosa del mundo, y cosa no como cosificación de lo femenino sino como abstracción completa, como sublimación absoluta, la mira y se olvida de todo, y tienen mucho que olvidar. Se da cuenta de que es cierto lo del flechazo, pero reniega. "No, no puede ser", se dice sonriente como quien se entrega al pacto con el diablo, a la elección del deseo siempre trastocado por el genio de la botella. Justo en ese momento ella se voltea y no puede evitar también sonreír.

—¿Otra vez?

—Criatura del demonio.

Es ella quien, sorprendiéndose a sí misma, lo toma de los hombros y se acerca, luego entrelaza las manos tras su cuello, lo atrae y lo besa. Después de unos segundos él se separa, apenas dos dedos, la mira, ella se deja mirar, al instante la besa con torpe vigor. Alisia toma a Ramón de las mejillas y continúan besándose más despacio. Cuando abren los ojos se encuentran rodeados por los tres taimados motoristas, sus cuerpos los comprimen en un abrazo que ya no resulta agradable. Los visitantes del mercadito se separan del grupo, un policía municipal decide que es hora de tomarse un cafecito. Al que llaman el Gran Esperador habla como si el sonido se filtrara por una caverna.

—Usted tiene algo que nos pertenece.

La voz resuena en el oído izquierdo de Alisia que trata de voltearse sin lograrlo, el malvado está pegado a su espalda. Más que asustada está enojada.

—Eso me suena, por favor díganle a Manolo que me deje en paz, por favor se lo pido.

—Cállate, pinche mestiza, ni siquiera sirves para sacudir el polvo. Le hablo a él, al asesino.

Ramón levanta los brazos lentamente, con las palmas abiertas, tratando de hacerse espacio, siente que se asfixia, curiosamente los motoristas se abren cosa de un palmo.

—Aquí está, ya no se preocupen, y váyanse por favor... —hace ademán de llevarse la mano al bolsillo de la chaqueta y saca la piedra.

—¿Por qué no se quema el idiota? —dice Gul, el de la cresta roja.

—Sus manos han sacrificado antes. Nos lo tenemos que llevar, está unido a la piedra.

—¿Y la puta? —pregunta Durga.

—Ya todos saben quiénes somos, qué más da, déjala, no nos sirve —intercede Gul.

—Si ya todos nos conocen ¿qué más da un muertito más? —responde Durga.

—No se mata por matar... ya basta de estas chingaderas, nos lo llevamos a él y punto —concluye el gigante tatuado.

Entre Gul y Durga arrastran a Ramón tras los puestos de baratijas. El líder todavía tiene aprisionada a Alisia que se debate como puede, se inclina para susurrarle muy cerca:

—Estás viva de milagro, agradéceselo a tu dios, si tienes alguno.

La suelta y al instante ella tiene la pistola en la mano y lo apunta.

—Dispara si quieres pero no es ésta mi hora —dice el temible individuo mirándola con intensidad.

—¿A dónde se lo llevan?

—Al infierno, nomás.

Se da la vuelta y se aleja tras sus compinches. Alisia es incapaz de disparar, está paralizada. Una camioneta negra corta el paso a los motoristas que como pueden saltan entre los coches para alcanzar sus motocicletas al otro lado de la calle. Pero allí otra camioneta de enormes ruedas y rines resplandecientes se sube a la banqueta y enviste las motos que caen una encima de la otra, da marcha atrás y luego avanza pasando por encima, con estruendo las convierte en chatarra. El Gran Esperador saca un revólver de grueso calibre y los acribilla inútilmente, son vehículos blindados.

—Dejen al güero, nos pelamos.

Gul y Durga sueltan al vapuleado Ramón y sacan sus armas para intentar abrirse paso; de las camionetas ya salen sicarios con ametralladoras, es inútil hacerles frente, tienen que desaparecer cuanto antes. Ya casi los tienen rodeados cuando el líder les planta cara con los brazos abiertos, extendiendo su amplia envergadura, la pistola al cinto.

—¿Qué pasa cabrones?

El jefe de los sicarios, que no es otro que Oscar, levanta un revólver chapado en oro, el clic del percutor es simultáneo al gesto del Gran Esperador que se acerca las manos, con las palmas hacia arriba, a la boca, como quien bebe agua en el cuenco de sus dedos, entonces sopla y una nube de polvo rojo los cubre a todos. Ramón, tirado en el piso, observa cómo los motoristas, en realidad sólo ve sus piernas, escapan por una calle lateral. La nube se disipa en unos pocos minutos, Alisia ayuda a levantarse a Ramón, los matones los rodean, Oscar se adelanta y recoge la pistola que ella ha dejado caer.

—Es la primera vez que me alegro de verlo señor Oscar.

—Gracias señorita, a mandar. Ahora, si hace el favor de acompañarme.

—Vamos pues, es mejor que hable con Manuel de una vez.

—Su amiguito también, señorita…

—¡Chingada madre, que no me diga señorita!

—Estas vacaciones se están poniendo buenas —dice Ramón.

—¡Cállese pelado! —Oscar lo golpea con la culata de su revólver y Ramón cae inconsciente entre los brazos de Alisia.

* * *

El aire de improviso se pone frío, las nubes se arremolinan y oscurecen sobre la ciudad, un trueno que parece lejano de pronto estalla con estrépito, la detonación es el inicio de la lluvia. Una lluvia no por usual menos cargada de premoniciones nefastas, de malos augurios agazapados tras lo común del agua cayendo. Xiu, pese a su escepticismo, siente un escalofrío, lo interpreta, eso sí, como un malestar físico más que como otra cosa. No es nada catastrofista, pero tampoco hay muchas razones para ser muy optimista. Cruza la calle deprisa y se mete en la iglesia acordonada por la policía, decenas de patrullas emiten sonidos y destellos enloquecedores. Dentro, todo es silencio, cuenta los cuerpos, siete, por orden de aparición: las cinco feligresas, todavía en proceso de identificación, el monaguillo Bautista y el padre Edelmiro, estrangulado en la sacristía donde al parecer había intentado proteger un san Jorge, todavía lo sujeta con sus manos crispadas, tirado muy cerca está desprendida la base labrada en forma de dragón enroscado, muestra a simple vista un profundo hueco. El perito lo está examinando.

—¿Está pensando lo mismo que yo licenciado Xiu?

—Lo dudo, doctor Barnard.

—Éstos también buscaban algo.

—Sí, eso lo sé, buscaban una piedra mágica, y la encontraron.

—¿Licenciado?

—Nada, nada, que ya tienen las trece piedras, y en cualquier momento se desata el fin del mundo…

—Licenciado Xiu, hoy viene de buenas. No me parece que sea usted de los que creen en esas cosas.

—No claro que no, pero ellos sí. Dígame qué ha pasado aquí.

—Bueno aquí, lo que ve, dos estrangulados y aquellas cinco pobres beatas tiroteadas a mansalva. Con los primeros fueron recatados, pero supongo que cuando los descubrieron no les importó un cacahuate disparar a discreción.

Algunos testigos aseguran haber visto a tres motoristas escapando con mucho escándalo.

—Tenemos que atraparlos cuanto antes, por si acaso... —Xiu parece hablar más consigo mismo que con el perito al que en ese momento le suena el celular, contesta.

—Bueno..., sí, lo escucho, ¿dónde? Ok —cuelga y se dirige a Xiu—. Nos reportan un nuevo incidente con los moteros, en el zócalo, parece un secuestro. Hubo disparos pero no hay muertos. No han conseguido encontrar ni un solo testigo, imagínese, en el zócalo, qué gente. Así ¿cómo vamos a atajar el delito?

—No se me distraiga con política mental, doctor Schütz, hay que encontrar a esos asesinos antes de la cena, movilice todas las unidades. Vámonos para el zócalo.

* * *

Rodeada de sicarios Alisia piensa que se ha cansado de escapar. No es lo suyo, no lo ha sido nunca, siempre ha preferido encarar los hechos por terribles que fueran, y lo son en su vida demasiado a menudo. Qué ingenuidad pensar que la evasión iba a funcionar aunque fuera una vez, por la simple razón de que no lo había hecho nunca antes. Algo mágico, pero no, ahora sabe que no. Ramón está en la cajuela maniatado, y ella va a una cita con lo que creía pretérito, pero no lo es. Sigue cargando su historia como una losa, ahora mismo la trae encima. Para entenderla a ella y a la losa habría que hacer un poco de historia, como dicen. "Volver a los ochenta, a la década de los ochenta del siglo pasado, del siglo XX, parece mentira, todos somos ya del siglo pasado, nos sentimos extranjeros en el nuevo milenio, por eso nos gustan las profecías, nos encanta el

posmilenarismo y nos merecemos la autodestrucción, hay
que chingarse", piensa.

Hasta la década de los ochenta, México producía mari-
huana en Oaxaca, en Guerrero, y poco más, también opio
en las amplias planicies de Sinaloa. Pero cuando entró la
coca, que no se producía en el país sino que simplemente se
trasegaba, almacenaba y transportaba, el mundo gansteril
que había tenido cierta tradición vinculada a lo agrario se
convirtió en algo mucho más poderoso, más temible. Como el tráfico de drogas es ilegal y no se puede demandar
a nadie, el crimen se convierte en recurso único cuando la
palabra dada, pues no hay contratos, se tuerce. El índice
de violencia creció y creció, como crece y crece ahora, exponencialmente; el negocio se convirtió en una actividad
muy estresante, poco tenía que ver con lo campirano, todos acababan siendo de gatillo fácil, se perdían las formas.

El padre de Alisia, don Fernando Del Campo y
Asunción, a quien curiosamente llamaban don Ásun, fue
uno de aquellos gomeros sinaloenses que desde los años
cincuenta cultivaban y traficaban el opio. Luego vendrían
los laboratorios y la extraordinaria heroína mexicana que
a tantos gringuitos se ha llevado de este mundo, demasiado
buena para el paladar descafeinado del vecino del norte.
Pero entonces se trataba de un negocio familiar, consentido por los sucesivos gobernadores del que sacaban buena
tajada. Unos se dedicaban a la hierba y otros a la goma
pero llegó la coca, y también llegó el dinero a raudales.
Lógico, empezó la competencia por controlar las rutas y
luego los territorios. El gobierno suele estar del lado del
dinero, del que tiene más dinero se entiende, así que apo-
yó a unos contra otros, divide y vencerás aseguran, pero

nada más se desataron las masacres y los atentados. Los cuerpos especiales, creados para detener la lacra del narcotráfico, fueron los primeros infiltrados y finalmente cooptados por el crimen organizado, acabaron instruyendo a los sicarios en técnicas terroristas. ¿Quién se resiste a la elemental pero muy efectiva política del "plata o plomo"? Corromperse o morir, casi todos prefieren corromperse en vida, poco les importa pudrirse después de muertos. Don Ásun controlaba el *business* a la antigüita, con mucho ritual y pocos muertos y eso no iba demasiado con los nuevos tiempos, hacía falta alguien más ejecutivo. Como su hermano pequeño, Diego, don Diego del Campo, medio hermano de padre, diez años más joven que él. Don Ásun lo había cuidado hasta que, en la adolescencia, de Diego, se entiende, habían empezado a pelearse, a partir de entonces no pararon, se llevaban porque no les quedaba de otra pero también se odiaban como sólo se odia en las telenovelas. Cuando el padre de ambos, el inolvidable Francisco del Campo Donoso, don Paco, se retiró del negocio, es un decir porque siguió fastidiando durante años, hasta que se murió vamos, les dejó a los dos todo el tinglado al cincuenta por ciento. Eso no le pareció justo al mayor, pero aceptó porque adoraba a su padre aunque sabía del carácter intratable de su hermanastro. Lo dicta la tragedia y es la historia repetida de Caín contra Abel por la progenitura. Alisia tenía trece años cuando Caín-Diego mató a Abel-Ásun, lo supo mucho después, bueno, no tanto, dos años después, cuando la violó su tío, el tío asesino de su padre. Pero, se vengó, pudo hacerlo finalmente, por eso tiene que regresar con Manuel, se la debe, mínimo... y alguna otra cosa también se la debe al Manolo. Y Ramón en la cajuela.

* * *

Ramón, en realidad se llama Asier, no ha pensado mucho en el sentido de la vida, fue adquiriendo sentido según la vivía, hasta que lo perdió, por completo. Más se ha preguntado, sobre todo últimamente, si él tiene algún sentido en sí mismo, como inquiere, con plomiza insistencia, la new age: ¿cuál es tu misión en la vida? Pesimista, la meta siempre le ha parecido la misma: la muerte. Y como todos comparten el mismo destino él se ha permitido saltarse toda norma, toda convención social, ésa es su coartada, su superioridad moral, por ser humano y por ser capaz de hacer cualquier cosa, mientras está vivo. Ser como imperativo categórico, desde luego que expuesto siempre a la dirección y fuerza del viento, llámense circunstancias, pero entero, pecho al frente. La insatisfacción había adquirido en él la potencia de un reactor nuclear.

De niño había andado más con los gitanos del barrio de arriba que con sus contemporáneos del colegio, todos vascos de pura cepa. A los doce fumaba tabaco y a los catorce hachís, probó la heroína en un desenfrenado viaje de fin de estudios a Ibiza tras concluir el bachillerato. En su primer año de carrera, se metió a periodismo, era ya un joven yonqui, todavía no muy deteriorado pero con ese aspecto desaliñado típico y la molesta tendencia a dormirse en medio de una conversación, a repetirse hasta la saciedad. Eso no le impidió tener su corte de muchachitas alrededor y dárselas de gurú. Leía a William Blake y a Aleister Crowley nada menos, y todavía las miraba con expresión magnética y pupilas dilatadas. Tuvo muchas novias a las que introdujo en el pico, le gustaba inyectarlas primero a ellas para contemplar extasiado el efecto, luego él se introducía la jeringa en la vena con doble placer, cerrando los ojos e imaginando el gemido que sigue al ardor del sentir la droga entrando al torrente sanguíneo, como un orgasmo prolongado. Consiguió completar el segundo año universitario gracias a que escribía muy bien y nunca se metía nada en clase. Pero al tercero la cosa se complicó, sus padres se enteraron del vicio que tenía y por toda terapia le cortaron la entrada de dinero. Empezó, claro, a robar, primero a ellos, después a los amigos, y cuando se acabaron éstos, a las chicas que se ligaba, y finalmente, con una navaja, se dedicó a robar transeúntes en otras ciudades, por eso del qué dirán. Enseguida lo detuvieron y se fue a la cárcel, justo cuando cumplió los veintiuno. Allí pudo aprender todo lo que un delincuente que se honre debe saber y entabló los primeros contactos con reos políticos, rebeldes con causa que lo fascinaron. Pasó el mono a pelo y empezó a aprender euskera. En la cárcel puedes comerte el coco o dejar que te lo coman, optó por abrirse, los maestros estaban ahí más que dispuestos a inculcar una idea germinal, una ponzoña, y él la recibió y se vio fecundado por la idea del milagro, el mito del origen y el mito de la pureza, el mito de ser algo más porque se ha nacido en tal o cual lugar, y no hablamos del noble amor al terruño, sino de la patria como coartada vital, el sinsentido de la vida como enfermedad y el apósito de la identidad como cura. Fue inoculado y por bruto, no había ninguna lectura que lo inmunizara, enfermó del más cruel de los romanticismos. Salió a finales de los ochenta, en menos de un año de doctrina y adiestramiento ya estaba en la primera línea de choque en las manifestaciones, era muy bueno para devolver botes de humo y lanzar cocteles molotov. Mejor físicamente de lo que había estado en años, respaldado por una ideología sustentada en un complejo de superioridad malsano, se sentía genial. Del uso de resorteras letales a la nueve milímetros hay un paso, y de las reuniones en la casa del párroco a las huidas espectaculares a través de los Pirineos un océano de adrenalina. Su vida era rápida y electrizante, no podía parar y eso lo mantenía entretenido, satisfecho. Sabía de estrategias de hostigamiento, de atentados con bombas caseras, de guerrilla urbana, y tenía un convencimiento ciego en la causa, la causa le daba sentido a su vida. Cuando apenas había empezado a preguntarse ¿para qué soy bueno? encontró el ambiente propicio para graduarse en la universidad del terror. De mensajero de amenazas a experto en bombas lapa, de vigilante a asesino experto, de peón a jefe de comando, siempre voluntario para las misiones más peligrosas. No tenías que pensar en el enemigo como en una víctima, sino como en un objetivo, como una de las cabezas de hidra del centralismo capitalista. Así los podías matar tan placenteramente.

* * *

—Ya te ha dicho tu madre que no puedes meterte al agua— quien habla, con acento español, es un hombre de mediana edad incrustado en una tumbona maltrecha, que trata de esquivar la sombra que proyecta su hija, una adolescente en eclosión con un minúsculo bikini amarillo.

—Pero papá es que hace mucho calor.

—Mira yo no sé de esas cosas… de mujeres. Si tu madre te ha dicho que no, es que no. Ahora déjame descansar, que también son mis vacaciones, coño.

Es una playa cerca de Progreso. La niña se da la vuelta, patea la arena como un toro de lidia y se aleja hacia el palmeral. Está a punto de explotar, no soporta nada ni a nadie.

—Mis padres, qué par de imbéciles, más tontos y no nacen —gruñe con dosis extra de sulfúrico mientras se aleja de las hordas de turistas, recién descargados de un autobús y con el tiempo contado para tostarse antes del siguiente tour, posiblemente a otra agotadora pirámide.

—Qué horror, menos mal que tengo mi iPhone.

Abstraída camina manipulando su juguete, el calor es abrasador pero ella ni siente ni padece, es una adolescente. Se acomoda a la sombra de una palmera sólo para poder ver bien la pantalla, podría pasar una manada de elefantes y no se enteraría.

—Oye amiga, qué bonito teléfono. —Una mujer joven y esbelta se acerca con sigilo, trae un traje de baño deportivo, negro y muy ajustado, la melena cubierta por un pañuelo, lentes oscuros. Se sienta a su lado.

—¿Me dejas ver?

La niña la mira con curiosidad, después le enseña la pantalla del aparato.

—Estaba bajando mis mails.

—¡Qué maravilla! Tu sí que eres una chavita moderna.

—Ya no soy una chavita, señora.

—No me digas señora y yo no te trato de niña, ¿ok?

—Ok —responde la jovencita, encantada de poder hablar con alguien.

La mujer la mira de arriba abajo, se quita el pañuelo de la cabeza y se desparrama su voluminosa melena rasta.

—Creo que eres perfecta, criatura.

—Perfecta, ¿para qué señora? Perdón...

—Eso pronto lo vas a averiguar pendeja...

—¿Qué?

Desde atrás Gul cubre la cabeza de la niña con una bolsa de plástico asegurándola con cinta aislante, la niña asustada cae de espaldas y entre los dos la arrastran bajo la sombra de las palmeras. A cubierto rasgan la bolsa, la niña inhala, los ojos parece que se salen de sus órbitas. La vuelven a amordazar y le atan las manos atrás.

—¿Seguro que es virgencita?

—Seguro.

—Pues yo no estaría tan seguro, Durga, mira qué pedazo de culo, caberle ya le cabe.

—Ésta no conoce la verga, te lo digo yo.

Capítulo 5
El tiempo del no tiempo

Esto prueba que ya se comienza a conocer la necesidad de dividir nuestros intereses de los intereses de los indios. La raza indígena no quiere, no puede amalgamarse (permítasenos la metáfora) con ninguna de las otras razas. Esta raza debe ser sojuzgada severamente y aun lanzada del país, si eso fuera posible. No cabe más indulgencia con ella: sus instintos feroces, descubiertos en mala hora, deben ser reprimidos con mano fuerte. La humanidad y la civilización lo demandan así.

(Justo Sierra O'Reilly, periódico *El Fénix de Campeche*, 1 de febrero de 1847)

La enfermedad lleva meses en la península pero se han guardado celosamente los datos estadísticos, como si no tuvieran nada que ver los casos entre sí. La Secretaría de Salud del estado lo llama "un manejo de bajo perfil", pero en realidad es ocultación de información, cuando no burdas mentiras. La meta imposible es no causar alarma, no espantar al turismo, sería la ruina en plena temporada alta. Primero creyeron en una forma de dengue, pero enseguida se percataron de que era algo muy distinto. Los contagios se extienden, los síntomas se desarrollan muy rápido, primero ciertos tics en la cara, luego una sed abrasadora, fiebre alta, tos seca, vómito sanguinolento, pérdida del conocimiento y muerte por fallo sistémico a más tardar a las cuarenta y ocho horas. Lo terrible del caso, desde el punto de vista de la Secretaría de Turismo, es que las víctimas son extranjeros, turistas o residentes, y el ochenta por ciento blancos. En la población local no se ha detectado ningún caso. Los asesinatos de los sacerdotes en los últimos días han distraído un poco la atención del público justo antes de que entrara en pánico, pero lo que en los periódicos llaman la "fiebre del turista" enseguida ha vuelto a la primera plana. Empezaron las cancelaciones de vuelos y hoteles, y hoy los turistas se amontonan en el aeropuerto para adelantar su regreso. La enfermedad se ha convertido en noticia nacional para escarnio de las autoridades locales. Los expertos dicen que es un virus, pero no logran encontrarlo, todavía, tampoco un tratamiento eficaz aunque se han ensayado muchos. Esta última semana han aparecido algunos casos de mestizos contagiados, y con las mismas consecuencias fatales, hasta ahora sólo los indígenas puros parecen estar inmunizados.

Las capitales de los tres estados que forman la península de Yucatán están a punto de colapsar mientras en el campo la calma es casi total, excepto que en diferentes puntos de la geografía calcárea de la península los cenotes se han desbordado. Lo más extraño es que no ha llovido tanto en la última semana, así que todos concluyen, mínimo, que es de mal augurio. En la costa las mareas son muy vivas y las olas se encrespan a cada rato, aunque ya no quedan turistas a quienes revolcar. Parecen las horas previas a un huracán de importancia, pero las fotografías de satélite muestran un golfo de México en perfecta calma.

* * *

En la espaciosa camioneta Alisia no deja de pensar en Ramón pero, a medida que pasa el tiempo y el paisaje se dilata en la monotonía de playas desiertas y selvas ninguneadas, le empieza a parecer absurda toda la historia, ridícula la relación, infantil su empeño en huir, de Manuel y de su pasado. "¿Cómo puede ser tan irresponsable?", se pregunta y recapacita sobre las muchas razones que hay para amar a Manuel, a don Manolo. En realidad no se acuerda más que de una, pero ésta es poderosísima, y nunca se desgasta, la venganza, la venganza que Manuel puso en sus manos, eso es lo que le debe más que nada, le debe la muerte de su tío, hermano de su padre, otro don, Diego.

Es un sábado de mayo, ya ha terminado la misa y está bien cumplido el vals inaugural, la fiesta empieza a animarse en el colosal rancho de la familia Del Campo. Más que un rancho es una hacienda, una enorme propiedad coronada por una casa de absurdo estilo sureño, como una de esas plantaciones georgianas de antes de la Guerra de Secesión en los Estados Unidos. Con un amplio porche rodeado de columnas que sujetan un frontispicio triangular dando paso a una cúpula acristalada. Prados de pasto perfecto se extienden desde el blanco edificio de mármol hasta un muro de cinco metros de alto recubierto de alambre electrificado y decenas de cámaras. Una única puerta reforzada y con torretas para ametralladoras a los lados está vigilada por matones con armas largas y perros de presa, un pequeño ejército patrulla la propiedad en carritos de golf pintados de negro.

Ahí empezó todo, en el hogar familiar, todo lo malo se entiende, el germen del descalabro. Ya han pasado veinticinco años, un cuarto de siglo, parece mentira, pero lo recuerda a la perfección, con una repugnante perfección. En cualquier momento puede poner la película, pero una vez que la pone la tiene que ver hasta el final. Ella, con quince años, ha subido a su habitación a cambiarse de ropa, tiene un vestidor en el que podrían vivir tres familias, le ha costado bastante trabajo quitarse el vestido con aros en la falda, el corsé que contiene su pujante anatomía parece imposible de desabrochar, suda del esfuerzo y no se da cuenta de que alguien ha entrado en el vestidor y cerrado la puerta. Por fin, en ropa interior de Hello Kitty, la adolescente Alisia busca qué ponerse para regresar rápido a la fiesta, está muy nerviosa y se tropieza con un redondo taburete de terciopelo. Al levantarse lo ve y trata de cubrirse con lo primero que encuentra, se sonroja.

—¿Tío Diego? ¿Qué hace usted aquí? ¿No sabe que me estoy cambiando?

El tío está sentado en una esquina del sillón lleno de almohadas rosas, viste de negro, camisa de seda ceñida y pantalones de piel, calza unas botas de avestruz, verdes y puntiagudas.

—Mire sobrina, usted es como una hija para mí, desde que murió su papá.

—Gracias, tío Diego.

—Ven, siéntate un momento, aquí, conmigo —da una palmaditas al asiento.

—Pero no estoy vestida.

—Qué tontería, si te conozco desde que eras un bebé.

—Es mejor que me vaya, todos me están esperando.

—Pues que esperen.

Con un brusco movimiento la toma de la muñeca izquierda y la atrae hacia sí sentándola a su lado, de otro jalón la pone al alcance de sus besos y su lengua. Ella trata de resistirse, lo golpea en el estómago con todas sus fuerzas, él se ríe a carcajadas, la sujeta las dos manos con una sola de las suyas y sin parar de reír las coloca sobre su entrepierna.

—Usted niña ¿sabe lo que es el derecho de pernada?

—Por favor tío, suélteme… voy a gritar, mi madre me está esperando…

El tío Diego la suelta pero antes de que ella pueda levantarse y reaccionar saca una escuadra de nueve milímetros y le apunta a la cabeza. Lamiéndole la oreja susurra:

—Si se lo dices a tu mamá, la mato… como maté a tu padre.

Pese a la amenaza del arma sobre su sien, Alisia voltea hacia él.

—Fuiste tú maldito…

Con el cañón del arma hace que incline la cabeza, con la otra mano se baja el zipper.

—Mejor ponte a trabajar putilla, ya tienes quince años, si vas a ser de cualquier pendejo de la secundaria —la restriega contra una erección pujante— mejor primero eres mía. Tengo mucho que enseñarte, hija.

A partir de aquí Alisia se disocia de sí misma, y aunque recuerda muy bien cada cosa que hizo o le hicieron no piensa que es ella, se trata de otra persona, un cuerpo ajeno que observa, que recuerda, desde fuera. El tío la trata con una violencia y desprecio exagerados, la desflora sin recato, la sodomiza y acaba entre sus pechos riéndose a carcajadas. Poco después, todo ha sido estremecedoramente rápido y terrible, se siente sucia y magullada, pero lo peor de todo es saber que el miserable es además el asesino de su padre. Llora a mares, de rabia contenida, y cuando se da cuenta el hijo de puta ya se ha ido. Corre al baño, abre la llaves de lavabo y de la regadera, también empieza a llenar la tina, se derrumba sobre la taza y vomita, sin dejar de llorar, se mete finalmente en la regadera rodeada del estruendo del agua corriendo por todas partes, amenazando con desbordarse, como su ánimo. En la tina la encuentra su tía Eugenia, hermana de su padre, no ha pasado ni media hora.

—Niña, pero que haces aquí, ¿y este tiradero de agua?

Va cerrando las llaves una a una sin variar su tono severo pero cordial.

—Todos te estamos esperando, ¿te pasa algo? ¿Estás llorando?

—No tía, es que se me ha metido jabón en los ojos, enseguida salgo, me sentí muy cansada de repente, perdóname, en diez minutos salgo, ya estoy bien.

—Bueno hija, te espero en tu recámara. ¡Adolescentes! —añade al traspasar la puerta de vestidor.

Alisia sabe que no tiene más remedio que sobreponerse, sumerge la cabeza y aguanta la respiración todo lo que puede, cuando la saca del agua chorreante ya está lista para iniciar la farsa.

Unas voces crispadas en el radio la sacan de su ensimismamiento pretérito, la caravana de vehículos se ha detenido, la camioneta en vanguardia retrocede. Los siguen a corta distancia dos Hummer del ejército que han salido de la nada, vienen artillados y no se lo piensan mucho antes de abrir fuego prácticamente a quemarropa. Alisia se agacha en cuanto empieza a oír el zumbido de las balas.

—Estos pelones ya valieron, vámonos por el canal —dice Oscar tratando de marcar un número en su diminuto celular.

Los vehículos, con el mayor grado de blindaje que existe comercialmente, aguantan el ametrallamiento pero del otro lado de la carretera la tropa ya ha levantado una barrera flanqueada de tanquetas. Tienen que frenar con estrépito.

—Puta madre, ya nos chingamos —dice uno de los sicarios desde el asiento de atrás.

Oscar consigue que le respondan la llamada.

—General, hablo de parte de don Manolo, permítame un momento —tapa el auricular contra su pecho y toma el radio de onda corta.

—*Atención, aquí número dos, vamos a ir saliendo todos… despacito… y con las manos en alto* —corta el radio y vuelve al teléfono.

—Pues mire… nomás, para reportar aquí un atropello del que somos víctimas… ¿cómo? Pues que nos balearon sin previo aviso, no mi general… estamos saliendo con los manos arriba, sí, sí claro.

Al ritmo casi de cuadro a cuadro abren las puertas y van saliendo con la actitud más pacífica posible, dentro quedan pistolas y cuernos de chivo, Oscar extiende el celular y lo mueve como maraca. Decenas de rifles de asalto los apuntan a escasos metros; con uno que tenga el dedo flojo ya valieron madres. Oscar demuestra bastante sangre fría.

—Perdón, señores, ¿alguno de ustedes es el teniente Riveramala?

Uno de los uniformados se acerca desenfundando su pistola, tiene galones y usa botas de montar.

—¿Qué cabrón? ¿Qué quieres conmigo?

—Es para usted.

El teniente duda un momento y luego toma el teléfono.

—¿Sí? ¿Mi general…? Desde luego… por supuesto… no será necesario… eso está clarísimo… Me saluda a su esposa.

El teniente Riveramala cierra el celular y se lo entrega pensativo, luego vuelve a adoptar el tono marcial.

—Disculpen las molestias caballeros, todo ha sido un malentendido, pueden seguir adelante —hace el saludo militar y entrechoca los tacones.

Se meten en las camionetas con la prudencia de quien camina entre huevos, el cerco de fusiles se va abriendo a su paso. Cuando están a punto de llegar a la última barrera, los blindados ya están moviendo sus orugas, algo sucede. Un viejo Dodge de los setenta se cruza en el camino, desciende un hombre alto y fornido, rubio y medio calvo, trae puesto un chaleco de la DEA. Se identifica ante el teniente sin ocultar su acento gringo.

—Agente especial Thomas Elroy Singlenton. Tengo autorización para revisar la cajuela de ese vehículo —agita un papel ante las narices del militar—. Que la abran por favor.

El oficial hace como que lee el documento en inglés y al momento ya está repartiendo órdenes a diestro y siniestro. Oscar sale del vehículo y abre la cajuela, Alisia observa cómo ayudan a Ramón a salir del carro, está bastante maltrecho, se frota un codo y cojea.

—Es un amigo que venía tomado, se le pasaron las cucharadas y ofendió a la "señorita", lo tenemos castigado —dice Oscar en tono conciliador.

Alisia se muerde los labios, si tuviera un arma dispararía contra todos.

—Pues éste me lo dejan a mí. Si quieren ustedes ya se pueden ir. Muchas gracias, capitán, siga cumpliendo con su deber —dice el gringo, tomando a Ramón del hombro y conduciéndolo hasta el Dodge.

—Teniente nada más. Estamos para servir —vuelve a saludar y entrechoca de nuevo los tacones de sus botas sin mucha gracia. Tom se lleva a Ramón y, en dirección contraria, parten los tres vehículos de los mafiosos, Alisia lo ve alejarse de su vida sin remedio. Tal vez sea lo mejor, quiere pensar, pero no lo consigue.

* * *

Lo más terrible suele ocurrir mezclado con la cotidianeidad más prosaica, los crímenes carecen de lógica, los pecados ni siquiera son disfrutados a plenitud, el paraíso no es sino una apariencia hasta que surge el desgarro, el grito en medio de la calma, el jardín del edén resulta un decorado de cartón piedra que oculta lo abominable. Así es el paisaje idílico que se despliega ante la camioneta Pick up negra que levanta una nube de polvo entre la selva, espanta los pájaros y se acerca a lo que podría ser el anverso de un oasis típico. Allí un vergel surge en medio del desierto, aquí, a donde llega el oscuro y chirriante vehículo cargado de equipo de buceo, es un desierto dentro de la fronda espesa jamás hollada por el hombre, el erial escondido entre la exuberancia.

La camioneta se detiene y desciende el siniestro trío de ex motoristas. Se estiran como si el viaje hubiera sido largo y molesto, contemplan los alrededores, especialmente una achaparrada duna blanquísima de la que surge un riachuelo que es inmediatamente absorbido por la arena. Siguiendo el breve curso del agua hasta su origen se observa la estrecha entrada a una cueva, es una grieta baja y larga de la que surge la humilde corriente subterránea.

—Miren, sale agua —dice Gul.

—Los cenotes se desbordan, es una señal. Ya comenzó —responde el Gran Esperador entusiasmado.

—El tiempo del no tiempo —añade Durga meditabunda.

—Vamos a patear las puertas del infierno —Gul está feliz.

—Eso son patrañas dzul, no hay cielo ni infierno, sólo explosión e implosión, y es hora de poner de cabeza al mundo.

Durga y Gul se miran perplejos, no comprenden.

—Gran Esperador, ¿vamos a destruir el mundo o no vamos a destruir el mundo?

—El mundo no se puede destruir, el mundo es todo y siempre habrá algo. Lo que vamos a hacer es adelantar todos los relojes.

—Cada vez entiendo menos —dice Durga.

—El quinto sol es el final de un ciclo explosivo, de desarrollo y expansión, el advenimiento del sexto sol nos traerá la implosión, el regreso a lo esencial del origen, entonces será como un volver a empezar, como si la humanidad naciera otra vez, como si el sol fuera parido por el vacío de nuevo.

—Pero ¿todo eso no iba a ser a finales del año 2012? —insiste Gul nervioso.

—¡No si puede ser ahora! Para qué esperar, las señales son claras, tal vez se equivocaron en el cálculo de la fecha. Ahora es el momento de comenzar. Pronto, muy pronto ya no habrá normas que valgan, ni ley alguna, seremos por fin libres, podremos diseñar el futuro según nuestros deseos.

—Yo quiero que desaparezcan los dzulob —grita lleno de júbilo Gul.

—Yo quiero poder matar una y otra vez a quien más odio —apunta Durga con tono áspero.

—Todo será nuestro y reinaremos sobre las cenizas y los cadáveres.

Los tres extienden al tiempo los brazos al sol y murmuran entre dientes. El Gran Esperador se arrodilla y prueba satisfecho el agua del arroyo, luego se dirige a la camioneta para hurgar en el hueco detrás de los asientos. La niña secuestrada está inconsciente, la levanta sin dificultad. Durga y Gul empiezan a sacar los tanques de oxígeno y la demás parafernalia para la inmersión. Cuando el líder acuesta boca abajo a la jovencita a la entrada de la gruta nota una ostensible mancha roja en el diminuto bikini amarillo y pierde los estribos, se agarra la cabeza y monta en cólera.

—Hijos de la chingada, ¿pero qué me han traído?

Gul se acerca a la niña.

—Se lo dije... pero esta Durga es pendeja, ¿qué le pasa?

—Es impura, hay que volver a la ciudad.

—¿No podemos empezar el ritual?

—No hoy. Si sirviera de algo los sacrificaba a ustedes, cabrones.

Mientras regresan cabizbajos a su vehículo, cargados con el equipo y con la niña a rastras, no notan que el riachuelo procedente de la cueva crece hasta convertirse en un chorro a presión.

* * *

Apenas cuando el automóvil acelera Ramón recupera la plena conciencia: lo acaban de sacar de una cajuela después de golpearlo y ahora se lo lleva un agente de la DEA quién sabe a dónde. El tipo no dice una palabra, Ramón se obliga a iniciar el diálogo.

—Muchas gracias por ayudarme, pero ¿qué tengo que ver yo con la DEA?

—Yo no trabajo para la DEA, pero usted sí trabaja para la ETA.

—Trabajaba.

—¿Se pueden dejar esos trabajos?

—Ya vale de tonterías, ¿qué es lo que quiere de mí?

—Nada malo, a quien persigo es a esos melenudos.

—¿Y entonces…?

—Los vengo siguiendo, vi cómo lo intentaban secuestrar en el zócalo esos indios de mierda, también vi cuando se lo llevaron estos otros… maleantes. Por cierto, ¿tiene usted muchos amigos por aquí, no?

—Yo no sé nada de esos dementes, no conozco a unos ni a otros.

—No me diga. Amigo, vi la piedra que le pasó al más grande. Qué, ¿era su cumpleaños? Y de la hembra tampoco sabe nada, ¿no sabe que es la hija de un narcotraficante?

—Me dijo que su padre había muerto.

—Sí, está muerto. Pero ahora es la mujer de don Manolo, *capo di tutti capi.*

—Dime, ¿amigo…?

—Puede llamarme Tom.

—Tom, me quieres decir ¿yo que tengo que ver…?

—Trabajo para los padres de una de las víctimas de estos salvajes, ya encontré su cadáver, pero el padre quiere más.

—Los quiere muertos.

—Usted sabe algo de eso…

—¿Qué quiere de mí?

—No sé por qué están interesados esos cabrones en usted, pero pienso usarlo, si viene al caso.

—Como cebo.

—*Exactly.*

—¿Y yo qué saco de todo esto?

—Puedo darle información vital sobre su seguridad.

—¿Sobre mi seguridad?

—Lo están siguiendo.

—¿Los motoristas?

—Otros, compadre, otros.

—¿Qué otros?

—Sus amigos, sus camaradas, sus colegas, sus socios, como les llamen…

—Me han encontrado.

—Intentaron matarle en Guatemala.

Ramón guarda silencio, ya desde entonces iban por él, qué necio había sido. Piensa en Alisia alejándose, todo se le está complicando. Tom interrumpe su divagación.

—Yo puedo protegerle si me echa la mano, finalmente es usted un profesional, ¿no?

—¿En qué? ¿En matar? —Ramón se queda pensativo.

—Ya sé que no es lo mismo que los altos ideales del nacionalismo, pero comprenda, estos miserables son asesinos de niñas. Y van a seguir matando, no pude salvar a la hija del señor Franklin, pero podré salvar a otra pobre criatura, tenemos que detenerlos.

—Tenemos…

—Mientras esté conmigo, compadre, no le va a pasar nada, serán unas vacaciones de película.

—No puedo creerlo.

—¿Quiere manejar? Así se entretiene.

Tom detiene el automóvil y sale, rodea el carro y abre la puerta a Ramón indicándole que salga.

—No crea que se lo presto a cualquiera, esto es una joya de los setenta.

Ramón se pone al volante y no sin cierta dificultad arranca y acelera. El paisaje se reduce a la potencia de los faros, la carretera se vuelve camino y luego apenas marcas de rodadas.

—Usted siga, falta bastante.

—¿A dónde vamos?

—¿No leyó en la prensa que habían localizado la entrada al submundo maya? Una serie de cuevas acondicionadas por la mano del hombre para representar la entrada a Xibalbá.

—La puerta del infierno…

—Para allá vamos, sí señor, al inframundo…

Ramón aprieta el pedal de acelerador y no puede evitar sonreír.

—Esto parece una puta aventura de Tintín.

* * *

Xiu está sentado en el sillón de su casa, en una mesita portátil tiene la cena, suculenta, apenas empieza con la sopa de lima. Mira con atención, en la tele, las noticias de la noche, sin dejar de comer. Ha estado tan ocupado con los recientes asesinatos que no ha seguido el desarrollo de la extraña enfermedad que ya se ha cobrado centenares de muertos. Él tiene menos cadáveres en su expediente… bueno, muchos menos, pero cada uno debe hacer su trabajo, no todos los muertos son su responsabilidad, a menudo se muere la gente, ahora mismo seguro que se está muriendo alguien. Trata de desechar esos pensamientos que le pueden echar a perder el apetito. Aurora, su esposa, ya trae el plato principal, pollo en salsa de pepitas de calabaza y arroz con plátano frito. Nada puede dañar ese momento sublime en que el aroma del guiso llega a la nariz de Xiu, entonces vuelve a ser niño, regresa al paraíso de la ignorancia y la verdad, sonríe como un maldito buda y comete el error de subir el volumen.

—*Son ya seiscientas veinticinco personas las fallecidas a causa de la denominada "fiebre del turista". Los políticos se lavan las manos y ocultan información. Nadie puede resolver este problema de salud pública que podríamos calificar, no de grave, sino de gravísimo* —en la televisión el locutor recalca la última palabra y levanta la ceja—. *El impacto en el turismo ha sido catastrófico, la ocupación hotelera ha descendido en un ochenta por ciento, y los vuelos tanto nacionales como internacionales están siendo cancelados. Terrible situación la que se vive, de momento, en la península de Yucatán...*

—Y en otro orden de ideas, el saldo de ejecutados el día de hoy asciende a treinta y dos en tres estados, lo que hace un total de ochocientos setenta y uno en lo que va del mes en toda la república, y la —recalca— *escalofriante cifra de más de ocho mil muertos incluyendo políticos, policías, sicarios y víctimas colaterales en este año...*

Xiu a duras penas termina el último bocado, en tiempo récord, y ya no se aguanta más. Baja el volumen.

—Ni en Afganistán.

—Tranquilo, Chava, que ya sabes que luego te dan las agruras.

—Me tengo que ir a la oficina...

—¿A estas horas? —pregunta su mujer extrañada.

—Voy a volver a hablar con mi hermano, aquí hay algo raro.

—Ni me digas, yo no quiero saber de tus cosas, bastante tengo con que han cerrado la escuela hasta nueva orden.

—Por la fiebre, ¿tan serio es?

—Muy serio Chava, la gente tiene miedo, y yo, no sé qué voy a hacer con tus hijas, la verdad.

—Tengo un amigo en la Secretaría de Salud, voy a hablarle, a ver de qué me dice, luego te cuento.

—No, mejor no cariño, mejor no me cuentes, pero sí ponte esto cuando salgas.

Aurora le entrega una blanca mascarilla para nariz y boca con una sonrisa.

—Aurora, por favor, voy a parecer no sé...

—Sí cariño, pero así no me traes virus a la casa.

Se la va a poner, vaya que sí, después de hacer una cita con su hermano y pedir los informes de las últimas desapariciones de jovencitas extranjeras. No puede solapar que las noticias de la enfermedad le hagan pensar en los escurridizos motoristas satánicos, o lo que sean, aparentemente no hay relación pero su mente se empeña en juntar los dos fenómenos en uno. ¿Habrán cometido el treceavo sacrificio tras el cual podrán desatar por fin la catástrofe? Según el evangelio de Marcelo, claro. No, no es posible, todo debe ser una tontería fruto de la mala digestión, simplemente no puede ser cierto. Por si acaso va a investigarlo.

* * *

Alisia tiene novios después de eso, muchos novios dirían algunos delatores de la promiscuidad ajena. Empieza a ir mal en la escuela, en secundaria tiene fama de conflictiva, en preparatoria la expulsan y acaba por libre. El tío Diego no la deja en paz durante cinco años por lo menos, hasta que ya no es una jovencita y supera la edad adecuada para ser objeto de su lujuria. Después de una etapa ninfomaniaca logra estabilizarse al entrar a la treintena. Se aleja todo lo que puede de la familia, decidiendo vivir en la Ciudad de México, marchándose, a la menor oportunidad, a estudiar a París o a Londres cursos de museografía y organización de empresas culturales. No se perdona no haber ido a la universidad, pero ya por aquel entonces siente que es demasiado tarde para ella, no puede retrotraerse en el tiempo. Alisia está más hecha para la acción que para el estudio, para hablar más que para escribir, más para hacer que las cosas ocurran que para entender cómo ocurren o por qué. No le ha ido nada mal, ha montado una galería en Tijuana y de vez en cuando escribe artículos sobre arte para revistas universitarias. Siente que ha conseguido un grado de madurez notable, entonces conoce a Manuel, a don Manolo. Se lo presentan en la inauguración de un club donde ella ha aportado a la decoración delirante una serie de cuadros de artistas jóvenes. No le parece desagradable, tampoco nada del otro mundo. En la desaforada fiesta que sigue tiene oportunidad de hablar con él y reírse bastante, ni siquiera se percata de la media docena de matones que los escoltan. Le gusta pero no se enamora de él, falta algo, la chispa, las mariposas en el estómago, así que deja de frecuentarlo. Entonces interviene su madre, como siempre tarde y mal, la reprende con dureza y le prohíbe terminantemente andar con el tal don Manolo, se trata de un enemigo de la familia nada menos. Por eso mismo ella decide volver a interesarse.

—Si tu tío se entera te mata.

—A mí, lo que diga el pinche tío...

—No seas grosera niña.

Además Manuel, que se encuentra en un momento crucial de su carrera, a punto de subir de nivel o de perderlo todo, la persigue por cielo, mar y tierra. La envía costosos arreglos florales, la invita a desayunar en los Cabos o a cenar en New York, manda socios para comprar toda la exposición de su galería tijuanense, no se pone límites. En pocos meses y en un absoluto secreto empiezan a considerarse novios clandestinos. Para Alisia es una clara venganza contra la familia que no sólo no la ha protegido sino que la agrede con fiereza. Desprecia a su mamá por haber consentido lo más terrible, pero sobre todo siente lástima por su padre asesinado cuando era ella tan pequeña, cuando lo necesitaba tanto como respirar. Seguro por eso ha acabado con Manuel, si ya lo dice el terapista argentino, siempre buscando la imagen del padre. Lo cierto es que se parece mucho físicamente a su papá cuando era joven, muy alto y fuerte, con bigote espeso y nariz destacada. Además es una buena persona, bueno, si puede decirse eso del rey de las metanfetaminas al que culpan de decenas de muertes. Una noche, un poco más bebido que de costumbre, no usa ninguna de las drogas que vende, Manuel le pide matrimonio. Ella duda: si están muy bien así, viven estupendamente, para qué atarse. Manuel insiste.

—Quiero que sea usted mi mujer.

Le ofrece un estuche de terciopelo negro.

—No sé, yo…

—Sí sabe, porque le ofrezco lo que usted más quiere.

—¿Y qué es eso? Dígame usted.

Alisia juguetea con el estuche sin atreverse a abrirlo. No quiere que Manuel se enoje, pero no está dispuesta a aceptar algo de lo que no está nada segura.

—Le ofrezco la cabeza de su tío Diego.

Capítulo 6

El tiempo de las verdades que duelen

Así fueron bajando por el camino de Xibalbá, por unas escaleras muy inclinadas. Fueron bajando hasta que llegaron a la orilla de un río que corría rápidamente entre los barrancos llamados Unzivan Cul y Cizivan, y pasaron por ellos. Luego pasaron por el río que corre entre jícaros espinosos. Los jícaros eran innumerables, pero ellos pasaron sin lastimarse.
Luego llegaron a la orilla de un río de sangre y lo atravesaron sin beber sus aguas, llegaron a otro río solamente de agua y no fueron vencidos. Pasaron delante hasta que llegaron a donde se juntaban cuatro caminos y allí fueron vencidos, en el cruce de los cuatro caminos.

(Popol Vuh. *Las antiguas historias del Quiché*, traducción Adrián Recinos, Fondo de Cultura Económica 2008, México)

Xiu no es un gran lector de la Biblia pero esta mañana le pide a su secretaria que le busque una. La señora Encarnación tarda un segundo en sacar un ejemplar de su bolsa de mano y se lo tiende al inspector con una sonrisa de oreja a oreja, por fin su jefecito vuelve al buen camino, la fiel secretaria siempre reza por el alma de Xiu tan poco dado a religiosidades pero tan buena persona. Él toma la Biblia y la abre al azar en un gesto impulsivo que reconoce al instante como heredado de su padre. Recuerda al viejo empezar cada día con la lectura de unos versículos casuales y aplicar esa profecía, o consejo, o análisis, a la jornada. Por eso lo hace ahora pese a su escepticismo, para invocar el oráculo, una luz a la que seguir para resolver este caso que se está volviendo extrañamente siniestro.

—Caray, el Apocalipsis de san Juan.

—La santa Biblia no se lee así, a lo tonto, eso son supercherías, adivinación, brujería… —la secretaria se irrita con facilidad, es una cristiana recalcitrante.

—Cálmese Encarna, es una vieja costumbre de mi padre, veamos… —lee lo que señala su dedo apoyado en las suaves páginas del mayor *best seller* de la historia.

Cuando lo vi, caí a sus pies como muerto; pero él puso su diestra sombre mí y dijo: No temas; yo soy el primero y el último, y el que vive. Estuve muerto, pero ahora vivo por los siglos de los siglos, y tengo las llaves de la muerte y del abismo.

Xiu cierra la Biblia de un golpe y se la devuelve a la secretaría que todavía refunfuña y señala a la puerta.

—Ahí afuera está el hermano de usted.

El licenciado Xiu se sienta a la mesa donde lo espera una taza humeante de chocolate.

—Pues hágalo pasar, qué espera Encarnita.

—Claro licenciado —la secretaria rebaja el tono pero no se priva de agitar la Biblia ante las chatas narices de Xiu que, en cuanto ella sale, exclama:

—Fanatismos, caray, y aquí viene otro.

Marcelo aparece como una exhalación, trae varios libros bajo un brazo, con el otro gesticula.

—Te dije que había señales, se están adelantando los acontecimientos, nada de esto debería ocurrir y menos ahora.

—Siéntate Marcelo, y cálmate. Señora Encarna traiga un chocolatito caliente para el señor Marcelo, si me hace el favor.

—Lo de las trece piedras es sólo una pequeña parte de un plan que se extiende por muchos países del mundo. Existe un intento concertado de trastocar el planeta, de iniciar una transformación negativa, es el horror de Conrad, es el mal mismo, el Mal con mayúsculas.

—El mal mismo, y ¿qué es eso? Yo no creo que exista el mal como una entidad, como un... sujeto, tal vez ni exista el mal siquiera, ese Mal "con mayúsculas" del que hablas. Lo que sí existe, estoy seguro, le he visto, es lo malo, y la maldad, la maldad humana siempre, la vocación destructiva y autodestructiva que posee el hombre, su naturaleza violenta y desequilibrada.

—Ok, hermano, ya párale con tu nihilismo de pacotilla, aquí estamos lidiando con el fin del mundo tal como lo conocemos, con el advenimiento de un mal real, infernalmente real.

—¿Pero existe el mal fuera de los cuentos infantiles? Quiero decir, un mal que no sea el hambre, la enfermedad, la guerra, los accidentes, la violencia generalizada, porque todos esos son males muy humanos, nosotros somos el mal, no necesitamos de fenómenos paranormales.

—Yo no sé para qué vengo a hablar contigo, si tienes una piedra por cabeza —se levanta muy airado. Xiu mantiene la calma.

—Marcelo, por favor siéntate, si ya está aquí tu chocolatito.

La señora Encarnación obstruye, taza en mano, la puerta, Marcelo se ve obligado a sentarse. Le ponen la taza humeante frente a las narices y ni forma de despreciarla, la toma con las dos manos y la prueba, el licenciado también bebe y deja que transcurran unos segundos de silencio, como si ambos tomaran una respiración profunda. Cuando el lapso se vuelve obstinación, habla.

—Perdona Marcelo, no te enojes, la situación ya es bastante preocupante, lo reconozco, reconozco también que algo está pasando que se me escapa…

Marcelo hace ademán de levantarse, Xiu lo apacigua con un gesto y logra que se concentre de nuevo en el estimulante líquido caliente que tiene entre sus manos.

—Espera, escucha un momento, no sé qué es, pero estoy muy lejos todavía de creerme historias mitológicas sacadas de novelas de terror baratas. Escucha por favor. Sé que algo está pasando pero yo no puedo solucionar todos los problemas, necesito que me ayudes en lo concreto, que es resolver el caso. Si lo solucionamos y cesa la enfermedad, y bajan de nivel los cenotes, entonces habrá tiempo de que me cuentes esa historia de dioses extraterrestres.

—Sólo te puedo ayudar si crees que existe algo más allá de la razón, algo tan grande, y a veces terrible, que simplemente no podemos comprenderlo, ni nos acercamos siquiera a lo que significa, o cuáles son sus designios, no tenemos esa capacidad...

—Está bien, sí creo que hay algo más, algo más que no entiendo, pero que quiero entender.

—Pero mira que eres burro.

Tocan a la puerta y sin esperar respuesta entra el perito con aire triunfal.

—Jefe, lo siento mucho, pero no tenía usted razón, qué bueno que no apostó nada, je... Perdón, buenas tardes, no quise interrumpir...

—Siga, siga, doctor... Nefasto.

—Bien, con el perfil que me indicó, y de tres meses para acá, hay, al día de hoy, catorce jóvenes secuestradas, no trece... como usted dijo. Todas son niñas blancas, extranjeras la mayoría, y de no más de dieciséis años. La última fue reportada... ayer mismo, a dos más se las llevaron apenas la semana pasada.

—¿Cuántas hemos recuperado?

—Vivas ninguna, hemos identificado hasta ahora seis cadáveres, los seis con mutilaciones terribles, se les había extraído el corazón, mínimo. De las otras ocho no hay ni rastro.

—¿Por qué no han hecho nada hasta ahora? —Marcelo intenta levantarse pero ahora es el perito quien obstruye sus movimientos con su enorme envergadura.

—¿Nada? Hay cientos de desaparecidos al año señor mío, se les reporta y ya, no tenemos capacidad para buscarlos, en cuanto a las muertas hay una investigación de homicidios en marcha, el primer cuerpo apareció apenas hace un mes —el perito se sulfura.

—Ahora el caso es nuestro, los robos, los crímenes, todo, el secretario ha insistido en ello. Lo que tenemos que hacer es encontrar a los motoristas.

—Algo les falló con la víctima número trece, por lo que sea no sirvió para sus negros propósitos y han tenido que buscar otra —Marcelo, parece ahora reunir fuerzas y se levanta de la silla apartando al perito, pasea de un lado a otro, se detiene y mira a su hermano.

—Yo sé dónde están.

—¿Cómo puedes saberlo?

—Llámalo intuición o llámalo lógica marciana pero lo sé. Chava, ¿no recuerdas que hace un par de años se publicó en los periódicos que habían localizado una red subterránea de ríos, cenotes y lagos ocultos sobre la que los mayas habían construido templos y altares, caminos y extrañas infraestructuras para poner en escena el mito del infierno, del tránsito al inframundo, al más allá, a Xibalbá...

—Sí, sí, me acuerdo —Xiu pone cara de no acordarse.

—Bueno, estoy seguro de que esos tipos están allí, o se dirigen allí.

—No sé por qué, pero voy a confiar en ti.

—Ya era hora, Barbamarilla.

* * *

Tom echa agua al radiador recalentado de su viejo Dodge, una espesa nube de vapor pronto desaparece en el ambiente bochornoso, saturado de humedad. Ramón examina un mapa sentado en su asiento con la puerta abierta. Están ante una bifurcación y sin ningún punto de referencia, la visión panorámica no existe, sólo la selva que amenaza con tragarse los caminos. No pueden ver más allá de la cortina de verdor: los árboles, las enredaderas, las lianas, los matorrales y la oscuridad. Ni subiéndose al carro han podido vislumbrar nada más que un mar de jungla impenetrable que se extiende alrededor.

—Yo iría a la izquierda.

—Pues yo no le puedo negar que soy republicano.

Tom estalla en carcajadas, le brilla la dentadura bajo el sol impenitente.

—Sí, los mercenarios suelen ser más de derechas.

—Y por ahí nos vamos a seguir.

Señala el camino en ese sentido, cierra el cofre y se limpia las manos con un pañuelo rojo que saca de un bolsillo trasero del pantalón. Luego, quita de las manos de Ramón el mapa que inútilmente trata de plegar y lo dobla con precisión papirofléxica, cierra la puerta de Ramón y se sienta al volante. Toman el camino apenas marcado por numerosos charcos que reflejan un cielo saturado de azul y sin una nube.

—¿No es rara tanta agua? No ha llovido casi estos días…

—Entonces compadre, ¿cómo le llamo? ¿Ramón o Asier? O mejor su nombre de guerra: Chaco.

—Asier está bien —en el juego de cambiar el tema mete su baza—. Dígame más de Alisia.

Tom lo mira un segundo y sonríe, es un hombre que disfruta su trabajo, disfruta hacer lo que hace y se atribuye honores él mismo, ni media duda pasa por su cabeza rubicunda sobre eso de que los fines justifican los medios.

—Alisia del Campo y Goytisolo, hija de Fernando del Campo y Asunción, el más famoso gomero de los sesenta, hace casi treinta años lo mató su hermanastro Diego. Y a éste lo mató don Manolo, sí, don Manolo, el rey de las metanfetaminas, el marido de su amiguita, de eso hace diez o quince años, se casaron poco después...

—¿Está casada?

—Sí, casada y bien casada. Usted, compadre, ¿cómo la conoció?

—En un tiroteo, en Guatemala, hace unos días.

—*Very nice.*

* * *

Alisia dice que sí, no lo duda ni un instante, sabiendo en lo que se mete, digna hija de su padre. Jura amarlo y respetarlo ante el altar, sólo después de que haya cumplido su promesa. Don Manolo mata dos pájaros de un tiro, convence a Alisia de casarse y desata una guerra que según sus cálculos debe ser sangrienta y muy rápida. Manuel tiene la ventaja de la sorpresa y la utiliza, mediante falsos retenes militares detiene una veintena de cabecillas de la organización y los ejecuta sin piedad. En cambio los sicarios sobrevivientes son muchas veces recontratados. En dos semanas tiene todo bajo control con un mínimo de bajas. Dar con el paradero de don Diego es un poco más complicado, un mes más le cuesta localizarlo en una casa de seguridad en Los Mochis. Prefiere no ir personalmente, ya no hace esas cosas, está en diferente nivel, otros empuñan las armas, ahora es un empresario, un campeón social que no se mancha las zarpas de sangre. Manda a su mano izquierda, la derecha es por supuesto Oscar, manda entonces al Pistache, un sicario viejo, de cuarenta años, a encargarse del asunto y con instrucciones muy precisas. El Pistache es bajito pero recio, de boca ancha y mandíbulas prominentes, parece un perro *pitbull* con bigotillo.

Ha transcurrido casi un par de meses desde la pedida cuando aparece Manuel en la casa de Alisia en Culiacán, trae un voluminoso paquete y sus mejores galas estilo grupero: botas puntiagudas, pantalón de piel, camisa desabrochada mostrando varias cadenas de oro. El sombrero lo ha dejado en la Hummer blindada.

—Yo ya cumplí, ahora le toca a usted.

—¿Qué me trae pues?

—Lo que le prometí.

—¿Qué le pedí yo que pueda entrar ahí?

—Ábralo usted si tiene estómago, yo nada más cumplo. Ah, y al rato paso por usted, mi niña Alisia, para ir al baile, ya sabe...

Y se va, dejando el paquete sobre la mesa, un cordel lo envuelve haciendo un lazo arriba. Alisia se acerca y tira del nudo, luego arranca el papel, la verdad no muy nerviosa. Es un pequeño barril de cristal en el que flota una cabeza humana, "qué literales son los hombres", piensa Alisia. Da por sentado a quién pertenece y la manda retirar de inmediato. Manuel ha sido cruel a propósito para que ella vea de lo que se trata el asunto, en este negocio no hay vuelta atrás una vez que estás adentro. Pero eso lo sabe muy bien desde que es preescolar. Siempre ha vivido en el mundo del narco, recuerda la época en que se gestaron los mejores corridos, una época que vista desde ahora parece romántica.

No es esta matanza declarada de nuestra lamentable realidad de todos contra todos, esta guerra tan asquerosamente política que nos va a llevar al carajo, cuando un gobierno no puede mantener el orden malo, malo, es claro que sobreviene el palo. Pero bueno, está reconstruyéndose en todo el país el mapa de los cárteles, ni modo. Por eso las masacres en aumento y las sucesivas venganzas, luego los descabezados, las narcomantas y el terrorismo. Se empezó a matar mujeres y niños apenas traspasada la barrera del milenio, eso antes era inimaginable... a la familia no se le tocaba ni un pelo. No tiene sentido, sabe cómo va a acabar Manuel y cómo puede acabar ella misma, es imposible sustraerse a esa realidad, no lo logra y se deprime. Lo acababa de leer en un periódico, el negocio del narcotráfico en el mundo mueve más de trescientos cincuenta mil millones de dólares al año, y por este país pasa un buen pico. En este *business* se puede hacer todo lo que quieras si tienes los arrestos, menos salirte, también hay que asumir las consecuencias desde el principio y hasta el fin. Alisia no se siente mal ante la repugnante prueba de su venganza, pero tampoco bien, disfrutó más las fantasías de asesinarlo con sus propias manos que el hecho concreto de que el maldito esté muerto, pero lo está. Jamás se vuelve a mencionar el nombre del tío Diego, sus restos son incinerados, incluida la cabeza, y mezclados con el estiércol de vaca que se usa para abonar los campos de tomates. Con el paso de los días Alisia se percata de que se siente aliviada, ya no existe más el miserable, el hijo de puta está muerto, su padre ha sido vengado. Le ha entregado todo, eso sí, a Manuel, a don Manolo, el imperio que construyera el viejo culminando tres generaciones de campesinos, traficantes y magnates, pero eso es lo mejor de todo. Vivir en este mundo sin tener ninguna responsabilidad en él, se quita otro gran peso de encima e inaugura el cinismo como una característica de su carácter. Posee más de lo que puede gastarse en dos vidas y Manuel lo pone todo a sus pies, decide aceptar las cosas tal cual vengan. Se casan al mes, Manuel se conforma con ser querido porque sabe que no puede ser amado, Alisia se lo toma como unas largas vacaciones en las que reestablecerse. Los primeros años no están mal, luego las cosas se van torciendo, el aburrimiento, las ocupaciones personales… ella se niega a tener hijos y él se decepciona mucho. Manuel está un tiempo deprimido, pero le dura poco, enseguida reactiva un par de casas chicas que tenía en *stand by* y se tranquiliza bastante. Alisia puede hacer lo que quiera y sigue sus estudios y congresos, sus planes para organizar exposiciones, se deja absorber por el mundo del arte para escapar a la realidad de la violencia como cotidiano. La relación se vuelve muy cómoda y de lo más civilizada, se invitan a cenar o a dormir juntos, una vez a la semana cotejan sus agendas para poder ir al teatro o al cine en la capital, en su avión privado, por supuesto, son modernos y ricos. Lo cierto es que Alisia y Manuel se llevan muy bien.

La camioneta está entrando a un exclusivo resort en Tulum, todas las luces están apagadas salvo las del elevado portón flanqueado con volutas mayas, un camino atraviesa la selva un par de kilómetros hasta que llegan a la entrada del hotel, también a oscuras. Hombres con armas largas la escoltan hasta el amplio lobby, ahí está don Manolo, Manuel, esperándola.

—Amor mío —dice él.

—Ay Manuel —dice ella y se echa en sus brazos, hasta parece emocionada de verlo.

—Ay niña Ali, a dónde creíste que podías ir…

Entonces ella se acuerda de por qué se fue, porque, pese a lo exquisito del trato, al respeto mutuo y todo eso, ella no deja de ser un objeto, una mascota de su propiedad, también porque no lo ama y porque piensa que se acabó su vida, que está muerta y enterrada. Pero, de momento, opta por disimular, se pone la máscara y decide encarar el destino.

* * *

En la carretera los hermanos Xiu paran a comer unos tacos de cochinita pibil en un puesto junto a unas casitas con techo de lámina y hamacas por todo mobiliario. Los tacos están deliciosos y los bajan con unas cervezas mágicamente heladas. Salvador insiste en comprar el periódico con el que la señora se dispone a encender el fuego, ha podido ver el titular que dice:

—NAUFRAGAN GEÓLOGOS.

—¿Qué?

—"La expedición —lee— organizada por el Instituto de Geofísica de la Universidad Estatal para explorar el borde oceánico del cráter de Cixchulub, desapareció de los sonares ayer, cuando, según la última comunicación de radio, llegaban a su centro y se disponían a regresar a la superficie a un robot submarino."

—¿Me vas a creer ahora? En ese mar hay algo.

—No hay, sucede algo, eso es lo que tenemos que averiguar, qué está pasando. Pero vamos en dirección contraria, me parece a mí.

—Ellos están allá —Marcelo señala hacia adelante—. ¿No que querías resolver el caso? El robo de arte sacro, los secuestros y asesinatos de tantas jovencitas.

—¿No deberíamos estar entonces en Progreso, más cerca del cráter?

—No, las puertas de Xibalbá están empezando a abrirse y la respuesta está en la Riviera Maya, al este, por donde sale el sol, no por donde se esconde.

—Ya empezamos a delirar, un poco de seriedad Marcelo.

—Está bien, pero sigamos el plan, ¡por favor! Tal vez el destino de la humanidad entera depende de esta encrucijada.

—Tranquilo Marcelo, ándale pues, vamos. Yo manejo que tú no estás para esfuerzos...

—Eres un imbécil.

—Bueno, bueno, con calmita, dejemos las ironías y también los insultos, háblame de Xibalbá, Marcelo.

—Para los antiguos mayas, nuestros ancestros... así como existían trece cielos sobre la Tierra también había nueve bajo ella. El último, el más profundo, es el Mitnal, Xibalbá, lo más bajo del inframundo. En el *Popol Vuh* se detalla cómo Xibalbá está compuesto de cinco espacios diferentes de castigo: la casa oscura, la casa fría, la casa de los tigres, la casa de los murciélagos y la casa de las navajas. Esta cueva a la que nos dirigimos tiene unos espacios equiparables, incluso una caverna plagada de puntiagudas estalactitas y estalagmitas, como puñales, como las fauces abiertas de un horrible monstruo. Según dicen hay escaleras labradas en la roca, y filas de escaños alrededor de una negra laguna, plataformas y altares de sacrificios.

—¿Qué quieren hacer exactamente estos melenudos?

—Secuestran a las niñas para sacrificarlas, creen que con ello devuelven el poder a las piedras, esas piedras que son diabólicos talismanes de invocación. Qué pretenden invocar no lo sabemos, algo que ha estado muerto desde hace cientos de siglos. Si quieren abrir las puertas del infierno lo harán allí donde vamos, no me cabe la menor duda.

—Pareces entenderlos muy bien —lanza Xiu, Marcelo encaja la indirecta y responde enérgico.

—¿Por qué crees que están locos y yo también? ¿No?

—Su pensamiento mágico-místico, quiero decir —concilia falsamente Xiu.

—Puta madre, no sé cómo te aguanto.

—Eres mi hermano, ¿no?

—Mejor seguimos camino, va hacerse de noche y yo luego no veo nada.

—Tampoco te voy a dejar manejar. Sigues tomando drogas, ¿verdad Marcelo?

—Si la cerveza es una droga me declaro convicto, por lo demás no tomo ni antibióticos.

—Ya veremos más adelante.

* * *

Saben de inmediato que han llegado. Es una especie de negativo de un oasis, un páramo yermo en medio de la selva, un arenal impoluto que empieza a convertirse en un pantano, tiene que ser el lugar. Detienen el automóvil y lo estacionan detrás de unas palmeras. El gigante gringo y el vasco de pura cepa se acercan a una charca que impide llegar a la entrada de la gruta, el agua lo cubre pero es todavía visible el achaparrado acceso. Observan un pesado dintel labrado casi a ras de suelo, como si el umbral se hubiera hundido a lo largo de los siglos.

—Yo digo que no es normal tanta agua —dice Ramón.

—En alguna parte habrá estado lloviendo. Necesitamos equipo de buceo, ¿qué tal se le da la inmersión libre?

—¿Está bromeando?

—Sí compadre, estoy bromeando. No me interesan estas piedras viejas ni lo que ocultan, mejor buscamos dónde esperar a esos punkis, tenemos que estar listos para atraparlos.

Tom se pone a caminar alrededor de la charca saturada por nubes de mosquitos buscando un lugar propicio para esconderse entre la vegetación, Asier busca por su cuenta, un poco a lo tonto.

—Me encanta su forma de implicarme cada vez más en este asunto de locos.

—Yo también fui punki un tiempo.

—No sé por qué no me lo imagino.

—Pues sí compadre, yo estaba en Londres a finales de la década de los setenta, y tenía veinte años, ¿imagina eso compadre?

—Compadre, ya no me digas compadre.

Asier escucha algo, Tom también voltea hacia un punto de la maraña selvática, es un gemido, un suspiro, algo así. Los dos convergen en la espesura, detrás de un montículo coronado por un árbol está amarrada una niña casi desnuda. Amordazada, con los brazos en alto atados a las ramas, brinca y se retuerce, patalea y pisotea la arena. Al acercarse se dan cuenta de que está sobre un hormiguero, la desatan rápidamente. Tiene las piernas cubiertas de picaduras, las hormigas ya le estaban mordiendo el vientre apenas cubierto por un minúsculo bikini amarillo. Pierde el conocimiento.

—Tengo un botiquín en el carro, y algo de ropa, vamos.

Asier la toma en brazos, es ligera como una pluma, y se dirigen al escondite del vehículo, allí la curan como pueden, la visten razonablemente y la ponen a dormir. Por lo que entienden del farfullar histérico de la adolescente antes de dormirse, los tipos se fueron hace poco, les urge una nueva víctima, pero van a regresar. Tienen que moverse de ahí, están demasiado expuestos, la niña puede despertar en cualquier momento y ponerse a gritar, no deben perder el factor sorpresa, los malos son tres y ellos nada más dos. Pero no hay más camino que por el que han llegado y temen toparse de frente con los interfectos. Tom agarra un machete y corta algunas ramas con las que cubre el Dodge bastante bien, de la cajuela saca una mochila de camuflaje.

—¿Qué vamos a hacer con ella?

—En cuanto despierte nos la llevamos con nosotros, no la podemos dejar sola. Ahora, compadre, le voy a prestar algo, pero me la cuida mucho, es una *glock* nueve milímetros, ¿es su calibre no?

Asier toma el arma, la sopesa.

—¿Cómo es eso de que fuiste punki?

—Ay, camarada Asier, cómo dicen ustedes: que fui cocinero antes que fraile...

—De joven hace uno muchas tonterías, ¿verdad?

—Recuerdo a los tarados de los *Sex Pistols* pero más a...

—*The Clash*.

—Todavía me gustan.

—Asombroso, un punki libertario convertido en *skinhead* —dice Asier.

—Si vamos a eso creo que nada hay más reaccionario que el nacionalismo.

—Mejor dejémoslo ahí.

—Deberíamos dormir un rato.

—Puedes dormir tú, yo me quedo de guardia, te despierto en un par de horas.

Tom extiende una estera a la sombra del carro y se duerme de inmediato. Asier comprueba que la niña también descansa apaciblemente en el asiento trasero y se dedica a explorar los alrededores, está seguro de que en el silencio circundante cualquier aproximación será delatada por el ruido de motores desde bastante distancia. La visibilidad es mínima, apenas diez metros del camino encharcado que enseguida hace un curva entre la maleza. De lo que está seguro es de que nadie va a llegar a pie, está demasiado lejos de cualquier parte. Con la pistola al cinto se asoma a la charca, se quita los zapatos y los calcetines, se sube los pantalones y camina hacia la entrada de la gruta, cuando el agua llega a la entrepierna desiste y se regresa. Recostado en la orilla para secarse al último sol de la tarde recuerda cuando también quiso ser punki, justo una década después y en pleno glamur de los ochenta. Siempre sintió que vivía en un tiempo que no le correspondía. Ese desprecio por su contemporaneidad le hizo llegar tarde a todo, tarde a la adicción a la heroína, tarde a la lucha armada, tarde a esta aventura de sacrificios y misterios, tarde al amor, sí, nunca más volverá a ver a Alisia. Tal vez la pueda contactar a través de Tom, parece saber de ella tanto como de él. Qué situación más tonta. Al acecho de unos maleantes indígenas mientras otros "aborígenes", sus paisanos, lo buscan a él, bueno, seguro que no lo van a encontrar allí.

* * *

Manolo a los veinte años ya trabaja para un don, pronto se une al Cartel del Pacífico, siempre enfrentado a los del

Golfo, hasta armar su propio negocio en el norte, cerca de la frontera. Empieza a controlar cada vez más rutas de trasiego, pero no se pelea con los competidores, los hace entrar en razón con pura labia, optimizaba los negocios de los demás y se llevaba una buena tajada. Crea en la década de los ochenta asociaciones y vínculos que serían inconcebibles para la DEA, no digamos para la inteligencia militar nacional. Cuando empieza a hacerse popular su tono conciliador los negocios prosperan a su alrededor, el *Hippy* lo llaman entonces. Es una época muy buena, pocos muertos y mucho dinero, corre la plata más que el plomo, justo al revés que ahora. Manuel, don Manolo, poco tiene que ver con los gomeros de antaño, él entra directamente al trasiego de la coca y gana mucho dinero, pero luego piensa: ¿por qué comprar droga si la puedes fabricar? Se mete de lleno a instalar laboratorios de metanfetaminas. Los noventa son el paraíso de las drogas de diseño, con lo que gana amplía su infraestructura, sus vehículos, sus empleados, su armamento. Cuando empieza la guerra a principios del nuevo milenio y todos piensan que el *Hippy* se va a echar para atrás no es así. Una vez que se desata la matanza Manuel pone el mismo entusiasmo que para la conciliación. Es como su otra cara, la cara del asesino despiadado que no pestañea cuando la sangre le salpica. Manuel se une a los más fuertes y junto a ellos medra. De vez en cuando arbitra algún conflicto pero ahora casi siempre soluciona todo por la vía letal. De él es la idea de poner bombas en lugares cuanto más públicos mejor, para generar terror y poder negociar con ventaja. Al gobierno le ha ofrecido acabar con la competencia vía diplomática o vía efectiva, para pacificar el territorio de una vez. Sólo tienen que dejarle hacer, manga ancha tres meses, para volver a reacomodar las cosas, volver a la prosperidad, y ¿por qué no? ayudar a levantar el país que bastante jodido está. "A caballo regalado no se le mira el diente", piensa. Mientras el gobierno también se lo piensa, se codea con banqueros y políticos, a todos les viene bien el dinero fresco, a los primeros para reponer lo robado en el sano ejercicio de su profesión y a los segundos por andar siempre cortos para las campañas y largos para los banquetes. Ahora, con la crisis, lo primero que falta siempre es el efectivo, pues ahí está siempre Manuel, dispuesto a cooperar. Enseguida, el *Hippy*, se convierte en don Manolo, un hombre que sabe hacer las cosas, a las buenas o a las malas, pero que sabe.

Capítulo 7
El tiempo verdadero de la acción

Veinticuatro horas os damos para que nos entreguéis las armas. Si estáis prontos a entregarlas, no se os hará daño ni a vuestras casas, porque serán quemadas las casas y haciendas de todos los blancos que no entreguen las armas, y además de esto serán matados, porque ellos así nos lo han enseñado, y así todo lo que los blancos nos han hecho les hacemos otro tanto para que vean si quedan contentos con este pago.

Respuesta de los jefes mayas a un pedido de tregua de los blancos en febrero de 1848. (Citada por Nelson Reed en *La Guerra de Castas en Yucatán*, Ed. Era, México 1971)

La marca de rodadas recientes hace más claro el camino que conduce a Xibalbá. Marcelo y Salvador Xiu guardan silencio desde su última discusión, una de tantas que ha trufado el periplo por la selva, el acuerdo tácito es "hacer lo que hay que hacer" sin meterse en mayores broncas, ni Chava se pone escéptico ni Marcelo se exalta, al llegar verán qué hacen. El recorrido a velocidad mínima se hace monótono, Xiu detiene el vehículo y mira a Marcelo.

—¿No qué querías manejar? Pues ándale, así checo mis correos.

—Ay, hermano, tú también eres víctima de la computación, un pobre habitante más de la realidad virtual...

Xiu ni responde, gruñe quedito y cambia de lugar con su hermano, una vez acomodado en el asiento del copiloto se concentra en su *blackberry*.

—Salvador, nunca te imaginé aficionado a esas maquinitas.

—Marcelo, no sabes qué útil es la tecnología si la sabes utilizar. Genial, hay cobertura.

—¿Ah sí? ¿Para qué nos sirve ahora ese trasto en medio de la naturaleza?

—Pues mira nada más que nos sirve muy bien, me han enviado un link a un video de *youtube*.

—¿Qué, qué, qué?

—Perdona, se me olvidaba que eres, no ya prehispánico sino prehistórico. Mira, Marcelo, tengo aquí, en mis manos, en esta maquinita, una grabación de video importantísima, es de la expedición al cráter de Chixchulub, se supone que es minutos antes de la desaparición del barco de los radares, está grabada desde el submarino robot con el que se ha perdido todo contacto.

—¿A ver?

Marcelo frena y los dos contemplan la pequeña pantalla. Fuera atardece y el sonido de los pájaros empieza a ser ensordecedor, tienen que subir las ventanillas para poder escuchar la voz en *off* que acompaña el video de poco más de tres minutos. Es la doctora María Eugenia Holowitz quien habla con tono apresurado y entusiasta.

—El submarino Independencia II está llegando al fondo de la parte exterior del cráter, por fin podremos contemplar en vivo y en directo, la superficie de este fondo marino, epicentro de la colisión de un meteorito hace sesenta y cinco millones de años…

En la imagen aparece un tono verdoso, con cosas que flotan hacia arriba. Está muy turbio, las potentes lámparas del submarino apenas alcanzan a iluminar cuatro o cinco metros alrededor, no se ve nada más que partículas en suspensión. Un poco más abajo se va despejando la turbiedad, ya se puede distinguir el fondo del lecho marino, un arenal surcado por estrechas dunas, sin vida de ningún tipo, son cientos de metros de profundidad. Las dunas terminan en un borde recto, el submarino desciende por lo que parece un ciclópeo escalón.

—Estamos dirigiéndonos al fondo del cráter, podemos apreciar la orilla del abismo, pero ¿Dr. Morelos? ¿Le parece normal? Esas rectas no tienen nada de geológico. Quiero decir, parecen artificiales, construidas.

Al recto borde le sigue otro, el robot se separa de la pared escalonada, se inclina hacia abajo para tratar de observar hasta dónde se repite el patrón y se hunde en la profundidad.

—Normal no es... ¿y eso? —es la distorsionada voz en *off* del Dr. Morelos.

—Parece una cúpula, no puede ser...

En la pantalla se ve lo que parece la parte superior de un edificio, tipo piramidal, cubierto por una semiesfera imposible de haber sido producida por la naturaleza. Se oye un estruendo, la imagen parpadea y funde a negro.

Salvador y Marcelo se miran entre sí, luego al frente, transcurre un instante de mutismo, sólo se escucha el piar de los pájaros filtrado por los vidrios.

—Ahora sí, ya no digo nada —Marcelo tiene cara de pícaro.

—Ahora sí, voy a empezar a creérmelo todo.

Los dos se ríen como niños, sin prejuicio, hermanados.

—Vámonos ya, estamos muy cerca —Marcelo arranca el motor y avanzan por el exiguo camino.

—¿Es una intuición de ésas tuyas? —en Xiu no hay el más mínimo matiz de sarcasmo.

—Eso mero. Creo, hermano, que es hora de que confíes en mí —el tono de Marcelo no puede esconder su buen humor.

—En tus manos me encomiendo, *big brother*.

—Sangrón hasta el fin.

* * *

A pocos kilómetros Asier está empezando a adormecerse con la frescura del atardecer, Tom ronca a pierna suelta, la niña ya no se queja en sueños. La calma, pese a las circunstancias, invade el extraño paraje. En el duermevela Asier recuerda el día que conoció a Mari, la Mari.

Tiene quince o dieciséis años y ya se emborracha todos los viernes en el casco viejo de Bilbao. Esa noche, hace tanto tiempo, se recuerda saliendo de un bar ruidoso y lleno de humo de hachís, en la calle la gente corre, la policía acaba de deshacer una manifestación pro amnistía en el Arenal y todos buscan refugio en las siete calles. Recuerda perfectamente que no se mueve un palmo, está embobado, todavía bajo los efectos del último pico. Mira las carreras veloces y escucha, sin entender nada, sirenas y disparos. Mira hacia el lado de la calle que da a la ría y observa, impasible, una camioneta de la policía nacional con la puerta lateral abierta y los uniformados disparando sus ametralladoras sin detenerse. Todos, menos él, se tiran al suelo, Asier percibe que le agarran del cuello de la chamarra de cuero negro y lo arrastran hacia atrás, siente también el zumbido de las balas sobre su cabeza. Lo meten a fuerzas a un bar y cierran la puerta.

—Chaval, estás más colgado que un jamón.

Asier trata de incorporarse entre las piernas de los numerosos parroquianos que atestan el antro, está mareado. A su lado en cuclillas hay una joven que lo mira con una sonrisa encantadora. Es guapa, con ojos grises y el pelo teñido de rubio, casi blanco, con las raíces muy negras, tiene un arete en la nariz.

—No te han jodido los maderos de milagro, tío —lo ayuda a incorporarse. Tiene que hablar a gritos porque el volumen de la música, la Polla Records desde luego, es atronador.

—Tranqui, tranqui, que ya estoy bien —no sin dificultad se pone de pie. A pesar de ser dos o tres años más joven que ella le saca la cabeza.

—Si ya se ve que eres un tiarrón del norte.

—Me llamo Asier —tiende su mano.

—Y yo Mari —se la estrecha con fuerza.

—Oye, muchas gracias.

—Nada chaval, vamos a ver si se puede salir, que yo… ya me quiero abrir.

En la calle, ha empezado a llover, no hay nadie, Mari despreocupada del agua persistente se lanza a la derecha, hacía la ría. Asier se encoge de hombros y la sigue aunque no le gusta nada mojarse; cuando la alcanza camina a su lado, los dos con las manos en los bolsillos de las chamarras, las cabezas inclinadas, el paso vivo. Se dirigen al puente de san Antón, del otro lado Mari se detiene y encara con cierta violencia ensayada a Asier que continua disfrutando del atolondramiento de los últimos residuos de la droga.

—Tío, deja de seguirme, joder, que pareces mi sombra, a ver tú, ¿a dónde coño vas?

—Joder tía, no te cabrees, nada más quería darte las gracias por lo de antes.

—Que ya me las has dado, puta madre.

—Bueno, te invito una birra.

—No, yo ya me abro tío, mañana tengo una asamblea en la facultad.

—¿Estás en la universidad?

—Tú eres un crío, ¿no?

—¿Qué importa eso?

—Pues también es verdad.

Por primera vez ella lo mira, o más bien se fija en él, en las armoniosas facciones de su rostro y en la mirada perdida, le parece muy guapo, un niño al que le crece un hombre adentro.

—Si quieres acompañarme.

—Vale... ¿qué estudias?

—Periodismo, en Lejona.

Mari se queda un momento mirando al otro lado del puente. Asier le sigue la mirada, bajo los arcos del mercado varios jóvenes se pinchan unos a otros sobre las pútridas aguas color de chocolate y sin mayor disimulo.

—Ahí vas a estar pronto, chaval, si no dejas esa porquería.

—Pero ¿qué dices? Yo no estoy en eso...

—¿Que no? Venga ya.

Mari reemprende la marcha, Asier se queda congelado unos segundos y luego la sigue. Ella se detiene en plena cuesta arriba, saca unas llaves.

—Yo, vivo aquí, tú ¿qué?

Asier la mira, según cree ella, como cervatillo al que han matado a su mamá, y no dice nada, sólo oscila sobre sí mismo con las manos en los bolsillos.

—¿Qué quieres? ¿Follar? —dice Mari.

—También.

Ella no puede evitar sonreír, abrir la puerta y dejarlo pasar, escaleras arriba. La buhardilla de Mari esta tapizada de pósters políticos, una bandera vasca, la ikurriña, hace las veces de cabecera de un estrecho catre, a los lados pilas de libros, arriba, sobre el techo inclinado, fotografías de presos, en la breve mesa recortes de periódicos y una máquina de escribir vetusta, cortinas negras dan paso a un minúsculo baño, una docena de cojines y una mesa baja de estilo marroquí completan la decoración de un espacio que parece más el altillo de un revolucionario de hace un siglo que el pisito de soltera de una joven universitaria de principios de los ochenta, sólo falta la dinamita. El resplandor alternativo del neón rojo y azul del bar de abajo otorga a la escena un tono crispante. Se sientan en el piso y se ponen a fumar sin decir palabra, Mari no tiene nada de beber así que nada más fuman. Asier carraspea, trata de aclarar la garganta antes de decir algo, no le vaya a salir un gallo que delate su adolescencia demasiado reciente.

—¿Estás metida en política?

—¿Tú no?

—Yo no, a menos que irle al Atleti sea política...

—Eres graciosillo.

—Tú eres muy guapa.

—Anda, chaval, vamos a la cama.

—Venga.

Asier sale bruscamente de su flamante recuerdo al oír los gritos ahogados en llanto de la niña que señala la entrada que se abre en la selva.

—¡Ahí vienen, ahí vienen!, ¡nos van a matar...!

Tom, completamente despierto y armado de una escopeta de repetición, sujeta a la histérica criatura y le tapa la boca, trata de escuchar, escruta la vegetación en derredor.

—Alguien se acerca, oigo un motor, es mejor esconderse, vamos.

Tom carga en brazos a la niña y se encamina a la espesura. Asier observa nervioso el punto donde desemboca el camino, se escucha perfectamente el ruido de una máquina, están muy cerca. ¿Serán ellos? Corre hacia la maleza justo cuando aparece un vehículo, una camioneta blanca, que se detiene muy cerca de donde estaban parados.

* * *

En la terraza de la suite presidencial del mejor hotel de la Riviera Maya Alisia contempla el atardecer recostada en una tumbona, bebe a sorbitos de una gran copa de cognac francés, se quita los lentes y estira el cuerpo indolente, un largo albornoz negro la cubre hasta los pies. El sol se hunde tras el horizonte sacando al agua ondulantes destellos que del amarillo pasan al rojo, la oscuridad se esparce al tiempo que la esfera incandescente se zambulle en el mar. El silencio es total y Alisia no puede evitar pensar en Ramón. No entiende qué le atrae de su recuerdo, de un mínimo contacto físico, de las pocas palabras cruzadas. Piensa en él como si fuera alguien que conociera de toda la vida, siente una extravagante familiaridad. No puede quitárselo de la cabeza. Manuel se ha ido a una reunión de negocios pero ha dejado al Pistache y a otros matones para cuidarla, para vigilarla, para evitar que se vuelva a escapar. No han podido hablar de nada y Manuel no le ha recriminado en lo más mínimo, se siente a la vez princesa atrapada en su torre de marfil y culpable confesa de traición. Pero en realidad, ¿qué ha pasado? Nada, una escapada de verano, ni siquiera buscaba un amante, no hay pecado ninguno, además ya está de vuelta, ya está en casa, tal vez estaba perdida, y ahora ¿se ha encontrado? Apura la copa poniéndose en pie y dirigiéndose a la alberca que ocupa gran parte de la terraza, se desprende del albornoz que cae a sus pies, baja los escalones, un cuerpo esbelto con rotunda forma de guitarra se sumerge sin casi hacer olas, da unas brazadas, flota de espaldas. ¿A dónde quería irse? No había hecho más que caminar en círculos sin poder romper el vínculo, una huida en falso, perder el tiempo y autoengañarse, nada más. De este negocio no se sale, lo sabe, es el negocio familiar desde siempre, lo sabe, Manuel nunca la dejará irse, lo sabe, sabe demasiado. Es cosa de la familia y la familia debe permanecer unida. Alisia se toca el vientre con ambas manos y se deja mecer por el agua. "Atrapada sin salida", piensa, "es como el título de una película". Está atrapada hace muchos años, como lo estaba su madre, ahora lo puede ver así, desde esa perspectiva. Su santa madre estaba atrapada en su jaula de oro, consintiendo infidelidades constantes recompensadas con diamantes, criándola a ella apenas diez años, antes de morir de manera sorpresiva, ¿cómo había muerto? No podía recordarlo, un día le dijeron que su mamá se había ido al cielo, y ahí quedó la cosa; en el funeral, con el ataúd cerrado y asustada como nunca, no preguntó nada. El padre, don Ásun, cerró esa ala de la casa, simplemente echó llave al dormitorio, al vestidor, al baño, a todas las áreas más íntimas habitadas por su esposa, hasta el cuarto de la niña, de la pequeña Alisia, se clausuró para siempre. Algunas noches, desde el otro lado del patio, veía a su papá entrar al dormitorio y cerrar por dentro, y quedarse horas, hasta temprano en la mañana muchas veces. Flotar en el agua parece mecerla en el tiempo, acunada por la matriz líquida se remonta al pasado y se queda ahí.

* * *

De la camioneta blanca descienden dos hombres de baja estatura. A la luz de los focos de su vehículo, Asier los observa entre las ramas de un árbol empuñando la pistola,

Tom los apunta con la escopeta, la niña, acurrucada detrás, se chupa el dedo. Los tipos, que no son otros que los hermanos Xiu, miran alrededor, inspeccionan la encharcada entrada de la caverna, siguen las marcas de las ruedas sobre la arena, dirigiéndose, sin remedio, hacia ellos. Asier sabe que no son los que esperan, no se parecen en nada, se trata de dos típicos nativos nada peligrosos. Tom va a levantarse para mostrar su presencia cuando ve relumbrar por la entrada de la selva las luces de otra máquina, es una Pick up negra, se agacha y corta cartucho, Asier también, la niña ya no se chupa el dedo, lo muerde aterrorizada.

Xiu toma del hombro a Marcelo para que enfrente con él a los recién llegados, con gesto discreto confirma que su arma se encuentra donde debe estar. La camioneta se detiene a veinte pasos de ellos, apaga las luces, tiene los cristales polarizados, no sale nadie. Xiu grita enseñando la cartera.

—Amigos, soy el inspector Xiu, de la policía estatal, quisiera hablar con ustedes, bajen del vehículo, por favor.

No ocurre nada. Pasan varios minutos, de repente la camioneta arranca y acelera contra ellos deslumbrándolos, los hermanos se echan a un lado evitando la colisión, Xiu desenfunda su treinta y ocho y dispara, la camioneta se detiene al borde del agua. Nadie sale, Xiu se acerca unos pasos, las dos puertas se abren al tiempo, de un lado sale Durga disparando una *uzi*, del otro Gul con dos pistolas que escupen fuego. Los hermanos permanecen cuerpo a tierra, les tiran ráfagas, no pueden hacer nada, los amagan y finalmente capturan. Desarman a Xiu, de la camioneta sale el gigante líder, Marcelo lo mira con aprensión, los dos están boca abajo sobre la arena.

—¿Qué buscas aquí, esclavo de la ley?

—Inspector, inspector Xiu, los buscamos a ustedes por secuestro y asesinato.

—¿Y cómo le vas a hacer, cabrón? —gruñe Gul y le pega una patada en las costillas. A Xiu le cuesta unos segundos recuperar el aliento.

—Pronto van a estar aquí los federales.

—Nadie va a venir aquí —el líder, el Gran Esperador, se queda mirando a Marcelo—. ¿Éste quién es? ¿También es policía?

—No, no, no, es mi hermano, no tiene nada que ver con esto, nada más me acompaña.

Gul apunta a Salvador. El gigante se acerca a Marcelo, lo olfatea.

—No me gusta nada… ese olor… ¿Cómo te llamas?

—Marcelo, Marcelo Xiu.

—¿Tú sabes que tus ancestros eran reyes?

—¿Tú eres maya?

El Gran Esperador se inclina sobre Marcelo para ver y olerlo bien. Lo levanta del cuello, le voltea la cara, lo mira fijamente.

—¿Quién eres tú?

—Nadie —Marcelo, de rodillas, mantiene la mirada directa del brujo sin pestañear.

—Eres uno de ésos, uno de la Hermandad del Sello.

—No, ya lo he dejado.

—No se puede dejar de ser un guardián. Tengo que matarte, Gul ten piedad de este pobre indio domesticado.

Gul se acerca, apunta al corazón de Marcelo y dispara, la acción es tan rápida que nadie reacciona. Xiu, sometido boca abajo, mira la escena sin creerla, frente a él su derribado hermano empapa de sangre la blanca arena, está muerto, no, no puede ser.

—Éste también —el Gran Esperador señala a Salvador.

Se escucha una detonación, Gul es sacudido en el aire y cae partido por la mitad.

De entre la jungla aparece Tom recargando la escopeta humeante, después, Asier apuntando con la pistola, la niña, que viene aferrada a su cintura, le dificulta el caminar. El brujo se planta desafiante sin mover un músculo, pero Durga desde la camioneta los rocía de balas y todos deben ponerse a cubierto. Para cuando se levantan, el Gran Esperador, Durga y la camioneta han desaparecido. Apenas una nube de polvo que ya se disipa delata su presencia hace sólo un instante. Xiu gatea hasta donde su hermano se desangra, todavía respira, no está muerto, trata de hablar.

—Chava, busca mi diario…

—Tranquilo, no hables, te vas a poner bien.

—Adiós Barbamarilla.

—No.

Xiu abraza a su hermano, lo atrae a su regazo, le cierra los ojos.

—Adiós Barbaverde.

Tom se aproxima a la escena, Asier y la niña nada más dan unos pocos pasos titubeantes hacia adelante.

—Lo siento mucho, no pudimos reaccionar, fue tan rápido —Tom está avergonzado de su parálisis, los tenía en la mira y esperó, qué pena, siempre le ha servido muy bien la máxima: "dispara primero y pregunta después", pero ahora se vio lento, debe estar haciéndose viejo.

—¿Quiénes son ustedes?

—Estamos detrás de esos asesinos, casi los teníamos —responde Tom.

Xiu se agarra la cabeza, apesadumbrado, gruesas lágrimas hacen brillar sus orondos cachetes, se sorbe los mocos.

—Pues me parece que se les han escapado.

—Lo siento, ¿son ustedes policías?

—Yo sí, él no, él es mi hermano, era...

—Tenemos que irnos de aquí, perseguirlos quiero decir. Aquí está una niña que habían secuestrado, debe usted hacerse cargo de ella, yo tengo que ir tras ellos.

—Un cazarecompensas.

—Algo así, Ramón, digo Asier, vamos... deja la niña al señor...

—Xiu, inspector Xiu, pediré ayuda por radio, ustedes vayan, atrapen a esos cabrones —Salvador se levanta—. Pero no los maten, necesito saber qué está pasando.

—No le prometo nada inspector Xiu.

Tom se dirige a su Dodge, pero Asier no parece dispuesto a seguirlo.

—¿No es mejor que yo me quede aquí también? Ya no sirvo de cebo, ¿qué mierda tengo yo que hacer persiguiendo a nadie?

—Si prefieres ser perseguido que perseguir, estás mal compadre. Anda, écheme la mano, que no se sabe cuándo va a necesitar uno la mano de otro.

—Esto es el colmo, me cago en Dios.

—Sus amigos, seguro lo están esperando en Mérida.

—Vale, acabemos de una vez, pero vámonos antes de que se nos escapen, ya sólo son dos.

Echan a correr hasta el Dogde cubierto de ramas, lo despejan, y sin perder un segundo más parten en persecución de la Pick up negra. Xiu los ve alejarse tras la polvareda, mira a su hermano muerto, la niña se aferra a su espalda. Un par de metros más allá está el otro cadáver, un tipo flaco y de cresta roja que tiene las tripas de fuera. Xiu se dirige a su camioneta para comunicarse por radio, solicita ayuda y da su posición, pide ambulancias, tropa para acordonar el terreno, y un helicóptero para salir de allí cuanto antes. Da orden de que se cierren todas las carreteras alrededor. "No pueden estar muy lejos", piensa. Se queda mirando un instante la oscura charca formada a la entrada de la cueva y también solicita colaboración del equipo de buzos de la Secretaría de Marina, quiere que entren en la caverna y busquen más cadáveres. Mientras llega el rescate Xiu entretiene a la niña recogiendo flores al borde de la selva.

* * *

El sonido de las olas parece una grabación, perfecto y acompasado. En una lujosa habitación de cama con dosel Alisia duerme, sueña con su padre. Ella es una niña de seis o siete años y están comprando helados de un carrito en las calles de Culiacán. Se siente muy feliz, como no recordaba, con su cono de triple bola mira arrobada a su padre.

—Papito, te quiero mucho.

El padre la mira severo, mueve el índice de su mano derecha, como si la regañara.

—Hija, él mató a Diego porque le convenía, no le debes nada. Yo no necesito de venganzas. Ya estaba harto de vivir sin tu madre. Al final me hizo un favor, es mejor que te vayas hija, corre, corre...

Alisia, niña, hace un puchero, los ojos se le humedecen, se caen las bolas del helado, mira hacia abajo y se pone a llorar como una Magdalena. Entonces se despierta.

Hay algo raro, el silencio, no se oyen las cigarras. Se acerca a la ventana y mira hacia el mar, a la derecha se ven luces en la playa, gente que camina con linternas, se hacen señales.

Disparan una bengala que ilumina el negro océano, puede percatarse de que hay lanchas de desembarco y decenas de soldados que corren hacia el hotel a tiro limpio. Salta de la cama cuando el Pistache entra por la puerta, escapan juntos por un pasillo oculto, tratan de llegar a la puerta principal, el matón no puede creer que los militares hayan llegado tan lejos: "Esos pinches popeyes vienen por el mar", dice. Docenas de sicarios se disponen a responder a la agresión, sacan municiones y armas, lanzagranadas y ametralladoras pesadas, están dispuestos a sudar el sueldo, si mueren alguien cuidará de su familia, están juramentados, así que ya están listos para matar o morir. Los soldados, aguerridos en principio, pierden fuelle pronto y son repelidos en la primera oleada, el resto adopta posiciones defensivas. Los partidarios de don Manolo aprovechan entonces para usar la artillería y barrer sus posiciones, no se lo van a poner nada fácil. Los marinos, replegados, esperan apoyo aéreo, helicópteros que de momento no llegan.

Alisia y el Pistache, escoltados por cuatro matones, llegan al estacionamiento, dos vehículos blindados están listos para salir del hotel, también una Hummer artillada de la marina que los apunta con la doble ametralladora de la torreta. Todos sacan sus armas y se detienen a la expectativa, del vehículo baja un marino en traje de combate.

—Yo traté de advertirle pero no me hizo caso, dígale a don Manolo que es mejor que se entregue, si no es hombre muerto, ya lo sabe.

—No está aquí, pedazo de animal, se fue hace horas —el Pistache le apunta con su revólver.

—Teniente Ridruejo, ¿qué significa todo esto? —Alisia se acerca al oficial, lo conoce desde que era un niño.

—Lo siento señorita Alisia, son órdenes de arriba.

—Nos han traicionado —el Pistache enfurecido le dispara al teniente en la cabeza con absoluta precisión y frialdad. Sus empleados acribillan el vehículo con una ametralladora del cincuenta perforando su escaso blindaje con multitud de agujeros del tamaño de una moneda mediana. El cielo se ilumina y suena el rotor de un helicóptero, apuntan a la sombra amenazante pero enseguida bajan las armas, es de los suyos. En unos minutos todos están a bordo dispuestos a alejarse del tiroteo que todavía durará un par de horas, hasta que los narcos depongan las armas sin una baja.

En el helicóptero que levanta vuelo, Alisia está en estado de shock. El Pistache trata de tranquilizarla.

—No se preocupe, ya don Manolo está enterado de todo y vamos a reunirnos con él, esto ha sido un malentendido, seguro.

—Venían a por él. ¿Cómo es posible?

—Es política, nada más que política.

Capítulo 8
El tiempo del crujir de dientes

Que estando esta gente instruida en la religión y los mozos aprovechados, como dijimos, fueron pervertidos por los sacerdotes que en su idolatría tenían y por los señores, y tornaron a idolatrar y hacer sacrificios no sólo de sahumerios sino de sangre humana, sobre lo cual los frailes hicieron inquisición y pidieron la ayuda del alcalde mayor prendiendo a muchos y haciéndoles procesos; y se celebró un auto de fe en que se pusieron muchos cadalsos encorazados. Muchos indios fueron azotados y trasquilados y algunos ensambenitados por algún tiempo; y otros, de tristeza, engañados por el demonio, se ahorcaron, y en común mostraron todos, mucho arrepentimiento y voluntad de ser buenos cristianos.

(Fray Diego de Landa, *Relación de las cosas de Yucatán*,
Editorial Porrúa, México 1982)

Para los médicos no tiene explicación que los pacientes se curen con sólo salir de la península de Yucatán, pero los enfermos, tanto blancos como mestizos, han sido trasladados masivamente a hospitales de otros estados de la república y todos están en franca recuperación. Las autoridades tienen que reconocer que lo que la prensa también denomina "la maldición maya" existe de alguna forma. La mayoría de los extranjeros ha dejado la península, los turistas han desaparecido, han clausurado hoteles y restaurantes, no hay trabajo para nadie. Cientos de ciudadanos de origen chino o libanés han cerrado sus casas, las urbes se ven desiertas mientras que los pueblitos siguen con su bullicio habitual, ni un solo indígena se ha contagiado. Para los funcionarios del gobierno lo peor ya ha pasado, más de mil muertos, ahora buscan una declaratoria de zona de desastre y que empiecen a fluir los fondos federales; lo cierto es que la industria turística, ingreso máximo de la zona, está quebrada. Cuando uno clama al cielo y se pregunta qué más puede pasar, ocurre algo peor, lo inaudito, pues eso parece estar pasando. Ahora las plataformas petroleras de la sonda de Campeche y más allá, en el golfo, están retirando a su personal, un extraño fenómeno atmosférico se acerca por el Atlántico.

Por lo menos la enfermedad, gracias a una deportación masiva, está controlada, pero ahora esto, el gobernador de Yucatán, Ataulfo Moya, no sabe dónde meterse, bueno sí, se fue a Jalapa, en el estado de Veracruz, y maneja todo por teléfono, como la mayoría de su gabinete que poco tiene de sangre maya. El gobernador ya sólo confía en la ayuda federal, "que llegue el dinero y lo demás es lo de menos", piensa bajo los efectos del Tafil. No puede más, los alcaldes que quedan en la plaza lo atosigan y el congreso local, controlado por la oposición, pide un voto de censura, si las cosas siguen así puede que lo consigan, los diputados son demasiado blancos como para esperar a que la "fiebre del turista" los agarre del gaznate, el partido en el poder, de derechas, representa a una oligarquía, antigua y nueva, que jamás se mezcló, ni se mezcla, con los indios, y claro, todos han huido espantados. Curiosamente ahora sólo quedan los indígenas para controlar el estado. Esta especie de transferencia de poder de facto se reproduce en las tres entidades que componen la península: Yucatán, Campeche y Quintana Roo. El gobernador de Campeche se fue a Oaxaca, con su compañero de partido de izquierda descafeinada, y el de Quintana Roo despacha desde su mansión de las Lomas en la Ciudad de México. Decir que la situación es caótica es una perogrullada, desde la Guerra de Castas no estaban las cosas en mayor confusión, pese a ello no se ha desencadenado la anarquía, resultaba asombroso pero fuera del mundo de la élites del dinero y del poder, se mantiene la calma y la mayoría de la maquinaría social sigue funcionando.

* * *

Una Pick up negra saca polvo a la pista que atraviesa la selva lujuriosa. Está amaneciendo y los malosos escapan de las puertas de Xibalbá, buscan otro camino, otra entrada al inframundo donde deben realizar los rituales adecuados para iniciar el cambio de horario, el cambio de tiempo, para empezar de cero el nuevo calendario, para "resetear" el mundo.

—Gran Esperador, creo que es el momento de dejar de esperar —Durga va manejando con la *uzi* entre las piernas.

—Por una vez tienes razón perra. Tenemos que despertar la última piedra, ahora es cuándo. Entra en la selva, después nos encargaremos de quien nos persigue.

La camioneta hace un violento viraje y se mete entre los árboles aprovechando una brecha en la intrincada maraña vegetal, se adentran hasta localizar un espacio donde poder dar la vuelta y detenerse, apagan el motor y salen. El brujo abre la cajuela, envuelta en unas mantas tienen, amarrada y amordazada, a una jovencita con uniforme de cajera de Oxxo. Está drogada, inconsciente, aunque es de pelo moreno la blancura de su piel, ahora lívida, brilla con los primeros rayos del sol del nuevo día… que tal vez sea el último. El brujo se sienta en la cajuela con los pies colgando, la atrae hacia sí, la acomoda sobre su pecho.

—Trae la piedra, ha llegado el momento, no hay nada que esperar.

Durga entusiasmada busca la treceava piedra en la guantera, la trae dando saltos de alegría, casi baila.

—Llegó la hora, llegó la hora de la venganza…

—Ya basta, cállate perra —el Brujo tiene entre sus piernas a la niña, en la mano derecha un curvo cuchillo de oscuro pedernal.

— Ponlo ahí, en su regazo…

El Gran Esperador cierra los ojos y murmura entre dientes una letanía, cabecea, lleva el cuchillo al cuello de la víctima y de un solo golpe la degüella, la sangre mana a borbotones, empapa el uniforme, corre por la falda y unta la piedra de siniestros reflejos.

—Está hecho.

Toma la piedra y deja caer a la niña que se escurre hasta el suelo como un muñeco, el redondeado guijarro verdoso, ahora teñido de rojo que se vuelve negro, empieza a brillar, como un parpadeo, con un ritmo similar al del corazón humano, sesenta veces por minuto. Durga se sube a la cajuela y abre un baúl metálico asegurado con cadenas. Sobre una arrugada manta ensangrentada están las otras doce piedras malditas, toma de las manos del brujo el canto chorreante y lo pone en su lugar, cierra y asegura la caja.

—¿Y ahora? —Durga sonríe de oreja a oreja.

—Pronto no habrá ahora, de momento debemos regresar a Xibalbá, hay que poner todas las piedras en el altar…

—Hallaremos otra entrada.

Un enorme sol todavía rojo sale entre los árboles, la selva está muda, sin apariencia de vida, sólo se oyen las carcajadas de Durga cuando aceleran sobre la brecha.

* * *

Los padres casi no lo creen cuando aparece la niña, sana y salva, eso es agradable, muy agradable para Xiu. Son turistas ibéricos y el lenguaje parece sacado del doblaje de una película mala, con ese deje tan español: *Hija mía…* El trauma ha curado a la jovencita del temible síndrome adolescente, eso seguro. Ver los abrazos, el increíble llanto de alegría, es como un milagro, pero nada mitiga la amargura por la muerte de su hermano. Se atormenta sin remedio, lo ha tratado tan mal últimamente. Desde que lo volvió a ver, ahora lo sabe, se ha dedicado a reírse de él, se mortifica, la culpabilidad lo está matando, lo paraliza. Ya no puede pedirle perdón por tantas estupideces, ya no puede decir que lo quiere, a pesar de todo, porque es su único hermano, la única familia fuera de su mujer y sus hijas, ya no puede jurarle que lo ha extrañado todos estos años en que no se hablaban. Ya no está, tan simple y tan absurdo como eso. No lo había echado de menos antes, cuando vivía cerca de su oficina, en la casa de sus padres, y nunca lo visitaba... No, lo echa en falta ahora que no puede verlo aunque quiera, bueno, verlo sí, porque el cuerpo de Marcelo todavía está en la plancha del forense en los sótanos del mismo edificio en que está sentado. Esta vez para su fortuna, el perito interrumpe sus pensamientos.

—Licenciado Xiu, perdóneme pero hemos encontrado el diario de su...

Separándose de la regocijante escena familiar, Xiu sigue al perito por el pasillo hacia su oficina.

—El diario de Marcelo, ¿dónde estaba?

—¿Se acuerda del cuento de Poe, "La carta robada"?

—¿A simple vista?

—Exacto, nos costó todo el día encontrarlo.

Xiu, se detiene, levanta la cara para mirarlo a su altura y sacude negativamente la cabeza, es curioso que la ineptitud del perito le relaje los nervios produciendo una extraña y tranquilizadora compasión por la imbecilidad humana.

—Démelo de una vez doctor... —duda por un segundo, el perito aguanta la respiración— Dolittle.

—Ahí está, mi jefe —exhalando ruidosamente le entrega un cuaderno escolar, con una espiral sujetando las hojas, de lo más común y corriente.

—¿Es todo?

—Para nada, ése es del último año, hay más de cincuenta, todos estaban sobre la mesa de la cocina.

—Así que no los encontraban... Desde adolescente escribía en esos cuadernos —pensativo—. Ahora lo recuerdo...

—Licenciado Xiu, ¿se encuentra bien?

—Tráigalos todos, por favor...

—Si me permite decirlo, no creo que vaya a encontrar nada, ya los he examinado yo y la verdad su hermano...

—¿Qué, me va a decir que estaba loco? Sí, no tema mencionar la palabra exacta.

—Perdone licenciado, yo sólo quise decir que... no son muy científicos.

—Démelos y ya veré yo.

—Aquí están, por cierto, supongo que con... todo esto que ha ocurrido, no ha visto las noticias, seguro no está al tanto de que el buque oceanográfico de la universidad, el que supuestamente había naufragado en el cráter ése, pues que no, que ha aparecido de repente —mira su reloj—, ya debe estar llegando a Progreso.

—¿Hay nuevas grabaciones?

—Parece que sí pero no se han dado a conocer. Desde luego, si existen las guardan en secreto.

—Quiero hablar con el director del proyecto, localícelo, también con el oficial marítimo a cargo.

—¿Tiene algo que ver con el caso?

—Claro.

—¿Con el caso de los secuestros y asesinatos de jovencitas?

Pero Xiu ya no presta atención más que al cuaderno que tiene entre manos, pasa sus páginas, lee al azar. Traen una caja con decenas de cuadernos iguales, desparrama su contenido sobre la mesa. Se le rompe el corazón al pensar que el que tiene entre sus manos fue el último que escribió, el último que escribirá, le perturba esa constancia de lo imposible, y ahí es donde golpea la ausencia, en lo que no se volverá a hacer nunca. El perito, un tanto compungido, gira sobre sus talones, cuando está por atravesar la puerta se acuerda de algo, se da vuelta y, sin mucha convicción, añade de despedida:

—Ah, licenciado Xiu, me dice, aquí, Encarnación, que le llamó su esposa, que está muy preocupada, que por favor le hable.

Xiu no oye, más bien no escucha, está entregado a cientos de páginas cuadriculadas, escritas con una pluma azul en letra redondilla y un tanto infantil. Algunas de las libretas están repletas, casi sin espacio para los márgenes, otras sólo tienen notas muy esporádicas. El tamaño de la letra parece proporcional al delirio, minúscula cuando describe algún paisaje arqueológico, agigantada con la narración de eventos cósmicos llenos de un horror irreproducible. Pero no, no debe pensar así, no puede volver a reírse de él, nunca más. Es mejor tratar de ponerse en sus zapatos, o intentar pensar que es una novela, así, tal vez como ficción, pueda digerir un poco mejor unos diarios repletos de incoherencias y, lo que es peor, sin la más mínima referencia personal o íntima, ninguna entrada sobre su familia, ni una palabra sobre él, su único hermano, sólo una jerigonza legible las menos de las veces.

* * *

A veces Bilbao tiene el encanto de Belfast. Esos días, al atardecer, cuando acaba de llover y los charcos reflejan las luces de las patrullas, todo relumbra, como recién lavado, los sonidos son fuertes, con gritos y carreras, golpes, juramentos y consignas, la adrenalina sube, las emociones se dilatan, se pasa de la angustia de correr delante de las porras a las carcajadas incontenibles tras dar esquinazo a los maderos, a los *txacurras*, a los perros. Los antidisturbios lanzan agua a presión desde tanquetas, disparan pelotas de goma, los rocían con pintura para identificar luego a los más belicosos, y se les escapa algún que otro tiro. Pero los manifestantes, en especial su tropa de choque, aguantan, se reagrupan y los apedrean, devuelven las latas de gas, disparan con resorteras cargadas de perdigones o rodamientos, mientras hacen pintadas rápidas y demuelen a su paso el mobiliario urbano, si encuentran un banco o una caja de ahorros le prenden fuego. Los enfrentamientos suelen durar un par de horas, la última media son persecuciones individuales y palizas considerables a espaldas de los reporteros periodísticos. Suelen acabar también porque los de la *borroka* se han aburrido y ya están en el casco viejo tomando cubatas, intercambiando recetas del coctel molotov: que nada mejor que el clásico de mecha con gasolina y aceite de motor, que para nada, que el efecto explosivo sólo se logra con hidróxido de potasio y ácido sulfúrico, etcétera.

Asier hace un año que colabora con el movimiento de liberación, como tropa de choque, como ariete, se ha graduado con honores en la escuela de la guerrilla urbana de baja intensidad. Es el mismo tiempo, un año, que lleva sin meterse caballo, ha tenido que pasar varios monos pues también ha tenido recaídas sucesivas, crecientes en malignidad. La última crisis lo lleva al psiquiátrico. Allí nadie va visitarlo, sus padres no quieren saber nada de él, pero el último día llega Mari. Lo ve, pálido y demacrado, sedado, decepcionado del mundo, hecho un asco, y se lo lleva a su casa. Allí entre toses y sexo, envueltos en el humo de miles de cigarros, aprende los rudimentos teóricos de la lucha *abertzale* y recibe lecciones magistrales de erotismo. En su época de yonqui el sexo no tenía mucha importancia, la perdió junto a la erección, prefería el futbol, el balómpie desplazó al coito rápido y violento del que ninguna se le había quejado, milagrosamente. Ahora es diferente, Mari es diferente, con ella aprende tanto que ya se cree el tío más listo del planeta, y el más valiente. Pronto empieza a arriesgarse, mucho, y claro, destaca entre el pelotón de revoltosos profesionales por sus aptitudes innatas. También lee libros, y piensa en volver a la universidad, aunque nunca lo hace. Le absorbe completamente el entorno nacionalista, sus bares, sus fiestas, sus símbolos y ritos. Luego los cursos, está tres meses en un campamento en Argelia, ahí aprende todo sobre explosivos y contraespionaje, destaca en la práctica de tiro. De regreso, enseguida se estrena, una bomba lapa en el coche de un coronel de la Guardia Civil, y se especializa, finalmente, en las ejecuciones de las sentencias dictadas por tribunales del pueblo, verdugo nada menos. Pasan los años, Asier se convierte en veterano, nunca quiere subir en el escalafón de la jerarquía, ni siquiera de la parte del mando puramente militar, él prefiere la acción, los planes que los hagan otros, él nada más los ejecuta, nunca mejor dicho.

En una mugrienta tiendita de la carretera Asier piensa, piensa y toma café en una destartalada mesa mientras Tom habla por teléfono con un poco de privacidad, a la sombra de un banano del otro lado del camino. Parece enojado y aunque se tapa la boca se oyen los gritos en inglés, si es que a lo que hablan en Texas se le puede decir inglés. Cuelga y mira a los lados antes de cruzar, como si fuera a pasar alguien en esas soledades selváticas.

—Ya nos tenemos que ir, me esperan en Campeche, algo está pasando en las plataformas —Tom parece preocupado, deja un billete de veinte dólares sobre la mesa.

—Y ¿tú qué tienes que ver? ¿No que de la DEA, que detective privado, que qué se yo? —Asier se levanta y acompaña a Tom al carro.

—También asesoro a Halliburton en cuestiones de seguridad, parece que se avecina un huracán y están evacuando los pozos.

—Ya, ¿entonces lo de perseguir a los malos...? —Asier se ríe por dentro, y también por fuera.

—Ahorita no se va a poder...

—Ahí sí te salió el acento mexicano.

—Vamos, lo llevo hasta Mérida y nos vemos mañana en la noche, esos malditos no van a escapar se lo aseguro, tengo un satélite tras ellos.

—Y yo que me lo creo...

—En serio, se lo juro por la virgencita de Guadalupe.

—Si fuera por la virgen de Begoña, todavía. Pero vamos.

—Vamos compadre.

—Me cago en la mar salada, ya no me digas compadre.

* * *

¿Por qué la gente se enamora? Primero porque puede, porque quiere, porque le urge, porque le anda. Segundo porque lo necesita, aunque muchas veces esto es lo primero, precisamente lo que se necesita. El humano, aunque se adapta a todo como un parásito obsesivo, no es bueno para la soledad, necesita de la compañía de los otros, del otro mínimo, el par, la pareja. A partir de esa necesidad que parece consustancial a lo humano, se tiene una pareja o se hace de una, se busca hasta que se encuentra. ¿Cómo se encuentra? Parece que nos reconocemos, con sólo olfatear lo sabemos, lo cierto es que las personas se enamoran demasiado a menudo a lo tonto. Nos falla la calidad de la disposición, no debería ser suficiente con necesitar, amar tiene que ser un ejercicio de voluntad máxima, de entrega absoluta, pero no sabemos cómo querer y menos cómo ser queridos.

El automóvil se detiene y Alisia deja de escribir en su diario tormento, han llegado. Con un solo escolta entra al hotel en Mérida donde tiene el equipaje. Ha podido convencer al Pistache de pasar a recoger sus cosas antes de reunirse con don Manolo en un lugar todavía no decidido por cuestiones de seguridad. En el lobby, tanto empleados como clientes, los pocos que quedan, usan tapabocas y mantienen distancia entre ellos. Alisia percibe esto un poco inconscientemente mientras corre hacia el elevador. Suben hasta la habitación y el matón se queda custodiando la puerta, por fuera. Sin perder tiempo empieza a hacer la maleta, enciende la televisión y pone un canal de noticias. La típica cabeza parlante de canoso tupé habla a cuadro.

—*Una rara enfermedad a la que sólo son inmunes los indígenas está arrasando con el turismo en la península de*

Yucatán. Tenemos la nota con nuestro compañero Abraham Gutiérrez. Adelante Abraham...

Alisia se sienta en la cama para ver a un reportero, con tapabocas y micrófono en mano, sujetándose con la otra el auricular de la oreja, el fuerte viento se empeña en sacarlo de su lugar.

—*Gracias Pedro, estamos aquí en las hermosas playas de Cancún, y como puedes ver* —la cámara se abre y panea la desierta banda de blanca arena azotada con vehemencia por las olas de un mar de rutilante azul turquesa— *están completamente desiertas. Una extraña infección que sólo ataca a quienes no son indígenas ha provocado el pánico aquí en la zona hotelera, en el estado de Quintana Roo, y en toda la península de Yucatán. Las autoridades están optimistas con poder detener la epidemia pero en realidad no saben si se trata de un virus o de una bacteria, tampoco saben cómo se propaga, menos cómo se cura. Cifras no oficiales hablan de más de mil muertos aunque la Secretaría de Salud del estado sólo confirma veintitrés casos, seguiremos informando.*

Vuelve la cabeza parlante a cuadro pero Alisia apaga la tele, durante un instante sigue mirando la pantalla negra. Lo único seguro es que no debe estar ahí, se acaba de enterar de lo de la enfermedad, no ha visto las noticias en estos días y la cosa parece grave. Según su madre, ella tiene un veinte por ciento de indígena, de tarahumara, de rarámuni para ser exactos. ¿Será suficiente para evitar el contagio de epidemia tan caprichosa? ¿Está poniendo en riesgo su vida? Debe irse a la capital, y luego si puede a París, o a Roma, o mejor a Grecia, al divino verano europeo, poner un océano de por medio a la masacre que se avecina, a la enfermedad, al dolor que parece teñirlo todo.

Está deprimida sin remedio, sólo espera que Manuel deje que se vaya. Suena su celular, con la música de la película "Tiburón", contesta.

—¿Sí?

—Soy yo, tenga cuidado con lo que dice.

—¿Está bien usted, Manuel?

—Perfectamente, todo esto es cosa de nada, en unos días yo lo arreglo.

—¿Pero qué ha pasado?

—Un idiota se ha pasado de lanza. Creen que cuando llegan arriba pueden olvidarse de mí, deshacerse de mí, de don Manolo. Nadie está fuera de mi alcance, eso lo van a saber rapidito.

—¿Manuel? Yo estaba pensando si no es mejor que me vaya un tiempo a Europa…

—¡Irse a Europa ahora, usted está loca! Su lugar es aquí, conmigo, déjese de tonterías, tengo otros planes.

—Pero Manuel, así va a estar más tranquilo.

—Esto no es nada, y además recuerde por favor eso de: en la salud y en la enfermedad…

—Sí Manuel, lo que diga.

—Mando por usted en la mañanita.

∗ ∗ ∗

Muchos de los gurús contemporáneos pregonan la salvación aquí y ahora, terapias y capacitaciones de todo tipo para ser mejores, para vivir la vida, para salvarse en el hoy. Poco se habla ya de salvarse en la otra vida, la escatología ha caído en desuso, pese al interesantísimo culto de la Santa Muerte parece que la actualidad, en la que el futuro ya está aquí, no necesita mirar más adelante. Nadie piensa en la vida eterna si tiene la continua novedad del consumo y la moda, los vertiginosos cambios constantes, el que todo sea siempre diferente para que nada cambie. Ahora es cosa de lo instantáneo, el humano actual no puede perder un minuto del presente pero está cerrado a la idea de inexistir en el futuro. Pero eso es lo que nos jugamos, lo que se juega la humanidad si las señales son veraces, si los signos son ciertos, desaparecer como raza, como civilización, que desaparezca hasta nuestro recuerdo, que no quede nada de lo que fuimos, de lo que somos, si es que en algo merecemos la pena. El fin se acerca, Hermano del Sello, y debes leer y aprender todos los textos, las fórmulas, la geometría particular de las imágenes, los ritos de contención y la liturgia que cierra la fractura, no hay tiempo que perder hermano.

Es la última entrada en la última página escrita del último diario. No hay duda de que su hermano estaba loco, pero le inquieta que lo anotado parezca dirigido a él. Xiu cierra el cuaderno de espiral metálica y también cierra los ojos, hace una inspiración profunda, contiene el aire... y entra el perito por enésima vez interrumpiendo.

—Jefe, nos reportan que han encontrado el cadáver de otra chava, muy cerca de las cuevas donde andaba usted el otro día, no tenía más de veinticuatro horas muerta.

—La número trece.

—Pero hay más, mucho más.

—Sondearon la caverna.

—Hoy amaneció adivino licenciado. Han encontrado los restos de otras seis víctimas en la cueva inundada. Con las seis que encontramos antes y la que le acabo de mencionar suman trece, exactamente.

—Pida el helicóptero, nos vamos para allá. Pero antes debo pasar por casa. Lo invito a comer doctor… Insólito.

—¡Licenciado! Sería la primera vez que…

—Apúrele, no pienso saltarme una comida ahora que se aproxima el fin del mundo.

—¿Qué quiere decir?

—Nada, nada, que tengo mucha hambre.

* * *

Asier baja de un taxi y entra al hotel de Mérida, se acerca a la recepción, observa que todos tienen tapabocas, dos tipos sentados en el lobby se le quedan viendo. Distraído pide su habitación pero le dicen, muy amablemente, que ya está ocupada, que sus cosas las tienen guardadas. Le ofrecen una suite, bastante más cara, duda si quedarse o buscar otro hotel. Con el rabillo del ojo ve que los dos tipos del bar se acercan, hay algo familiar en ellos pese al tapabocas. Del otro lado se abren las puertas del elevador y sale Alisia seguida del Pistache y otro matón cargado de maletas. Pasa a su lado sin mirarlo siquiera, Asier va a decir algo y avanza un poco tras ella cuando los dos tipos le impiden el paso.

—Quieto ahí o te mato de una vez —la voz grave tiene acento español, vasco más bien.

Uno de los tipos lo apunta con una pistola bajo el periódico doblado. El otro añade:

—Ven con nosotros, tenemos que hablar.

Asier los mira de arriba abajo y echa a correr hacia la puerta giratoria por la que acaba de salir Alisia, lo siguen.

—Me cago en dios —dice el que habló primero, entre dientes.

Del otro lado Alisia está fumando y haciendo esperar a sus guardaespaldas, Asier se queda mirándola, se acerca.

—Qué, ¿cómo va el mundo de las maravillas?

Para ese momento el Pistache ya está pegado a Alicia con la mano en el sobaco, el otro gorila, igual. Detrás de Asier los tipos con tapabocas se detienen y disimulan. Alisia se quita los lentes de sol, lo mira con calma, una sonrisa discreta se dibuja en su cara.

—Ramón, o Asier, o cómo te llames, ¡qué sorpresa!

A pesar de la ironía hasta Asier se da cuenta de que le da gusto verlo. Se acerca y tiende su brazo. Alicia estrecha la mano que mantiene el apretón, resistiéndose a soltarla.

—¡Qué bueno que estás bien!

—No gracias a ti. ¿Podemos hablar un momento?

Alisia se suelta de la mano y mira a sus guardaespaldas.

—Nada más un momento, por favor, vamos a tomar un tequila aquí en el bar del hotel, enseguida vuelvo.

Al moverse Alisia y Asier de vuelta al interior, todos se desplazan, delante de ellos se meten al hotel los tipos con tapabocas, detrás los siguen hasta la entrada del bar los guardaespaldas. Cuando se acomodan en una mesa, Asier se percata de que hay otra puerta de salida, da al jardín que rodea el hotel, también observa que los tipos que lo amenazaron con la pistola se sientan junto al ventanal. Asier habla primero, con una punzante sensación de vértigo, de catástrofe inminente.

—Con todo lo que ha pasado, no sé por qué… no he dejado de pensar en ti.

—Perdona lo de la cajuela… y todo lo demás, parece que los dos tenemos la vida muy complicada.

—Y más que se está complicando.

—Soy casada Ramón.

—Ya lo sé, llámame Asier, por favor.

—Asier, me tengo que ir.

—¿Vas por tu voluntad o te llevan?

—Que más da.

—A mí también me quieren atrapar.

—¿Esos de ahí? —Alisia hace un leve gesto con los ojos sin mover un centímetro de su cuerpo.

—Ajá —haciéndose el tonto—. Por cierto, ¿te has dado cuenta de que hay otra salida?

Asier apenas levanta una ceja, ha bajado el tono de voz, Alisia mira distraída en la dirección indicada.

—Estás loco.

—¿Estás… de acuerdo?

Alisia pone cara de decir no pero dice:

—Sí.

—Entonces sígueme la corriente.

—¿Qué? —Alisia levanta la voz sin querer.

—Sígueme y ya —dice, imperativo pero con sordina, Asier que se levanta y le da la mano a ella para que también se pare. Resuelto y jalando de Alisia se enfrenta a los dos tipos que lo siguen, se para ante su mesa.

—Dejad de perseguirme, ya le dije a Edurne que estoy fuera de juego, no tenéis nada de qué preocuparos. Joder, parece mentira que no me conozcáis, que ya son años.

—Así no se hacen las cosas —dice uno de los tipos.

—Tienes que volver con nosotros —añade el otro.

—La próxima vez que os vea… os vuelo la cabeza —Asier hace con la mano la forma de una pistola y hace dos disparos hipotéticos sobre ellos, lentamente.

—No puedes escapar —uno de los embozados hace el gesto de levantarse.

—Te estoy apuntando —el otro tipo ha sacado una pistola bajo la mesa, pero se detiene al oír el característico sonido del percutor de un revólver. El Pistache lo tiene en la mira de un pistolón cromado que refleja los rayos del sol.

—Calmado gachupín.

Detrás del otro tipo se sitúa el matón faltante con una escuadra desenfundada discretamente. Asier apoya sus manos sobre la mesa y se acerca para decirles:

—Si me seguís daros por muertos.

Doblando las muñecas se aferra a la mesa y de un golpe la levanta, volcándola sobre sus perseguidores y los matones. Agarra con furia a Alisia y salen corriendo hacia la puerta del jardín. El Pistache descarga su revólver sobre los tipos pero están protegidos por la mesa derribada, además han caído encima del sicario que trata de arrastrase hacia atrás, muy aturdido se levanta y recibe un balazo en el pecho del propio Pistache que ha disparado sin mirar y desde el piso. Se da cuenta de su error y a gatas escapa como puede hacia la puerta tiroteado por los tipos que, enseguida, emprenden la persecución de Asier.

Capítulo 9

El tiempo de los helicópteros

Y tienen otra cosa horrible y abominable y digna de ser punida que hasta hoy no habíamos visto en ninguna parte, y es que todas las veces que alguna cosa quieren pedir a sus ídolos para que más aceptasen su petición, toman muchas niñas y niños y aún hombres y mujeres de mayor edad, y en presencia de aquellos ídolos los abren vivos por los pechos y les sacan el corazón y las entrañas, y queman las dichas entrañas y corazones delante de los ídolos, y ofreciéndoles en sacrificio aquel humo. Esto habemos visto algunos de nosotros, y los que lo han visto dicen es la más cruda y espantosa cosa de ver que jamás han visto.

(Primera carta de relación de Hernán Cortés, 10 de julio de 1519, Ed. Porrúa, México 2005)

El cráter de Chixchulub, que se llama así por el pueblo costeño que se asienta prácticamente en su centro, tiene unos doscientos kilómetros de diámetro. Fue creado por el impacto de un meteorito, o más bien un fragmento de apenas diez kilómetros de uno mucho más grande, que atravesó nuestra atmósfera a veinticinco kilómetros por segundo hace millones de años. La explosión en el mar, que tal vez levantó de las aguas la actual península de Yucatán, fue dos millones de veces más destructiva que la bomba atómica más potente jamás diseñada por el hombre, con cincuenta megatones, cada megatón equivale a mil kilotones, o lo que es lo mismo, un millón de toneladas de TNT. Los análisis isotrópicos dicen que esto ocurrió en el periodo cretácico, hace sesenta y cinco millones de años, en el llamado límite K/T que coincide con la extinción de muchas especies que habían proliferado sobre la faz de la Tierra. Visto en el mapa se puede trazar un arco, la mitad en el mar y la otra mitad subterránea delatada nada más por un anillo de dolinas, de cenotes, como las perlas de un collar parcialmente sumergido en el golfo. El evento fue un cataclismo mayúsculo, después de la monstruosa explosión nubes de vapor, cenizas y polvo se elevaron sobre el cráter, toneladas de materiales pétreos fueron lanzados a la atmósfera y regresaron como bolas de fuego provocando incendios globales, la onda expansiva generó terremotos, erupciones volcánicas y un gigantesco tsunami, que posiblemente transformó la historia geológica de la zona y las condiciones mismas de la vida en el planeta. La Tierra se nubló durante años y se enfrió, había lluvia ácida, faltaba la luz del sol, muchas especies vegetales y animales perecieron, entre ellas los dinosaurios.

Xiu deja de leer, se quita los lentes bifocales y se frota los ojos, está sentado en la parte trasera de un vetusto helicóptero MI-2 de la marina, tiene un computador portátil sobre las piernas. Consulta información sobre el cráter de Chixulub, el cráter de un meteorito que causó una enorme devastación, una catástrofe sin igual y la destrucción de gran parte de las formas de vida terrícola. Ya ha sucedido antes, el mundo se ha enfrentado a amenazas inconcebibles, ha estado a punto de perecer en incontables ocasiones, pero ha logrado sobrevivir. Todo esto se dice Xiu a sí mismo mientras sobrevuelan la selva baja y espesa, un manto tupido de verdor que lo cubre todo, que lo oculta todo. Va en dirección contraria al cráter, hacia el este, al umbral de Xibalbá, quiere ver el cadáver de la última niña sacrificada. Lo cierto es que no sirve de consuelo saber que la realidad tal como la conocemos puede desaparecer de un momento para otro, no puede sentir que disminuyan las posibilidades estadísticas por lo ya ocurrido, más bien se le presenta como posible algo que nunca ha pasado por su cabeza, el horror mayúsculo: la desaparición de la raza humana, de su civilización y del planeta mismo... "Si el riesgo de catástrofe es tan grande como decía Marcelo", piensa, "estamos perdidos, y si depende de mí detener este maleficio, si evitar esta hecatombe terminal está sólo en mis manos, también estamos perdidos". No pueden ser más que tonterías. Mira a su lado en la cabina, el perito dormita pese al insoportable sonido del rotor mitigado apenas por los auriculares, frente a él dos marinos, rígidos, en uniforme de combate, miran la boca de sus fusiles.

* * *

Alisia y Asier llegan en un taxi al aeropuerto de Cancún, quieren escapar cuanto antes, poner tierra de por medio con la enfermedad y la violencia, sobre todo alejarse de don Manolo, dejar atrás a los colegas terroristas, olvidarse de todo y ser arrastrados por los sentimientos, por el gozo de amar y ser amados, sin temor a las consecuencias, amnésicos del pasado, como una cura de sueño para un desquiciado. Casi no han hablado entre ellos desde la huida del hotel pero llegan agarrados de la mano, cada uno ha estado pensando en sus cosas, en sus asuntos y pendientes, y los dos por separado han decidido mirar al frente, sin cruzar palabra están de acuerdo. El problema es cuando descubren que casi todos los vuelos han sido cancelados, primero por la falta de pasaje debido a los estragos de la "fiebre del turista", y luego por el extraño fenómeno atmosférico detectado en las aguas del golfo. Las opciones son mínimas y Alisia compra con su American Express dos boletos para el último vuelo a La Habana. "Será romántico" piensa, como si fuera una jovencita despreocupada, sin pasado a rastras y con toda la vida por delante. "Esto debe ser el amor, porque me posee, no tiene sentido, es pura energía", piensa Asier observándola, apoyado el codo en el mostrador de la línea aérea, embelesado.

—¿Equipaje?

Se miran como si la señorita hubiera hecho un chiste, sonríen como tontos.

—Sin equipaje —dice Asier.

—Nada de equipaje —asiente Alisia, entre carcajadas.

* * *

Otro helicóptero, un Bell 212 último modelo, está aterrizando en la plataforma petrolera Quelonio, de la empresa norteamericana Conquest Industries, una operadora *off shore* de Halliburton, que a su vez trabaja para un conjunto de empresas energéticas. Queda muy poco personal, la mayoría ha sido evacuada, las luces de peligro parpadean en rojo y en la megafonía suena un verdadero aullido de alarma. El pozo está cerca del límite de las aguas jurisdiccionales de México, más que cerca, en realidad usan la técnica llamada vulgarmente del popote, extraen el petróleo de las aguas mexicanas, succionando desde abajo en yacimientos que no saben de límites nacionales y con la aquiescencia tácita de las autoridades. El proyecto de prospecciones conjuntas en aguas transfronterizas está detenido en la cámara de diputados mexicana, y de parte de los gringos, que buscan una moratoria para la explotación petrolera en aguas profundas, las dificultades son crecientes frente a la poderosa maquinaria de las petroleras que reparten dinero a diestro y siniestro. Después de los dos últimos catastróficos accidentes en plataformas que se fueron a pique, otras dos chocaron entre sí a la deriva, existen muchas dudas de seguridad para los trabajadores y también sobre el impacto ambiental de otro derrame de hidrocarburos. Se trata de un asunto difícil de dilucidar y así, entre los claroscuros de las leyes de ambos países, las empresas más voraces del planeta, sin hablar de las de armamento, hincan el diente con ahínco.

Del helicóptero desciende Tom cargado de equipo, un hombre alto, de rubicundo cabello rapado en las sienes, lo recibe, carga su maleta y estrecha su mano.

—Bienvenido Tom, no es el mejor momento pero…

—¿Cómo va todo Carl? ¿Es cierto que viene un huracán?

—Eso se lo tendrás que preguntar al jefe Mac. Ya sabes que yo no veo, no oigo, no hablo.

—Pues para no hablar ya has dicho bastante.

Se ponen en marcha, la compleja estructura de la plataforma, que parecía diminuta desde el aire, se agiganta por momentos. Tom sigue a Carl bajando sucesivas escaleras de acero, atravesando pasillos rodeados de tubos, cables y válvulas; la altura es de vértigo y puede atisbar que el mar está en completa calma, el cielo también luce perfectamente despejado. Llegan a la oficina, al diminuto camarote iluminado por una redonda claraboya. Los espera un hombre ya entrado en años, con el pelo recogido en una coleta y una espesa barba grisácea, viste un overol sucio sobre una camisa hawaiana verde loro, está enrollando sobre la mesa empotrada un puro de fabricación artesanal, lo recorta y lo mete a una pequeña prensa de madera ajustándolo, habla sin levantar la vista.

—No esperaba verlo hasta la próxima semana míster Singlenton. Carl, lárguese.

Tom tiene que apartarse para que Carl pase por la estrecha puerta que más parece la escotilla de un submarino.

—Si quiere puede sentarse —dice el jefe.

—Jefe Mac, ¿por qué estamos evacuando?

—Es un protocolo de seguridad.

—No hay ningún huracán.

—No, es otra cosa.

Saca el cigarro de la prensa y lo examina.

—Aprendí esto en Cuba, hermoso país —adopta expresión melancólica.

—Seguro, pero ¿qué está pasando?

Deja el puro y toma un control remoto, lo acciona, se enciende un pequeño monitor empotrado en la pared. Es una toma aérea, desde un helicóptero, del mar abierto, va acercándose a una zona de niebla. Descienden atravesando los espesos girones hacia la superficie marítima, se ve el agua agitarse como en una imposible tormenta instantánea. Detiene el vuelo sobre un remolino que va adquiriendo un tamaño descomunal, la niebla es rasgada y engullida hacia el abismo que se abre cada vez más, mostrando una sima de oscuridad y turbulencia. La aeronave trata de levantar vuelo, pero no puede, es como si el remolino creciente lo atrajera, la imagen se vuelve confusa, ha caído al agua, fundido a negro.

—¿Rescataron los restos?

—Ya he perdido una lancha y dos hombres, no podemos acercarnos a esa cosa.

—Es un fenómeno volcánico con emanación de gases, o algo así, ¿no?

—Podría ser.., si no fuera porque se mueve.

—¿Se mueve?

—Viene para acá.

—¿Todos han sido evacuados?

—El personal de seguridad está listo para salir en cuanto los técnicos acaben.

—¿Qué sabe del Proyecto Introversión?

—Mi trabajo es no saber nada al respecto.

—Pero ¿ésta es su base de aprovisionamiento?

—Podría decir cualquier cosa, pero de lo que no se puede hablar mejor es callarse, decía Wittgenstein.

—Por jerarquía está obligado a responderme.

El jefe Mac duda por un segundo, luego sonriendo con sorna enuncia:

—Dijeron que mejor se quedaban ahí, y se cortó la comunicación. No hay nada que hacer, *my friend*.

—Ésas no son mis órdenes.

—Si quiere ir por ellos tengo todavía un batiscafo disponible.

—No creo que sea buena idea.

* * *

Don Manolo no ha estado con los brazos cruzados, desde su refugio fortificado en Sinaloa ha lanzado golpes contra todo lo que se mueve. Un cuerpo especial, de élite, la mayoría ex militares, está haciendo una limpieza que ya quisiera el gobierno. Usan coches bomba para acabar con sus enemigos e imponer la catarsis del miedo, la ley del terror, han evitado los combates directos con la policía y el ejército, limitándose a barrer la basura, a sacudir al país. Sentado en el despacho de su búnker subterráneo, Manuel todavía no sabe quién le ha traicionado y por qué, ha metido tanto dinero en las campañas de los que están en el poder que no puede entenderlo. Muchos le deben todo, no comprende cómo se han vuelto contra él, persiguiéndolo como alimaña, tratando de darle caza, hasta el presidente le ha dado la espalda. Manuel no se cree nada de la política, se ríe de la llamada guerra contra el narco, sabe que el país es de ellos, de él, y ahora se lo quieren quitar, no va a consentirlo, está moviendo todos los resortes, accionando cualquier mecanismo a su alcance, forzando a reaccionar a las piezas del ajedrez que conforman su mundo de dividendos y sangre, es un ejecutivo agresivo con muchas ideas y armas de sobra. Se desespera, se levanta, prepara un whisky con mucho hielo, no puede emborracharse todavía, aunque le tienta. Tocan a la puerta, es Oscar, su mano derecha, con aspecto de Elvis elegante.

—Se peló, se lo dije, don Manolo, el Pistache es un pendejo.

—Habla al aeropuerto, a ver qué vuelos han salido. ¿Sigue el general en línea?

—Esperando, como usted dijo.

—Vamos a ver si aclaramos esto de una vez. ¿Cómo va lo mío?

—Tenemos controlado el norte y el centro, lo demás está en veremos.

—Pues veamos entonces si el pelón suelta la sopa.

Don Manolo se sienta, levanta la pantalla de su laptop, surge la imagen de un uniformado en un recuadro, está lleno de medallas y galones pero tiene la guerrera desabrochada y la cabeza descubierta, bebe tequila que se sirve él mismo de una botella fuera de cuadro. Es un hombre de edad con profusas patillas teñidas y cejas disparadas, queda algo de la galanura de su juventud tan lejana.

—Mi general, perdóneme usted por favor, lo tengo ahí, esperando.

—Don Manolo, déjese de chingaderas... —el oficial parece nervioso, irritado.

—General, general, calmado, que no me tiene usted nada contento.

—Vamos, don Manolo, ya sabe cómo es esto —se pone condescendiente.

—No, no lo sé, dígamelo usted —Manuel trata de mantener el tono relajado, pero bajo sus palabras subyace la frustración y el deseo de venganza.

—No se haga, si está fuera de la ley tendrá que atenerse a las consecuencias —intenta en vano recuperar su prestancia marcial.

—¿Y su casa en la playa, mi general? Sus hijas estudiando en New York, sus chacales, siempre dispuestos a desaparecer, también están fuera de la ley, ¿no? Dígame usted. Los diamantes que tanto le gustan… no son muy legales que digamos.

—Acéptelo, don Manuel, ahora le toca a otros.

—No me venga con tarugadas. ¿Qué le han dado esos otros?

—Ya no está en mis manos…

—No, ahora está en las mías…

—¡Don Manolo!

—Sus hijas, por ejemplo…

Manuel abre una ventana en la pantalla de la computadora. En la imagen, en el interior de un automóvil, una pareja se besa y se abraza. Ella es una jovencita blanca de no más de dieciséis años y él es un negrote de dos metros con pinta de rapero. La lengua de él parece una serpiente que se mete en su boca, lame una oreja, recorre el cuello y los hombros, ella se deja hacer.

—Aquí estoy viendo a la pequeña, qué chistoso, tiene los mismos gustos que su papá.

—No se atreva a hacerle nada, hijo de la chingada —un poco histérico.

—Yo me atrevo a todo, mi general. A ver, a quién más tenemos por aquí —en la pantalla se abre una nueva ventana que muestra un salón de clases—, claro, tenemos, a su otra hija, la matadita, estudiando mucho en la universidad. Y ¿a quién más? —va abriendo sucesivas ventanas—, a su fina esposa cuidando los rosales, también a su mamá, allá en el pueblo, ah, también está aquí su último amiguito. Como puede ver, los tengo a todos.

—¿Qué quiere, don Manolo? —el general se limpia el sudor que perla su frente con un pañuelo negro.

—Nada más dígame quién empezó esto, qué tan arriba es la pendejada.

El general se sirve otro tequila, muerde un limón, bebe, hace una mueca de desagrado, golpea la mesa con el puño, se acerca a la cámara y baja la voz.

—Es el cabrón de Jaimito...

—Don Jaime de la Mora.

—El secretario de Gobernación, tiene un trato con los gringos, le va a la grande.

—Mire nomás, pinche mariconcito ambicioso.

—Es todo lo que sé.

—¿Y presidencia?

—Presidencia se lava las manos, don Manolo.

—Eso lo vamos a ver. Usted pare lo que pueda, yo me encargo de lo demás.

—Veo que es usted un hombre juicioso.

—Usted no ve nada... mejor cuídese y cuídeme.

Desconecta la pantalla y convoca a sus lugartenientes. Qué bueno que compró una partida de *Stinger*, esos fabulosos misiles portátiles antiaéreos, los pagó al doble de lo que valen a los pinches gringos, pero al final van a hacer su trabajo. A don Manolo le encanta la conspiración, ni se acuerda ya de Alisia.

* * *

El sol le da en la frente, se cubre con el portafolio y hace un gesto afirmativo al perito para que levanten el cadáver desangrado de la pobre muchacha. Observa las huellas de las ruedas claramente marcadas entre la vegetación aplastada, tenían mucha prisa. El licenciado Xiu, enfundado en su chaleco de fotógrafo —no lo es pero le encantan los múltiples bolsillos—, camina alrededor del lugar. El perito da instrucciones para que embolsen el cadáver y lo suban al helicóptero, luego regresa con él, lo sigue, justo un paso atrás como en una película cómica del cine mudo. Por fin Xiu se detiene y se da la vuelta bruscamente, el perito casi choca con el licenciado, parece una escena de payasos de circo.

—Doctor Fleming, deje de hacer el tonto, esto es muy serio.

—Disculpe jefe, venía a decirle que las aguas han bajado en la caverna, se puede explorar caminando.

—Y eso es lo que haremos, porque estoy seguro de que esos criminales van a intentar llegar hasta allí. Según el diario de Marcelo, el ritual del Fin de la Espera sólo se puede realizar en las entrañas de la Tierra, en la antesala misma de Xibalbá.

—Ahora sí, no entiendo nada...

—Piensan que pueden iniciar el fin del mundo, sí, ya sé que son tonterías pero ellos no lo saben, creen estar tan cerca de su meta que no van a echarse para atrás ahora. Prepare al grupo de asalto y consiga unos cascos, no quiero que caiga alguna estalactita sobre mi cabeza. Tengo que hacer una llamada.

El perito se dirige raudo hacia el helicóptero, habla por radio con el centro de mando acampado a la entrada de la caverna mientras Xiu marca a su casa desde el celular.

—Aurorita cariño, ¿cómo estás mi vida?... Hoy no voy llegar a comer... No, no puedo... aunque hayas preparado relleno negro... No, más lo siento yo... Sí, a cenar sí, ya sé que son los tamales que me gustan... ¿Las niñas están bien?... Qué bueno... Casi no te oigo... Sí, es un helicóptero... Bueno... yo también...

Sin perder más tiempo abordan la aeronave para llegar en escasos minutos al escenario de la leyenda infernal, Xiu apenas alcanza a leer un par de páginas de uno de los cuadernos que trae en los múltiples bolsillos de su chaleco, abre al azar y justo habla de Xibalbá. Cita el *Popol Vuh* donde se describen los terribles dioses del inframundo y sus aterradoras tareas, se detiene en un párrafo:

> *Venían enseguida otros señores llamados Xic y Patán, cuyo oficio era causar la muerte a los hombres en los caminos, lo que se llama muerte repentina, haciéndoles llegar la sangre a la boca hasta que morían vomitando sangre. El oficio de cada uno de estos señores era cargar con ellos, oprimirles la garganta y el pecho para que los hombres murieran en los caminos...*

Cierra el cuaderno, el parecido de lo descrito con la llamada fiebre del turista es demasiado llamativo o ¿se trata de una casualidad? Ha buscado infructuosamente alguna instrucción de índole mágica para atajar el ritual que puede desarrollarse en cualquier momento, no es que crea nada de lo que dijo su hermano pero las trece niñas han sido realmente sacrificadas, y se supone que eso ha permitido "activar" las piedras extraterrestres, tal vez la suerte ya está echada... No, es ridículo. De lo único que está seguro es que los va a atrapar.

Ya están aterrizando, el helicóptero debe llevarse pronto el cuerpo a la morgue, se empieza a descomponer, apesta, así que descienden rápido, Xiu se acerca curioso a la entrada de la cueva, el perito se reúne con los mandos policiales para organizar la misión lo mejor posible. Bajo una carpa de camuflaje los oficiales de la armada, expertos en buceo y espeleología, instruyen a los de los cuerpos especiales. Les están dando una lección acelerada, una introducción mínima a la exploración de espacios subterráneos. Sobre la mesa han extendido mapas de lo poco que se ha cartografiado del complejo cavernario, los indígenas locales les han dicho que hay un guía que conoce todos los rincones de la cueva pero que anda de borracho y no está en sus cabales. Luego una pareja de aficionados al espeleobuceo que ha entrado un par de veces se ofrece para conducirlos por la parte conocida y asegurar luego la ruta que se emprenda.

Los zapadores de la marina han agrandado la achaparrada oquedad, haciendo un talud en la arena húmeda que permite acceder a un estrecho pasadizo descendente. La altura es perfecta para él, pero los demás tendrán que doblar las espaldas, piensa Xiu regocijado asomándose al ampliado umbral.

* * *

—¿Dos camas o una *king size*?

La señorita de la recepción del hotel, una mulata de caerse de espaldas, mantiene la sonrisa esperando una respuesta, Alisia lo mira a él.

—Lo segundo —dice Asier un tanto abochornado.

Alisia casi se muere de la risa, le encanta la combinación de hombre duro y de niño vulnerable que despliega

Asier a la menor oportunidad. Se van tomados de la cintura hacia el elevador, ella está de un humor excelente, se siente renovada. Piensa que si es una aventura, nada más una aventura y como tal pasajera, aún así debe vivirla, dejarse llevar sin pensar en las consecuencias, disfrutarlo, unos días, unos pocos días antes de que la encuentre Manuel. Asier, por su parte, ha conseguido dejar de pensar, algo único, sólo logrado en mínimas ocasiones, no tan mínimas pensarían muchos, las ocasiones en las que ha tenido que matar. Fuera de eso es la primera vez que puede parar el discurso mental, las vueltas y revueltas del pensamiento que lo atormentan las veinticuatro horas del día los trescientos sesenta y cinco días del año. Ahora sólo quiere tenerla entre sus brazos, seguro de que el contacto físico va a mitigar todos los males, como el bálsamo del piadoso olvido. Suben en el elevador, Asier, detrás de ella, la toma de la cintura atrayéndola, percibe el olor de su pelo, acre pero delicioso, ella se voltea y lo toma de los hombros, se besan, claro, un beso breve y prometedor. Él le besa la nariz y los ojos tomando el rostro con las dos manos, ella se aprieta contra la cintura de él, lo estrecha, quedan unos instantes abrazados, mejilla contra mejilla. El elevador se detiene con un pitido molesto.

—Vamos —dice ella musitando a su oído.

Caminan por el pasillo decorado con cuadros de barcos blancos y mares color turquesa. Llegan a la habitación, Asier abre y cede el paso, Alisia entra a la recargada suite de atmósfera tropical. De repente ella siente vergüenza, pena mexicana más bien, parecida a la que vio reflejada en el rostro de Asier hace sólo un momento pero que ya ha desaparecido por completo. Él ha recuperado el aspecto pétreo, el control de la situación. "Qué guapo es", piensa ella sonriendo por dentro.

—Pues ya estamos aquí, y la mera verdad no sé por qué...

—Estamos, yo creo que ya es bastante. Los dos tenemos muchos problemas que queremos dejar atrás, nos escapamos, eso es todo...

El ponerse a pensar no beneficia en nada la situación pero Alisia no puede evitar hacerlo y abre la boca, necesita saber algo antes de que la relación avance.

—Oye ¿cómo está eso de que eres un asesino?

—Y ¿cómo es eso de que estás casada con un narco? —Asier usa un tono de enojo contenido.

—Creo que lo tuyo es peor —Alisia se contiene aún más.

—¿Vamos a estar hablando toda la tarde o qué? —Asier trata de conciliar, torpemente.

—¿Qué de qué? —grita Alisia.

—Que si estás de acuerdo conmigo, esto es una huida. Partamos de cero, dejemos al pasado que se las arregle solo, y sobre todo escapemos de nosotros mismos, de lo que cojones hayamos sido.

—Debes tener razón, porque hablas muy bonito.

—Vamos a la cama.

—No tengo nada que ponerme.

—Pero sí tienes mucho que quitarte.

Asier se acerca a Alisia, la abraza, la besa y la levanta en brazos, ella no inhibe una carcajada destellante, él camina hasta la cama y la acuesta.

—Eh, que no me he quitado ni los zapatos.

—Yo te los quito.

Asier se sienta junto a ella y procede a desatar las sofisticadas sandalias. Alisia se incorpora y se quita el saco, también él, luego titubea un instante, ella no, más bien empieza a desabrocharle el cinturón de sus consabidos jeans negros. Animado, Asier suelta poco a poco los botones de la camisa de lino crudo de Alisia. Enseguida están desnudos y se recuestan uno junto al otro. Ella pregunta:

—¿No me vas a abrazar?

—Te estoy mirando antes.

—Ven…

* * *

Un jet de las fuerzas aéreas está aterrizando en el aeropuerto de la Ciudad de México, tras tomar tierra se dirige al hangar de la Procuraduría. Policías con armas largas y chalecos antibalas custodian las instalaciones, hay mucho movimiento de patrullas y efectivos. Desciende del avión el secretario de Gobernación, Jaime de la Mora, junto a su coordinador de asesores, la secretaria de prensa, un par de coroneles del ejército y tres guardaespaldas. Una edecán en minifalda los acompaña en fila india hasta un helicóptero que enciende los rotores. Uno por uno lo abordan y se acomodan, listos para despegar. El mismo técnico que los ha dirigido hasta el hangar con sus bastones luminosos hace señales de que levanten vuelo. La nave se eleva. El técnico habla por radio.

—El gallo salió del corral, cambio.

Se oye la contestación con bastante ruido.

—Lo esperamos en la arena, cambio y corto.

En la terraza de un edificio cercano dos figuras se preparan, uno carga sobre el hombro del otro un artilugio, una especie de bazuca corta, tiene una pantalla infrarroja. El helicóptero aparece ganando altura, apuntan, marcan el objeto y disparan un misil que traza un arco para impactarse al instante contra la nave, explotando en el aire, desintegrando a los diez ocupantes y rociando las calles cercanas de fragmentos incandescentes que provocan incendios y escenas de pánico. Las sirenas de la policía y las ambulancias se desatan, son la música adecuada para acompañar el escenario dantesco, el magnicidio como culmen de la violencia.

Capítulo 10

El tiempo de regresar al mundo cruel

De esta manera comenzó su destrucción y comenzaron sus lamentos. No era mucho su poder antiguamente. Sólo les gustaba hacer el mal a los hombres en aquel tiempo. En verdad no tenían antaño la condición de dioses. Además, sus caras horribles causaban espanto. Eran los enemigos, los búhos, incitaban al mal, al pecado y a la discordia. Eran también falsos de corazón, negros y blancos a la vez, envidiosos y tiranos, según contaban. Además, se pintaban y untaban la cara. Así, fue, pues, la pérdida de su grandeza y la decadencia de su imperio.

(*Popol Vuh. Las antiguas historias del Quiché*, traducción Adrián Recinos, Fondo de Cultura Económica, 2008 México)

Si el problema de la enfermedad y los crímenes no es bastante, la nueva crisis nacional sacude también la lejana península de Yucatán, los vaticinios funestos están en boca de todos, se acerca un cambio, urge una transformación pero los presagios no son nada benignos, hablan de muerte y destrucción, de caos, de final de una época o de final del mundo, pero del final de algo. El mal humor afecta a toda la población que trata de entretenerse siguiendo por televisión, es lo último, los percances de la investigación del licenciado Xiu en la cueva de Xibalbá que, descubierta como filón mediático para distraer la atención, resulta como un cuento de las mil y una noches, narrado para embelesar al auditorio y hacer olvidar el agujero negro en el que está metido el país.

Xiu ha tenido que aplazar la expedición a la cueva por la llegada sorpresiva de varios canales de televisión que han echado por tierra cualquier intento de mantener el secreto de la misión. Las cámaras están tomando una fila de bolsas negras para cadáveres desde todos los ángulos, son las seis víctimas que aparecieron a la entrada de la cueva cuando descendió la inundación. Por instrucciones superiores, Xiu está obligado a "dar todas las facilidades necesarias" a los medios de difusión. Es evidente lo que tratan de hacer desde la descabezada Secretaría de Gobernación: quitarse el muerto de encima por su ineptitud y ponérselo a él sobre los hombros, pan y circo, sobredosis de la caja tonta, catalepsia del auditorio. Xiu está asqueado pero cumple órdenes. Ha dormido, mal, en una hamaca de un pueblito cercano, asediado por los mosquitos, no entiende porqué le pican sólo a él, mientras el resto de la familia duerme a pierna suelta. Ha preferido la hamaca en lugar del catre militar en el campamento improvisado porque creyó que iba a pensar mejor en el balanceante útero de hilos de algodón trenzado. No ha pensado nada, se ha pasado la noche intentando leer los diarios de Marcelo bajo la luz mínima de su linterna, tal vez eso ha atraído a los mosquitos que se han cebado especialmente en sus pies, a duras penas se logra poner los zapatos. Desayuna con los policías, en otra mesa están los soldados, convertidos todos en participantes de un *reality show*. A corta distancia las cámaras no pierden detalle. Se ha establecido un perímetro para impedir el paso a la entrada de la cueva, sólo dos cámaras de las dos principales televisoras nacionales tendrán acceso una vez que se realice el operativo, podrán acompañar en la retaguardia a la expedición. El orden será así: los espeleólogos aficionados, que han resultado bastante profesionales, irán a la vanguardia hasta donde conozcan, después dos marinos especialistas trazarán la ruta, luego van Xiu y el perito, detrás de ellos, listos para ponerse a la cabeza y pelear en segundos, dos militares de las fuerzas de asalto, también otros dos agentes de la procuraduría local y, cerrando la comitiva, los dos cámaras y dos reporteros, reporteras en este caso. Todos se aprestan sus cascos, llevan arneses para escalada, cuerdas y equipos de buceo en sus mochilas. Xiu mantiene el control de la operación, más ahora que su jefe se ha ido a la capital a tratar de solucionar de alguna forma el problema desatado por la muerte del secretario que ha conmovido al país y paralizado a su gobierno. Todo puede ocurrir en estos días, piensa muy a su pesar el buen licenciado, incómodo con los arreos, incómodo con las botas, incómodo con el casco, hasta que se da cuenta de que el mal humor procede de haber desayunado pesimamente, no es más que eso, si ya lo dice Aurora: el desayuno es la comida más importante del día. Total que, con desgana, se dispone a entrar al mundo subterráneo que se abre bajo sus pies, la frontera con el inframundo, el infierno en la Tierra... bueno, bueno, no será para tanto, por si acaso tiene a la mano su pequeña veintidós.

* * *

Al principio Asier se hace el machito, es lo único que sabe hacer. Su forma de seducción de las mujeres hasta ahora ha sido su bonita cara y su aplomo de matón, un chico malo que parece seducir a lo femenino con inusitada facilidad. Además, ha reflexionado que tratándose de una mexicana, cómo son los tópicos, debería estar acostumbrada al hombre duro, galante pero misógino, justo lo que casi es él, casi porque si no fuera por Mari, la buena de Mari, él no hubiera pasado del consabido complejo marciano, y venusiano, la estupidez colectiva que imposibilita a hombres y mujeres verse como humanos iguales cuya diferencia es genital y poco más. La facilidad con la que Asier conseguía parejas ocasionales hizo que no profundizara en las formas y contenidos de relación alguna, como quien siempre varía el menú sin más razón que la novedad; pero si jamás pruebas dos veces el mismo plato, cómo puedes saber que su sazón, su acierto o desacierto gustativo fue casual o logrado. En definitiva ha intentado poner en práctica su habilidad táctica de hacerse el duro, al mismo tiempo insensible y cachondo. A las mujeres lo mejor es no hacerles mucho caso, es el lema favorito de Asier y lo aplica como mantra, o como llave de lucha libre, a sus muchas parejas, la mayoría nunca vuelve a llamarlo. A favor de su adolescencia tardía e inacabable podemos decir que nunca ha sabido ser infiel, muchas mujeres, pero sucesivas, nunca simultáneas, un sincero monógamo picaflor. Eso es lo que tenía planeado, si es que se puede decir que hubiera algún plan al respecto, pero al poco rato Asier ya está entregado en los abrazos y los besos, la piel habla y él debe callarse, ha perdido la pose y se va ajustando a una naturalidad extraña por escasa en su vida.

Alisia se entrega por completo, importándole poco las artes amatorias de Asier, muy limitadas por cierto, concentrándose más bien en desaparecer en él, como un destino, como una droga, a las que es tan poco aficionada. No espera comprender ni mucho ni poco, está ahí para sentirlo, sentir el aquí y el ahora. Se ha olvidado de Manolo y de todas las historias que la atan al pasado, a su relato vital plagado de abusos y venganza, saturado de muerte. Cree, se obliga a creer, que puede salir con bien de esta huida descabellada, lo presiente, también a ella le toca estar del lado de la vida. Todo va a estar bien, confía en ello, por fin, confía… No es una aventura vulgar, es el amor, seguro, el verdadero, nada la ha aquietado tanto, nada ni nadie la han hecho sentirse tan ella misma, más bien amplificada, multiplicada, una Súper Alisia, sin más dudas o inquietudes que tomarse la vida como viene.

* * *

En la plataforma Quelonio, Tom contempla cómo se van los últimos técnicos. Desde la ventana del helicóptero el jefe Mac trata de hacerse oír...

—¡Lo dejo en buenas manos! Tom, intente comunicarse con ellos, tal vez consiga que salgan antes de que todo... ¡se vaya al carajo! —la nave se eleva y Mac ríe a carcajadas.

Tom mira a Carl, única figura humana que, junto a él, queda en la plataforma petrolera evacuada, el clima es de lo más apacible. Observa ahora cómo la aeronave se aleja, convirtiéndose en un puntito, una mosca en el azul espléndido del cielo. Los dos se apoyan en la barandilla metálica y miran el mar, una suave brisa cálida resulta encantadora.

—Carl, ya sólo quedamos tú y yo, dime... qué sabes del Proyecto Introversión.

—Pues según he leído entre líneas... tenemos una base submarina por algún lado.

—¿En aguas internacionales?

—No exactamente, un poco más al sur.

—¿Qué hace ahí?

—Es algo del cráter ése.

—Chixchulub.

— Ajá, eso.

—¿Cuál es el propósito de la misión submarina?

—Investigación supongo...

—Pero ¿quién lo financia?

—La empresa, el gobierno, son lo mismo, qué más da. Todos tienen mucho que ganar...

—¿Cómo qué?

—¿No sabe que donde caen meteoritos siempre se encuentran platino y diamantes amigo?, no es cualquier cosa, además siempre nos ayudan con los tubos. ¿Usted no debería estar más enterado de todo esto?

—Vengo de otra misión… al encargado de seguridad de la compañía lo hospitalizaron en Campeche con disentería… No sé nada de plataformas, y menos de bases submarinas, pero mis órdenes son poner a salvo a todo el personal.

—¿Y nosotros, no somos personal?

—Hay que hacer subir a esos idiotas y largarnos de aquí.

—El helicóptero regresará por última vez en la tarde y luego adiós.

—Tenemos exactamente —Tom mira su reloj de pulsera— seis horas para sacarlos.

—Veamos si podemos comunicarnos con ellos.

Tom sigue a Carl, escaleras abajo, hasta el centro de mando. Todo parece funcionar bien, las imágenes de satélite muestran un clima tranquilo en la zona. El fenómeno no parece que se mueva en lo absoluto, de hecho se debilita por momentos. El sonar de largo alcance emite una señal roja en dirección a la península.

—¿Son ellos?

— Parece que quieren hablar.

La megafonía de la cabina hace reverberar el sonido, provocando un poco de eco y dando un tono artificial, robótico, a la voz.

—Aquí la doctora Elisabeth R. Carter, ¿cómo va todo por allá arriba?

—Más bien, lo que queremos saber es cómo está todo ahí abajo.

—A las mil maravillas, la extracción es un éxito, no tienen de qué preocuparse, van a ganar mucho dinero. ¿Con quién estoy hablando?

—Thomas Elroy Singlenton, jefe de seguridad, por el momento. Doctora tienen que subir, se acerca un raro fenómeno marítimo, una especie de remolino de profundidad, después de nosotros les pegará a ustedes, estamos evacuando la plataforma, aquí ya no queda nadie…

—Me encantaría ayudarlo señor Singlenton, pero mi compañero el doctor Stockhandsenberger salió con el batiscafo…

—Doctora, tengo órdenes y la autoridad…

—Es inútil, tendrán que esperar, además no se preocupen de ese "raro fenómeno" como usted lo llama. Es una bolsa de gas natural, aquí abajo ha estado temblando. Registramos un sismo con epicentro en el cráter ayer mismo, se ha abierto una grieta enorme que tal vez llega hasta la sonda de Campeche, se verán muchas burbujas y corrientes anormales pero no creo que pase a mayores.

—Pero no es zona sísmica, ¿cómo es posible?

—No puedo responderle a eso. Pero sí creo que son ustedes los que están en peligro. Están anclados a un yacimiento de gas, tal vez sí debería pensar en evacuar.

—No se preocupe por eso… ¿Por qué salió el doctor…?

—Stockhandsenberger.

—Tengo entendido que están restringidas las misiones submarinas.

—Todo eso es una tontería, estamos haciendo nuestro trabajo, no sabe lo que hemos encontrado… la…

Se corta la comunicación, Tom se queda hablando solo.

—¿Doctora Carter?

—…

* * *

En la capital, el gabinete de emergencia está reunido en la residencia presidencial, lejos del centro de la ciudad que bulle de motines y manifestaciones espontáneas de descontento, de repudio al gobierno que se desmorona, ahogado en su propia y sangrienta guerra inventada. Algunas oficinas bancarias del primer cuadro de la ciudad arden sin que los bomberos puedan acceder a la zona, la policía todavía no se mete a fondo en la faena, los dejan hacer, esas son las órdenes, no intervenir. Ha habido saqueos en centros comerciales al norte de la ciudad, y ataques esporádicos a la policía, la criminalidad, habitual en sus torturas y matanzas, ha crecido exponencialmente en las últimas veinticuatro horas, como si los narcos aprovecharan el desbarajuste para hacer limpieza general.

En un salón blindado el presidente, Feliciano Artillero del Campo, departe con el subsecretario de Gobernación, José María Martínez López, a su izquierda, y con los secretarios de Seguridad y de Defensa, Nepomuceno Leal y el general Nicolás Cetrino a su derecha. Frente a él está el eterno asistente Abundio, en la extrema izquierda, qué curioso, se encuentra el presidente del partido conservador Rodríguez Angulo, y cara a cara, el jefe parlamentario de la leal e izquierdosa oposición, don Silvio Hinojosa.

—Esto es terrible —dice el primero, el subsecretario de Gobernación, de riguroso luto por su jefe asesinado.

—No tan terrible, nomás es darles cuerda para que se ahorquen —el general Cetrino ni siquiera se ha quitado la gorra de plato.

—Cada vez tiran más alto, el siguiente seré yo —el presidente alto y delgado con bigotazo estilo Zapata y pelo todavía negro se levanta y camina alrededor de la mesa de juntas donde los demás se miran entre sí.

—No señor presidente, eso jamás podría ocurrir —el secretario de Seguridad está más agitado que los demás, a excepción del subsecretario de Gobernación, que pasa de la palidez al rojo vivo, se encrespa, se deprime, todo al tiempo.

—Yo creo que esto hay que tomárselo como lo que es —el general se quita por fin la gorra y se rasca la cabeza rapada, es corpulento, la guerrera aprieta la panza, los dorados botones amenazan con desprenderse y salir volando.

—Y ¿qué es? —el presidente se detiene a su espalda, pone las manos sobre los hombros del secretario de Defensa.

—Un ajuste de cuentas.

—Está diciendo que mi jefe tenía intereses más allá de su deber —el subsecretario de Gobernación grita hecho un manojo de nervios, es un ataque de histeria—. ¡Está diciendo que era un corrupto! Pero si este hombre es... era... ¡un mártir!

—¡Cálmese José María Martínez López! —el presidente impone su autoridad con aire de telenovela.

—Con permiso del presidente, yo pienso que no se trata de un problema, más bien se trata de una oportunidad, del momento perfecto para poner en marcha nuestros más ambiciosos planes —el secretario de Seguridad adopta un tono enérgico, de un falso optimismo.

—¿De qué habla el licenciado Leal? —Hinojosa, el único representante de la oposición en esa mesa se siente fuera de lugar, en realidad no sabe por qué está ahí.

—De declarar el Estado de Excepción disolviendo todos los poderes, después ya veremos —dice el secretario de Seguridad Pública.

—Este pueblo lo que necesita es mano dura —añade el general Cetrino.

—Están hablando de un golpe de estado, un autogolpe —Hinojosa, cada vez más estupefacto—. ¿Tanto miedo tienen a las elecciones?

El presidente con parsimonia regresa a la cabecera y apoyando los puños en la mesa habla con tono engolado.

—La patria está en peligro. Debemos tener las manos libres para acabar con el narcotráfico, no es tiempo de lamentaciones, es hora de actuar. Desde el congreso no nos están ayudando, así que tomaremos el toro por los cuernos, salvaremos al país y luego, cumplida la misión, entregaremos el poder a quien corresponda... después de unas elecciones... supongo. Se trata de ahora o nunca, pasaremos a la historia de nuestra siempre amada patria, lo más importante para un país es el orden social —el presidente parece crecer, es como si su larga sombra se prolongara sobre la mesa— y lo vamos a recuperar, se los aseguro.

—Se han vuelto locos, hablan en serio... pero no nos vamos a dejar, esto va a ser una matanza —Hinojosa se pone de pie.

—Ya estamos hasta el cuello de sangre —el general hace crujir sus nudillos.

—Tendrían que pasar por encima de mi cadáver —dice con prestancia el líder de la oposición aunque la camisa no le llega al cuello.

—Ésa es la idea —el secretario de Seguridad se para empuñando tembloroso un revólver, un treinta y ocho de cañón corto. Todos se levantan apartándose de la posible trayectoria de las balas.

—No puedo creer que esto esté ocurriendo, no se dan cuenta de lo anacrónicos que son —Hinojosa retrocede un par de pasos.

—Más vale anacrónico vivo que idealista muerto —contesta el secretario de Seguridad Pública. Desde el otro lado de la mesa, Nepomuceno tiembla de pies a cabeza pero no duda en descerrajarle un tiro en el pecho.

Hinojosa cae sobre la silla que se desliza hasta la pared. Todos se sientan apresuradamente en sus lugares menos el subsecretario que mira el cadáver del líder de la oposición con la boca abierta. Se voltea hacia la mesa, todavía con la mandíbula caída, gira la cabeza varias veces mirándolos, los ojos vidriosos.

—Todos están de acuerdo, ¿verdad? Éste era el plan desde el principio, ¿a don Jaime también lo sacrificaron?

El presidente interviene levantándose con total calma, lo mira, a su derecha, desde arriba, es mucho más alto que él, luego se dirige a la izquierda, al secretario de Seguridad que empuña el cañón humeante.

—Nepomuceno, entregue el arma a José María, él es de los nuestros. No queremos que nada de esto se malentienda.

El secretario de Seguridad apoya la pistola en la mesa y la empuja deslizándola hasta el lugar que ocupa el subsecretario de Gobernación que la mira sin acabar de recuperar la compostura.

—Tómela, mátenos a todos si quiere —el presidente se sienta repantigándose en la silla anatómica.

José María Martínez López toma la pistola con las dos manos, los mira de uno en uno, al presidente, al general, al secretario de Seguridad, al jefe parlamentario, y finalmente a Abundio que empuja hacia la mesa la silla con los ensangrentados restos de Hinojosa. El asistente general saca una pequeña pistola de su bolsillo y la acomoda en la mano derecha del cadáver, enseguida apunta al subsecretario y dispara sin darle tiempo a reaccionar, dos veces, el pobre hombre queda sentado, muerto al instante. Abundio se acerca al nuevo difunto y toma su mano, todavía aferrada a la pistola, fuerza al dedo muerto a apretar el gatillo, hace un disparo al aire, acomoda luego el brazo del cadáver y mirando al presidente dice:

—Ya está hecho, ahora el boletín de prensa.

—Ya estoy viendo los titulares: crimen pasional en el gabinete de seguridad —dice el presidente del partido abriendo la boca por primera vez.

Todos se ríen.

* * *

Una especie de antesala minúscula da paso al umbral de un túnel estrecho. Es evidente, dicen los espeleólogos aficionados, que se trata de una entrada secundaria, los estrechos escalones labrados por la mano del hombre así lo demuestran, no hay puerta, es un túnel auxiliar para llegar a Xibalbá, tal vez creado para el muy particular servicio del inframundo. La humedad reciente es palpable, los escalones están encharcados, las paredes se desmenuzan al contacto. Tras caminar con las cabezas inclinadas más de una hora llegan a una amplia caverna donde un río corre con estruendo a gran velocidad entre barrancos, con dificultades encuentran un paso de roca sobre la corriente y empiezan a cruzar del otro lado, pero cuando los policías están sobre el puente natural, éste se resquebraja y derrumba, hundiendo a los cuatro agentes y dejando atrás a los miembros de la prensa que ven con desesperación cómo se les va la noticia del año junto con ellos, arrastrados por el agua. Una toma rápida de los pobres funcionarios ahogándose no es suficiente, graban de todos modos los estertores y gritos, y cómo se abisman sus cuerpos en el chorro incontenible. Frente a ellos los seis expedicionarios que quedan miran con estupor la desaparición de su vía de salida. Ahora sí que no tienen más remedio que seguir adelante, hacia abajo, hacia donde les lleva la pendiente, internándose en profundidades pasmosas. No pueden detenerse, descienden durante horas hasta que el camino empieza a nivelarse, la brújula se mantiene hacia el noroeste, llegan a una caverna donde retumba el eco de sus pisadas, el haz de las linternas apenas alcanza el altísimo techo, un piso irregular y encharcado se extiende hasta donde alcanzan la vista y la luz. Los marinos y los espeleólogos discuten sobre la ruta a seguir, los primeros insisten en mantener el mismo rumbo, los segundos proponen rodear la caverna para encontrar alguna galería lateral. No se deciden, Xiu tampoco, el perito está a punto de decir algo cuando todos escuchan el lejano retumbar de lo que parece un trueno, o ¿son tambores? La repetición cada vez más clara hace suponer lo segundo, un sonido hueco, percutido, amplificado por túneles y cámaras. ¿Viene de lejos o de cerca? Es imposible precisarlo. Finalmente deciden rodear por la derecha la gigantesca cueva, se ponen en marcha, caminan más de media hora hasta encontrar un hueco en el muro del que salen ráfagas de aire frío, un viento huracanado que trae consigo un aroma dulce característico de los cadáveres que justo empiezan a corromperse. Se agarran de las manos unos a otros para poder cruzar el ventoso umbral. Tiritando reanudan la marcha. Unos cien metros más adelante pasan por la boca de otro túnel, pero cruzan rápidamente cuando escuchan los gruñidos, o más bien los rugidos de un animal salvaje procedentes del interior.

"Es el jaguar", dice uno de los marinos en un suspiro, ni siquiera se paran a pensarlo. Siguen adelante hasta alcanzar la entrada a otra cueva lateral, se asoman y ven a miles de murciélagos dormidos, cabeza abajo, colgando del techo erizado de estalactitas. Error, las luces los despiertan y emprenden el vuelo con gran alboroto. Echados boca abajo apenas soportan los macabros aleteos y los arañazos inevitables, nubes de ratas voladoras pasan confundidas sobre sus cabezas. Arrastrándose logran alejarse del enjambre con los pelos de punta. Recostados sobre el muro tratan de recuperar el aliento. Enseguida continúan, a la izquierda aparecen masas rocosas que van estrechando el camino hasta convertirlo en un amplio túnel que a su vez conduce a un nuevo espacio cavernoso. Abajo y arriba las estalactitas y estalagmitas pugnan por juntar sus extremos, como mandíbulas prodigiosas tratando de cerrarse. Algunas han logrado reunirse en espesas columnas que dan a la gruta aspecto de templo gótico. Atravesar la irregular y húmeda superficie sin resbalar es una auténtica proeza. El perito da un traspié y cae, el casco le libra de romperse la cabeza pero no lo protege de un desagradable zumbido que se prolongará por horas. Xiu avanza con pies de plomo. Uno de los marinos resbala y rueda hasta una grieta partiéndose la pierna, el espeleólogo más joven trata de acercarse ayudado por su piolet pero también patina y rodando se estrella contra el marino, los dos son tragados por la hendidura súbitamente agrandada. Los gritos se estiran mientras los hombres caen en el abismo. No se les pasa por la cabeza intentar ayudarlos o recuperar siquiera los cuerpos sin mirar hacia atrás, los cuatro sobrevivientes continúan por el claustrofóbico pasaje. Llegan magullados a la entrada de un túnel de aspecto poco natural, abovedado y del tamaño de una boca de metro. El piso está nivelado y las paredes conservan nichos labrados que alguna vez debieron tener estatuas, pero todo ha sido saqueado, fragmentos de pedestales muestran la violencia de la rapiña. El reconocer la mano del hombre en los muros los tranquiliza, tal que la opresión de millones de toneladas de rocas sobre ellos se aminorara en esas huellas familiares, como si lo humano los rescatara de la naturaleza salvaje que sin piedad ya ha acabado con seis de ellos. Del otro lado se abre un amplio espacio subterráneo, inmensas columnas naturales enmarcan un paisaje de dunas petrificadas que descienden hasta un lago de negra y tersa superficie que no refleja la luz de las linternas. El acuoso horizonte se pierde en la bruma. Se acercan percatándose de que vuelven a oír el sonido de tambores, ahora viene de más cerca, la cadencia del ritmo es mucho más clara, procede sin duda del otro lado del lago. Por unos segundos parecen hipnotizados por la monótona armonía repetida en el profundo eco de inquietantes reverberaciones. Xiu se coloca unos lentes de visión nocturna y escruta la masa quieta de líquido y la niebla que se arremolina. Descubre entonces, del otro lado del lago, pequeñas luces verdosas, trece brillos mortecinos.

—Ya los tenemos —dice a sus maltratados acompañantes.

* * *

Asier ha preferido esperar en un bar a que Alisia haga sus compras en el mercado del malecón, callejeando ha llegado hasta la famosa Bodeguita de Enmedio, está acomodado en una mesita minúscula en el local de techos bajos con mucho, oh maravilla, humo de tabaco, de señores puros con nombres respetables. Aspira el vicio dejado con pesar hace diez años y pide el mojito de rigor, escudriña a los parroquianos, la mayoría turistas europeos y algún que otro gringo despistado. Entonces los ve, cómo no se ha dado cuenta hasta ahora, son los dos vasquitos que lo persiguen desde México, están prácticamente a su lado, sólo los separa la estruendosa música salsera y el entrecruzar de caderas mulatas. Ve que lo miran y hablan entre ellos, lo ve porque no los puede oír aunque están a un par de metros, no se atreverán a hacer nada con tanta gente, piensa. En ese momento llega Alisia cargada de bolsas, tarda menos en pedir otro mojito que en contar las peripecias de sus compras, ha descubierto un pintor naif genial, asombroso, quiere que Asier salga para verlo. Llega el mojito, brindan, beben. Él decide escapar, con ella, cuanto antes y deja unos billetes en la mesa al tiempo que se levanta.

—Vámonos de una vez.

La toma del brazo y prácticamente la arrastra frente a las narices de sus ex correligionarios, salen a toda velocidad. Los tipos también se levantan y los siguen, aunque se retrasan pagando la cuenta y debido a la entrada de un grupo de turistas japoneses con teleobjetivos de medio metro. Alisia y Asier los esquivan, ya están lejos, perdidos en los callejones de La Habana vieja. Apenas llevan un par de días en la isla y ya se les acabó el paraíso, otra vez a correr. Al instante Asier se lamenta, no puede ser que sean tan tontos, como si fuera posible cambiar algo de la realidad real, de ésa de la que creen haberse sustraído. Alisia por su parte está embebida de dopamina, nunca ha sentido algo parecido, en realidad nunca se ha enamorado, él tampoco. Ella está como los tres monos: no veo, no oigo, no hablo… Entregada al sí mismo del amar y sentirse amada. Él, en cambio, acaba de recibir una ducha de realidad, de peligro, de estrés, adrenalina pura, aún así la estrecha contra su hombro mientras caminan, aún así la ama.

Saben que no pueden volver al hotel, seguro ya han estado ahí. "Otra vez sin equipaje", piensa Asier. "Esto debe ser el amor", piensa Alisia que pronto descubrirá que el amor no es algo que ocurre, es algo sobre lo que hay que ejercer la voluntad, picar piedra, justo después del cotidiano milagro del enamoramiento, tan breve, fugaz y efímero que debe aprovecharse al máximo. Posiblemente no exista amor sin enamoramiento, pero éste no es lo primero, es un fenómeno aparte, imprescindible y generativo, pero no es el amor, el enamoramiento no es el amor, sólo es el pistoletazo de salida sin el cual no puede ser concebida una carrera oficial pero que no significa nada al fin y al cabo en el resultado de la competición. Paran un taxi en la calle para llegar al aeropuerto, no saben a dónde van, sólo que tienen que irse de inmediato, pero esta azarosa actividad, esta imposibilidad de estarse quietos, no los tiene tan alterados como cabría esperar, siguen dentro de la aventura poseídos por el sentido más lúdico. Tal vez Santo Domingo o Las Bermudas, todo es emprender la huida, isla a isla, para acabar, ¿dónde?

Capítulo 11

El tiempo de la verdad verdadera

¡Oh, qué cosa era de ver tan temerosa y rompida batalla; cómo andábamos tan revueltos con ellos, pie con pie, y qué cuchilladas y estocadas les dábamos, y con qué furia los perros peleaban, y qué herir y matar hacían en nosotros con sus lanzas y macanas y espadas de dos manos, y los de caballo, como era el campo llano, cómo alanceaban a su placer entrando y saliendo, y aunque estaban heridos ellos y sus caballos, no dejaban de batallar muy como varones esforzados.

(Bernal Díaz del Castillo, *Historia verdadera de la conquista de Nueva España*, al cuidado de Guillermo Serés, Círculo de Lectores, España 1989)

En cualquier sala de cualquier casa, en cualquier tienda o cantina, hasta en los centros comerciales, todos en México pueden ver y oír, estupefactos, al presidente Artillero dar su mensaje televisivo con una sonrisa en la boca:

—*Debido a los últimos acontecimientos que ponen en peligro la convivencia social en el país, el gobierno legítimo ha decidido decretar el Estado de Excepción temporal para hacer frente a la contingencia y reestablecer el orden político. Se trata de un guerra interna que debemos ganar si queremos tener un futuro como nación. A partir de las doce horas del día de hoy se suspenden las garantías individuales por un plazo no menor a un mes ni mayor a un año. Se proscriben por este tiempo las actividades políticas y se procede a disolver ambas cámaras. El poder judicial seguirá con sus actividades bajo supervisión del ejército. Ciudadanos: como les tocó en su momento a los héroes que nos dieron patria, nos toca a nosotros ahora sacar adelante la nación, hacer de nuestro país algo mejor, es por ustedes, compatriotas. Gracias por su atención.*

Una marca de comida chatarra pasa sus comerciales especialmente diseñados para el momento, "el pan del pueblo" dice su lema. A continuación se transmite la grabación del desfile del último 16 de septiembre, acompañado de música marcial. El mensaje del presidente se repite cada quince minutos, igual en el radio. Los periódicos por su parte dan cuenta del asesinato en el consejo de seguridad pero como si se tratara de una cuestión frívola, un crimen pasional. Según las revistas de chismes, el jefe parlamentario de la oposición, el lic. Silvio Hinojosa se estaba beneficiando a la esposa del subsecretario de Gobernación y delante de sus narices. En la reunión éste le reclama finalmente al otro, quien no se arredra y lo increpa dando a entender que es medio impotente. Olvidando el respeto que se concede a la investidura presidencial, se enzarzan en una disputa muy violenta, al momento sacan las pistolas, típico, y se matan entre ellos. "Crimen de Honor", titula su crónica el quincenal libelo *El Ojo del Amo*, toda una apología del duelo como una tradición que rescatar en este mundo en el que se han perdido las buenas costumbres. Todo ello para salvaguardar lo más sagrado que tiene el hombre, el honor, que curiosamente lo guarda la mujer en su entrepierna.

No hay mucho tiempo de reaccionar, para cuando la oposición y los grupos sociales se organizan el ejército controla ya los puntos estratégicos del país. Las manifestaciones de protesta son dirimidas a estacazos por paramilitares que muchas veces se confunden con sicarios. Enseguida el orden público está más que contenido y empiezan por supuesto las purgas, las desapariciones y ejecuciones de rigor, o más que de rigor, la generosidad del gobierno con la muerte es asombrosa. Los políticos opositores se confunden con los enemigos coyunturales y los competidores cercanos en la promiscuidad de la fosa común, del panteón en la que se está convirtiendo el país sin remedio. La legislación se retuerce para minimizar las garantías individuales, es un bando de guerra que permite cualquier cosa que coadyuve en la batalla contra el narco, aparentemente.

Pero lo que sabe el presidente, tanto como los que se han quedado en el gabinete pues también ahí ha habido selección natural, es que el financiamiento de su golpe de estado —suena muy anacrónico— viene nada menos que de don Manolo que, en estos momentos, usa al ejército para darse cobertura en sus misiones de exterminio de oponentes a él o al nuevo gobierno que es el mismo: jefecillos narcos, policías corruptos, vendedores al menudeo, pero también diputados rebeldes, periodistas bocazas y alguna que otra amante despechada. La limpia resulta demoledora, cientos de muertos diarios rebajan enseguida la tasa de desempleo un veinte por ciento. Parece como si el país contuviera el aliento pero muchos están de acuerdo, confían en el estado como en un padre, aunque sea cruel y no tenga compasión. "Algo habrán hecho" se dicen para sí mientras no le toque a un familiar o un vecino, y cuando ocurre callan. La mayoría está simplemente paralizada por el terror, un pánico histérico que les impide reaccionar, la violencia y la matanza es tan brutal que no puede durar mucho, piensan, con el poco de esperanza que les dejan las noticias censuradas.

* * *

Del otro lado del lago, que finalmente han rodeado, se extiende una playa sin arena, nada más es la superficie caliza erosionada, arada, peinada por la masa líquida que se infiltra, como una raíz al revés, ahíta de agua en lugar de ser permanente red sedienta de absorber la humedad circundante. La orilla quebradiza del negro estanque cruje bajo los pies de Xiu y sus tres acompañantes, son los que quedan, el espeleólogo, el teniente de marina, el perito y él. Antes de llegar a donde van advierten el redoble de la percusión, los tambores amplificados por la simple cercanía. Se detienen y detienen también la respiración al contemplar una multitud congregada frente al lago, filas y filas de adeptos en cuclillas se mueven adelante y atrás, entonan un rítmico murmullo que acompaña la estridente tamborrada. Delante una inmensa estalagmita cortada a un metro de altura está dispuesta como blanca ara de sacrificios. En medio y formando un círculo de menos de un metro de diámetro, las asquerosas piedras están incrustadas en la blanda caliza en huecos labrados para ello. Por supuesto, oficia el Gran Esperador. Xiu se agacha pegándose a la pared rocosa, los demás también, los intimida el gigante asesino que tiene los brazos abiertos y extendidos, como dando la bienvenida, mientras murmura cabizbajo sobre la tabla del matadero. En el centro del círculo espera el cuchillo de pedernal, pero ¿dónde está la víctima? No hay ninguna jovencita amarrada esperando ser protagonista del ceremonial del holocausto. Todos desconocen el ritual, no se ha llevado a cabo en cientos de años ni ha funcionado nunca. Pero ahora es diferente, ahora tienen las piedras, y todas están limpias, nuevas, como recién formadas por los dedos del Esperado. En las primeras filas están los percusionistas que golpean unos troncos de madera ahuecados, detrás se extiende la multitud en trance, son indígenas, la mayoría apenas vestida con taparrabos de muchos pliegues, en una esquina está Durga enfundada en negro cuero y mirada de devoción maniaca.

Protegidos por las sombras, Xiu saca la pequeña pistola, el teniente desenfunda su escuadra y el espeleólogo empuña el piolet. Hasta el perito tiene una arma, un viejo Lugger.

—Me la prestó mi cuñado —dice por lo bajo como pidiendo perdón a Xiu que lo mira con una sonrisa inevitable.

—Doctor… recuérdeme, si salimos de ésta, que lo llame por su nombre.

—Se agradece licenciado.

—Nos apostaremos allí y esperarán mi señal para actuar —Xiu señala unos montículos, jóvenes estalactitas de menos de un millón de años a mitad de camino entre ellos y el altar.

—Actuar, ¿cómo? Comisario Xiu ¿sí ha visto que son cientos? —el espeleólogo está aterrado.

—No parecen armados, con unos tiritos seguro se dispersan —interviene el oficial de marina manteniendo un falso aplomo.

—Al que tenemos que detener es a ese monstruo, los demás no importan —el perito señala discretamente, como si le diera miedo poner su dedo, aún en la distancia, sobre el Gran Esperador, que justo en ese momento parece despertar del trance y levanta la cabeza, todos se postran ante él, los tambores cesan. Xiu y los demás se agachan, como si pudiera verlos por el mero hecho de haberse hecho el silencio.

—Hermanos y hermanas en Xibalbá, el día ha llegado, el reino ha vuelto, el jaguar ruge y el águila vuela en el cielo negro, ahora los esclavos serán los amos, los dzules morderán el polvo y regresará el látigo y las cabezas cortadas. El dolor será para quienes gozaron y para quienes han sufrido llegará la gloria de la venganza, el tiempo se detiene, lo que estaba abajo estará arriba y la ley será a nuestro antojo.

Todos se ponen en pie y empiezan a chillar y alzar los brazos, Xiu y los demás aprovechan el escándalo para avanzar los últimos pasos hasta su posición. El brujo sube el tono para sobreponerse a la algarabía.

—Hermanos y hermanas en Xibalbá, sólo nos falta el último corazón, la última alma para completar el rito que despierte al que está dormido. Pero esta alma no puede ser víctima, no puede ser obligada, tiene que ser voluntaria, alguien debe entregarse al sacrificio para que todos podamos renacer en el futuro de la implosión.

De inmediato de entre los fanáticos saltan varios ofreciéndose pero Durga se adelanta a todos y llega la primera ante el altar. De inmediato se despoja de su ceñidos ropajes de cuero y se arrastra desnuda hasta la mesa ceremonial. Se sube, toma el cuchillo y a cuatro patas se acomoda entre las piedras, inclinándose en señal de sumisión y con las rotundas nalgas levantadas ante los boquiabiertos neófitos ofrece la aguzada herramienta al Gran Esperador que la toma con las dos manos y la alza, la multitud ruge de entusiasmo, los tambores redoblan de nuevo.

Xiu está lo suficientemente cerca como para apuntar su arma, pero ¿a quién? Al verdugo, maestro de ceremonias de aquella invocación, o a la víctima, protagonista voluntaria del sacrificio que, según ellos y según su hermano, iniciará el fin del mundo. De rodillas ella se tiende hacia atrás doblándose como contorsionista y ofreciendo el pecho, bajo el que palpita el corazón, al pétreo puñal.

—Hermanos y hermanas, el secreto será ahora revelado. El Esperado regresa a casa.

Levanta el aguzado pedernal, invoca al innombrable, y asienta una cuchillada en el pecho a Durga al tiempo que suena un disparo. Es muy confuso, Xiu no está seguro de que la bala haya llegado antes que el pedernal, si no es así tal vez el comienzo del fin está a la vuelta de la esquina, pero si la mató él primero nada debe suceder pues no se habrá consumado el sacrificio final según lo dicta el ceremonial. El caos se desata de inmediato y no hay tiempo para seguir reflexionando, el Gran Esperador no necesita pensar nada para proceder a extraer el chorreante corazón de Durga y frotarlo sobre las piedras hasta deshacerlo entre sus dedos, se embadurna la cara, aúlla. El marino, el espeleólogo y el perito abren fuego contra el brujo un poco al tuntún y sin mucha fortuna. La multitud corre en estampida tratando de salir por detrás, se aplastan unos a otros en un marasmo de brazos y piernas, de descalabros y sofocos. Para cuando llegan al altar, el gigantesco chamán, desde la perspectiva de Xiu desde luego, ha desaparecido. Observa el cadáver de la mujer desmadejado sobre las piedras, un charco de sangre que se espesa las sobrepasa y se desliza hacia el piso. El cuerpo muestra un agujero de bala en la frente, pero nada es seguro. Puede que el destino de la humanidad dependa de una mínima fracción de tiempo, de si llegó antes el plomo o la piedra a las carnes de la víctima propiciatoria.

Se disponen a seguir al asesino hasta el mismo centro del infierno en el que ya están metidos, dejan escapar a los enloquecidos prosélitos antes de internarse en un túnel ascendente, el primero que han visto hasta ahora. Cuando empiezan a caminar en su interior no pueden ver que el lago que queda tras ellos se agita y unas untuosas olas negras bañan la orilla. En su centro el líquido hierve, enormes burbujas explotan sin sonido.

Más allá a Xiu le sobreviene un escalofrío al percatarse de que su reloj se ha detenido.

—¿Me da su hora doctor Sloan? —dice sin mucha gracia.

—Esto está muerto —contesta el perito.

—El mío también se paró —añade el teniente.

—Y éste —concluye el espeleólogo.

* * *

El amor no te salva de nada si no estás salvado, sufrir uno o sufrir dos es el resultado del enamoramiento en el que se busca el sentido a la vida. El ejercicio del amor es una obligación de lo humano, pero no es un trabajo, ni una tarea, ni un proyecto, el amor es destino de lo individual, algo que requiere del esfuerzo total, de la dedicación plena, no es algo a lo que se entra y de lo que se sale. No es algo tampoco que te transforma, es un adoptar la necesaria "transformabilidad" como obligación del individuo pensante, ejercer la humanidad, como un artista debe hacer arte o como un asesino debe matar. Se es lo que se es y se hace lo que se hace. Como es obvio, el amor obnubila bastante, no hay más que ver a nuestros protagonistas que han encontrado el uno en el otro la fantasía de una salida al laberinto de sus vidas torturadas. No sólo eso, en sus devaneos mentales producto de la sobredosis de dopamina y otras endorfinas narcóticas, han trazado un plan. Han tenido tiempo —en la huida que los ha llevado de La Habana a Puerto Rico, luego a Miami y Cozumel, para finalmente tomar el barco a Cancún y llegar a Mérida por carretera— de sobra para pensar y repensar algo que no sean los arrumacos y quereres correspondientes a su estado enfermizo. Aún contaminados del virus amatorio creen poder diseñar un guión. Qué ilusos, como si se tratara del deseo otorgado por el genio de una botella encontrada, desear una estrategia que por descabellada pudiera funcionar.

Ahora están de nuevo en Mérida, en un hotel de tres estrellas ramplonas en el centro. Se han registrado bajo el nombre de Ramón del Valle y señora, es una de las muchas identidades de Asier. Lo primero, hacen el amor, dice ella, o tienen sexo que dice él, como locos, como si en ello se les fuera la vida, apurando los goces de la existencia tal que estuvieran condenados a acabarse pronto. Agotados dormitan, cada uno ocupado en sus particulares tormentos. Asier tiene de nuevo una pesadilla, Alisia lo consuela, lo acuna y lo deja dormir. No se conoce a sí misma. Como toda ninfómana, en el fondo, odia a los hombres y sus penes de mierda, hasta ahora. Sólo con Asier ha sentido, o más bien, no se ha sentido utilizada, no ha sido mero objeto de placer. Esta vez ha podido participar en lo que el prosaico sexo puede llegar a ser, en cuanto a comunicación e intercambio que va más allá de los fluidos. Desaparecer en el otro, como una simple fuerza de la naturaleza, algo real y necesario. Pero qué rápido se aprende a fingir, qué pronto se utilizan las artes más refinadas, no sólo para resistir el acoso despreciado, sino para seducir, para depurar la mano izquierda hasta lograr el dominio en la sombra. Mucho de lo femenino está implicado en la venganza, comprensible por otra parte, hacia lo masculino y su tonta falocracia, el aprovechamiento del esclavo condenado a no querer ser libre, asustado de asumir su nueva condición de… ser humano.

Asier gime y se agita, ha vuelto a la pesadilla de siempre, el reflejo que recrea su último crimen, la espalda de la víctima repetida *ad infinitum* en el espejo de doradas molduras, la detonación sorda y el eco de la luz, no puede evitar gritar.

—¡No, no, no…!

Alisia trata de calmarlo, hace que se incorpore, lo despierta con dulzura.

—Tranquilo, amor mío, sólo es un sueño.

—Perdón, perdón, creo que he gritado, me pasa a veces.

—Está bien, no te preocupes, de todos modos ya tenemos que levantarnos, hay mucho que hacer.

—Me parece que estamos locos si creemos que esto va a funcionar.

—Tiene que funcionar. ¿Te bañas tú o me baño yo?

* * *

Carl y Tom juegan póker en la plataforma Quelonio a pocos pasos de la estación de radio, toman el sol en calzones sentados en unas sillas de playa manchadas de aceite. Sendas botellas de cerveza se calientan sobre una mesita improvisaba con un bote de pintura. Lentes oscuros y sombreros de paja, junto a toneladas de bloqueador, protegen sus sonrosadas pieles que nunca se ponen morenas, que sólo enrojecen y se queman. Carl está nervioso, no sabe qué hace ahí, en medio del océano, jugando con un mercenario, por decir lo menos.

—Ósea que han dado un golpe de estado y que además les ha salido bien.

—*Exactly*, compadre Carl.

—Y dices también que nosotros no hemos tenido nada que ver, que no sabíamos nada.

—Saber, sabíamos, pero no los hemos ayudado, de eso puedes estar seguro.

—Han impuesto una dictadura para acabar con el narcotráfico.

—La Guerra de las Drogas, la única guerra buena desde Normandía.

—Pero están aliados con don Manuel, el peor de todos. ¿No es el peor? ¿No es el más buscado por la DEA?

—Divide y vencerás, dice el dicho, mientras se maten entre ellos estaremos bien, o al menos "no tan peor", como dicen por aquí. Además también deben estar haciendo el trabajo sucio para la Junta, cómo dicen, de pilón.

Tom reparte las cartas con lentitud, suda, observa a su oponente con parsimonia, lleno de calma, abotagado por el sol. Carl insiste, es un joven testarudo, lleno de la chispa de la vida.

—No puedo creer que la CIA no tenga nada que ver.

—El gobierno no tiene nada que ver, te lo aseguro. No digo yo que otras empresas privadas no estén interesadas, las petroleras desde luego, Monsanto y sus semillas autodestructivas, las embotelladoras de agua, las asociaciones contra inmigrantes, el Ku Klux Klan, qué sé yo. Desde luego Xe Services ha trabajado últimamente con el gobierno en materia de seguridad, puede que hayan echado una mano con la logística, a un buen precio, claro.

—Nunca te he visto tan extrovertido.

—Ni yo a ti tan pendejo, apuesta.

Carl mira sus cartas enternecido, por fin tiene una buena mano, un trío de reinas. Apuesta todo lo que tiene, un puñado de tapones de refresco de cola de dos litros.

—¿Volverá a hablar la maldita doctora? ¿Hasta cuándo tenemos que estar aquí?

—Estás muy preguntón Carl.

—Como tú estás tan hablador.

Tom cubre la apuesta.

—Creo que esta vez te voy a ganar.

Carl muestra su mano ganadora.

—Yo creo que no.

Tom extiende sus cartas, apenas un par de tres. Mira fijamente a Carl.

—¿No lo ves?, gané —dice Carl sintiendo que algo no anda bien, observa alternativamente sus cartas y las de Tom. Éste lo toma del rostro, estrujando sus cachetes como si fuera a besarlo, con un giro brusco hacia la izquierda le retuerce el cuello, las vertebras crujen un instante. Lo suelta, el cuerpo inerte cae sobre cubierta.

—Yo creo que no, compadre.

* * *

En el helicóptero que lo lleva de regreso a Mérida, con la ropa hecha girones, las botas cubiertas de barro, despeinado por el casco y con un hambre voraz, Xiu se sigue preguntando si ha tenido éxito, si ha detenido la maldición aunque el brujo haya conseguido escapar. Percibe una ansiedad creciente en su ánimo, tiene un mal presentimiento. Se obliga a decir "basta", se impone un "hasta aquí". Tiene que relajarse, despreocuparse un minuto y descansar, le duele la cabeza, los pies están helados; sólo puede pensar en Aurora y una buena sopa de tortilla. Sobre su regazo uno de los cuadernos de Marcelo permanece abierto por una entrada de finales de los noventa. Lo levanta a la luz y lee:

No soy de los que creen que el mundo, la humanidad, está en decadencia, sí estoy convencido que cuanto más leo la historia, la oficial y la secreta, más pienso que el ser humano no ha cambiado lo más mínimo desde la caverna, seguimos en la caverna pese a la luminosa tecnología y pese al espectáculo de la imagen, la simultaneidad de la información. Somos las mismas bestias cavernícolas, con idénticas pasiones y similares métodos para cumplimentarlas. En realidad pienso que toda civilización no es más que un eterno retorno de equivocaciones y malos pasos. Pero aún sin ser catastrofista ni asumir siquiera que "cualquier tiempo pasado fue mejor", sé que se avecina el peligro, que en el horizonte despunta la posibilidad del maleficio final. Grandes fuerzas juegan con nosotros, en sus dados cargados está nuestro destino. Si Los que Esperan logran su cometido, si no podemos impedir que encuentren las piedras y si los ritos son cumplidos, el mundo se plegará al infortunio, a la decadencia, al dolor y la angustia. No ya la inexistencia, bendita muerte, sino la existencia eterna en el infierno traído a la Tierra. La revolución definitiva, el Cambio de Todas las Cosas, el fin y el principio a un tiempo, la ruptura del tiempo y los relojes detenidos. Será entonces el advenimiento de la violencia total y la consiguiente autodestrucción del mundo. Nos hemos dormido en los laureles de la modernidad, se nos olvidó que el mal estaba a la vuelta de la esquina.

Eso no mejora su sensación de catástrofe, todo lo contrario, la lectura parece tener visos de premonición. Quisiera ya estar allí, en casa, sentado a la mesa y rodeado de sus hijas, que le cuenten sus vicisitudes escolares, sus escarceos con los chicos. Extraña incluso la letanía impertinente de su esposa quejándose de esto o de lo otro todo el día. Prefiere de momento contentarse en la imaginación, demorarse en la fantasía de esos momentos por los que Xiu sabe que merece la pena vivir, esas escenas sencillas que te sustraen al devenir del horror cotidiano. La felicidad debe ser eso, instantes de pensar que todo está bien, que no hay nada que temer, que existe un futuro. Xiu se ha quedado dormido con una sonrisa, el perito lo cubre con una manta, lo arropa como una buena madre. Sobrevuelan la espesa y monótona selva baja, un mundo verde y negro cerrado a los humanos, habitado sólo por fieras, y donde se oculta el asesino. Luego las carreteras y los campos cultivados empiezan a sustituir a la exuberancia vegetal, están llegando a la ciudad.

* * *

En el Congreso de la Unión se han refugiado los diputados y senadores, de oposición y algunos independientes que, tomando la tribuna, protestan y amenazan con declararse en huelga de hambre indefinida. Los medios de difusión no les hacen mucho caso, en realidad no han podido acercarse a ellos porque el edificio está rodeado por tanques y el acceso es restringido. Una delegación del presidente está ahora entrando no sólo para discutir la rendición sino para recabar su apoyo para convencer, por las buenas, a los gobernadores remisos a acatar al ejecutivo recargado. Hace falta violencia, más violencia, para acabar con la violencia, ésa es la teoría, se requiere una dictadura provisional encabezada por quien además cuenta con el voto del pueblo, por los pelos pero ganó las elecciones, para poder salvar al país antes de que se convierta en un estado fallido. Pero sólo pueden lograrlo si cuenta con el apoyo de sus ilustres pares, de los mexicanos de buena fe. Es el momento de fajarse los pantalones y arrimar el hombro, la patria lo reclama. "Más si osare un extraño enemigo profanar con sus plantas…" etcétera, etcétera. El enemigo es el narcotráfico que infesta con sus drogas a la juventud y con su dinero lo corrompe todo, el invasor interno contra el que la guerra debe ser total, no se puede ceder el control ni de un centímetro de territorio. Lamentablemente la democracia significa entrar al combate con las manos atadas, es una desventaja intolerable, en cambio el estado de excepción y la mano dura son la solución al problema del desgobierno, de ellos mismos por cierto. Ellos, el gobierno, son el mal y el remedio, la enfermedad y la cura, la patología y el tratamiento, ¿o serán ellos nada más el problema? Qué importa, la complicidad de las fuerzas armadas y policiales es total, el poder está, de hecho, en sus manos. Así que los invitan a sumarse, o sumarse, a la causa heroica. Les aseguran además que todos serán repuestos en sus curules lo más pronto posible y los invitan finalmente a abandonar la magna sala de uno en uno y con las manos en alto.

—No se me hagan bolas y vayan saliendo —concluye el enviado del presidente, un señor bajito de traje café, que se deshace en sonrisas y amaneramientos. Toda la escena parece sacada de un vodevil.

* * *

Alisia y Asier han pedido el desayuno a la habitación, grave error, nunca sabes qué te van a traer. Están casi listos para salir de ahí antes de que los localicen, pero primero deben de hacer unas llamadas y dejar armada la trampa. Puede que sea el momento de aclarar algo que nunca se ha aclarado del todo, su turbio y mutuo pasado inconfeso.

Cuando los dos se están arreglando ante el gran espejo del baño, Alisia se decide.

—¿Qué es lo que has hecho, por qué te persiguen?

—¿Y a ti, esos otros…? —deja de mirarse de frente para verla a ella reflejada.

—Te lo digo si tú también me lo dices —ella le habla al reflejo.

—Vale, pero tú primero.

Salen del baño y se sientan al borde de la cama, muy ceremoniosos, uno junto al otro. Alisia se estira la falda retro, Asier termina de no peinarse.

—Bueno, es que yo estoy casada…

—Con un narco.

—Si ya lo sabes para qué me preguntas —Alisia hace como que se enoja.

—¿Por los detalles morbosos? —Asier no logra encajar la broma.

—¿Quieres que te cuente o no?

—Por favor, en serio, quiero saber todo de ti.

—Pues sí, estoy casada con un narco, con "el narco" —recalca—. Don Manolo, Manuel Ojeda de la Parra.

—Entonces, ¿tú eres la señora de Ojeda?

Alisia le suelta un puñetazo a las costillas que le quita el aire.

—¡Eh!

—Para que aprendas a no ser tan gilipollas, como dicen ustedes. Me case con él porque me hizo un favor.

—Joder, qué buena razón…

Alisia intenta volver a darle pero él esquiva el golpe, la sujeta de las muñecas, se miran con gran tensión unos segundos y a continuación, claro, se besan un rato. Asier trata de disculparse.

—Perdona que estoy un poco pesao...

—Sangrón, diría yo.

—La madre que me parió —se lamenta cómicamente Asier.

Los dos se miran y se echan a reír, como tontos.

—Bueno qué, ¿seguimos o ahí muere?

—Te juro que ya no te interrumpo.

—Bueno, conste. Te decía que estoy casada con él hace un tiempo, la verdad es que no convivimos mucho... Yo he querido separarme pero nomás no se puede.

—No lo acepta, no lo asume...

—Manuel no está para aceptar nada, todo es a su manera, además le debo mucho.

—¿Por el favor que te hizo? Que es...

—Mató a mi medio tío.

—¿Cómo que medio tío?

—Hermanastro de mi padre.

—Joooder.

—Me violó cuando tenía quince años.

—Oye, perdona, pero tu vida parece una telenovela.

Alisia lo golpea ahora desde atrás, le pega en la nuca con la mano abierta, resuena el pescozón.

—¿No que le ibas a parar?

—Ya, ahora sí —frotándose la nuca y sin dejar de reír.

—No, mejor, ahora dime tú por qué te persiguen, por qué el brujo ese dijo que eras un asesino —se queda mirándolo fijamente—. Porqué lo eres, ¿no? Que yo de asesinos sé un buen. Mi abuelo, mi papá, mi tío...

—Tu medio tío.

Esta vez sí consigue golpearlo en la boca del estómago, Asier se dobla quejándose.

—¡Bestia!

—Bestia, tu abuela. ¿Me vas a decir o no me vas a decir?

Asier se incorpora con los ojos enrojecidos por la risa, toma su rostro con las dos manos y la besa.

—Estás loco, ya suelta la sopa.

—¿Qué que qué?

—Que dejes tanto besuqueo y me digas de una vez.

Asier se pone serio y se levanta, pasea por la habitación escogiendo las palabras.

—Se puede decir que sí, que soy un asesino, pero no mataba por dinero, mataba por ideales.

—Eres de ETA.

—Era. Y sí, he asesinado, he ejecutado policías y a algún empresario cabrón.

—¿Y ya lo dejaste?

—Dejar, dejé el tabaco hace diez años, pero esto parece que no se puede dejar.

—Los que te buscan, quieren que regreses.

—Yo creo que nada más quieren matarme —se queda pensativo.

Alisia se levanta y lo abraza, él se deja abrazar.

—Pues eso está en veremos —dice ella.

Capítulo 12

El tiempo antes de empezar a acabar

Que este Cuculcán vivió con los señores algunos años en aquella ciudad y que dejándolos en mucha paz y amistad se tornó por el mismo camino a México, y que de pasada se detuvo en Champotón, y que para memoria suya y de su partida hizo dentro del mar un buen edificio al modo de Chichén Itzá, a un gran tiro de piedra de la ribera, y que así dejó Cuculcán perpetua memoria en Yucatán.

(*Relaciones de las cosas de Yucatán*,
Fray Diego de Landa, Ed. Dante, México 2001)

Resulta cuando menos extraña la tranquilidad reinante, no suena el teléfono, no se oye a las niñas alborotando, ni la radio al delirante volumen de todas las mañanas. No es normal, claro que no. Teme abrir los ojos, además no puede hacerlo. Xiu está en su cama, bien tapado, o está soñando que está en su cama. No puede estar seguro tampoco si es de día o de noche, poseído por una inquietud vaga decide despertarse, si es que está dormido. Se pellizca el cachete como le enseñó su abuelo Anselmo, funciona, está despierto, ¿seguro? Y sí, está en su cama. Asoma la cabeza entre las sábanas y mira al reloj que marca las tres treinta A.M., enseguida se percata de que está parado. Se levanta, abre las cortinas de un jalón, es mediodía mínimo, una oleada de luz y calor irrumpe en la habitación desbaratando cualquier telaraña mental. Vaya que es de día y vaya que está despierto. Al tiempo, se abre la puerta, Aurora lo ha oído levantarse y ya está ahí, solícita y cariñosa.

—Buenos días.

—¿Cómo me has dejado dormir tanto? —se estira sintiendo el calor del sol sobre la frente.

Ella se acerca, lo abraza reteniéndolo unos segundos con fuerza y él dejándose retener.

—Te lo mereces Chava, eres el mejor.

—¿Qué dices cariño?

Se separan, Aurora lo toma de las manos.

—Sobreviviste que ya es mucho, pero es que además Chavita, ya resolviste el caso, ¿no?

—No del todo...

Xiu la atrae hacia sí con suavidad y la besa en la boca unos segundos. Al separarse, ella, con una sonrisa que vale un mundo, dice:

—Pues en las noticias eres el héroe del año.

—¿Qué?

Ahora sí está despierto, recuerda haber llegado a su casa en calidad de cadáver y nada más. Pero cómo vino del aeropuerto o quién le puso el pijama, se le ha borrado de la mente. Se espabila de una vez y se dirige a la sala, enciende el televisor, pasa por canales de telenovelas, de animales, de concursos, hasta que llega a las noticias, no puede creerlo, él está en las noticias, él es la noticia.

En la imagen aparece todavía con su casco de espeleólogo saliendo de la cueva, no puede recordar nada de eso. Los periodistas lo detienen y sin dejar que se recupere, de la luz cegadora, del agotamiento y la angustia, del barro que lo cubre de pies a cabeza, se escucha la voz persistente del locutor en *off*.

—Inspector Xiu ¿podemos decir que se acabaron los asesinatos de niñas?

Xiu se permite toser y responde.

—Confiemos en ello.

—Usted impidió el sacrificio de una virgen, ¿que nos puede decir al respecto? —pregunta otra voz no menos insistente.

—Yo nada más cumplo con mi deber.

—Doctor Xiu, díganos, ¿es cierto que está escribiendo un libro por el que le han dado un adelanto de cien mil dólares, y sobre el que va a hacerse una película en Hollywood?

—Para empezar no soy doctor, soy licenciado, y como comprenderán, no he tenido tiempo de escribir nada de nada, no hay tal libro, ni hay tal película. Tenemos razones para pensar que no habrá tampoco más secuestros de esta naturaleza. Es todo lo que puedo decir de momento. Lamentamos mucho la muerte de tantas personas, todas ellas caídas en el cumplimiento de su deber, y acompañamos en su dolor a los familiares y amigos. Muchas gracias.

En la imagen aparece el reportero micrófono en ristre.

—Ya lo han oído, todo ha quedado resuelto, el asesino de niñas ha huido pero enseguida caerá en manos de la policía, qué buena noticia...

Xiu apaga el televisor y deja el control sobre la pantalla pensativo, ensimismado y murmurando:

—No es así... no se ha resuelto nada.

—¿Ya vas a empezar? Acuérdate de tu presión, yo no quiero volver al médico otra vez —Aurora lo toma del hombro y lo acompaña de vuelta a la habitación—. Mejor te tranquilizas y vienes a desayunar.

—¿Qué hora es?

—No lo sé, todos los relojes se han parado desde ayer. Anda báñate de una vez.

Xiu dócil y cabizbajo se mete como un autómata en el baño e inicia sus abluciones matutinas como si no fuera con él, como si estuviera en otra parte, muy lejos de ahí. Se repite en su cabeza una frase del diario de Marcelo, como esas cantinelas que se te pegan en la mañana y no puedes desprenderte de ellas en todo el día: *Grandes fuerzas juegan con nosotros, en sus dados cargados está nuestro destino. Grandes fuerzas juegan con nosotros, en sus dados cargados está nuestro destino.*

* * *

Suena la quinta sinfonía de Beethoven, Alisia deja de pintarse las uñas y busca con la mirada el origen del sonido, es el celular de Asier saltando sobre la mesilla de noche del otro lado de la cama. No puede resistirse, Asier no está, ha ido a comprar café decente, dijo. El teléfono continúa sonando, espera un poco más, se levanta, rodea la desordenada cama y lo toma sin atreverse a contestar todavía. Un segundo. Responde, del otro lado la voz es áspera y malhumorada.

—Chaco, te he dicho que no me llames a este teléfono, ya te dije que yo me pondría en contacto.

—Perdone ¿con quien quería hablar?

—¿Quién eres? ¿No está Asier?

—Salió un momento, ahorita regresa.

—Tú andas con él, ¿verdad?

—Es mejor que hable con Asier…

—Espera, no cuelgues, joder, que tengo que decirte algo: cuídate mucho de ese hijo de puta.

—Cuidarme, ¿de qué?

—Claro, no te ha contado que mató a su última novia, ¿verdad?

—¿Qué?

—No te digo más, como dicen: "ojo al Cristo que es de plata".

—Pero…

—Yo volveré a llamar.

Alisia está boquiabierta. Trata de ordenar sus pensamientos, o mejor no, mejor no pensar mucho, no pensar nada. Abre el servibar, toma una botellita de tequila y se la bebé de un trago, justo en ese momento se abre la puerta y entra Asier con dos grandes vasos de café en las manos.

—¿No es un poco temprano para eso? —dice Asier con un tono benévolo.

Alisia se queda mirándolo fijamente como si le hiciera una radiografía. Él no deja de sonreír pero ella está seria, sin pestañear dice:

—Oye, perdona, pero sonó tu teléfono y contesté.

—¿Quién era?

—No dijo.

—¿Y qué dijo?

—Dijo que mataste a tu última novia.

—No fue mi última novia…

—Pero, ¿es verdad?

—La ejecuté por orden de ellos, había traicionado a la organización, eso me dijeron…

—¿Tuviste que hacerlo?

—Lo hice.

—De eso son tus pesadillas.

—De eso.

—A mí no me vas a matar, ¿verdad?

—Eres la hostia.

—¿El qué?

—¡La rehostia!

Se abrazan y caen sobre la revuelta cama, besándose, urgidos de ahogar la racionalidad en el sexo, deseosos de olvidarse por un momento de su descabellado plan, todo eso dura unos minutos, no se quitan ni los zapatos, tan desatadas están su pasiones. Además saben perfectamente que tienen que irse cuanto antes si no quieren echarlo todo a perder. Ya vistiéndose, bueno, subiéndose los pantalones apenas, Alisia decide arriesgarse a decir lo que guarda en secreto.

—A mí también me faltó decirte algo.

—Otro secretillo, a ver…

—Estoy embarazada…

Asier deja de abrocharse la camisa para mirarla.

—¿De él?

—Pues sí, no va ser de ti cariño, sería un milagro, ¿no crees?, que en tres cogidas ya estuviera yo embarazada.

—Joder, qué bruta eres.

—No empieces… —Alisia lo amenaza con los puños cerrados.

—Pues menos mal que habéis convivido poco…

Ella se pone furibunda y se tira sobre él. Se entregan a jugar, como niños que pueden abstraerse de la realidad y situarse en un plano de fantasía inaccesible a los adultos. Alisia y Asier abandonados a la tontería suprema del amor disfrutan de la vida tal vez antes de perderla.

* * *

Tom ha tenido tiempo de sobra para poner en lugares estratégicos cargas explosivas suficientes para hundir la plataforma Quelonio en unos minutos. Aunque va a provocar una catástrofe ecológica de proporciones enormes, eso no le preocupa mucho, su compañía también tiene una filial que se dedica a la limpieza de derrames de crudo. La misión no tiene duda posible y debe ser ejecutada con frialdad y sin reparo. Todo por el bien del negocio, y siempre hay negocio si se aprovechan las oportunidades. Además venderá sus acciones del emporio petrolero, antes de que bajen, por supuesto, e invertirá ese dinero en empresas de seguridad. No pierde detalle, está listo para reducir la plataforma a chatarra a la deriva. Sus patronos han decidido mudar su capital al Oriente Medio, allí hace falta otra guerrita que permita sacar los atrasados stocks de armamento. El Proyecto Introversión, aunque no entiende muy bien de qué se trata, también debe ser cancelado. Hubiera querido salvar el batiscafo que vale una millonada pero técnicamente no puede hacerlo solo, tampoco consigue comunicarse con la tripulación submarina desde hace horas. Para su ética profesional es importante confirmar que todos estén muertos si no pueden ser evacuados, y éstos no quieren reportarse. Lo mejor es no tener problemas con el seguro y resolver cualquier duda, previamente y con habilidad; ahora, por ejemplo, está buscando en la computadora un programa para ahogarlos, o mejor aún, aplastarlos con la presión de millones de toneladas de agua. Pero no logra encontrar el modo, "bueno, morirán de inanición", piensa. No tiene mucho tiempo antes de que el satélite vuelva a poner su ojo sobre ese pedazo de mar concreto en el golfo. Un helicóptero está por llegar y será el último. Intenta comunicarse de nuevo, nada. Es difícil, pero ¿y si logran salir a la superficie? Si consiguen escapar, ¿quién les va a creer? Una base submarina secreta en el cráter de un meteoro, sí claro. ¿Investigando qué, además? Lo último que dijo la doctora, antes de que se cortara la comunicación, era que habían descubierto algo. Pero ¿qué? Ya no importa, las órdenes son claras: abandonar las instalaciones y destruirlas, todas, no debe quedar rastro de la plataforma ni de la base submarina. Con un México militarizado es mejor no pelear por cuestiones de límites, además los sobornos ya están costando una fortuna, cuando se calmen las cosas volverá a haber negocio, ahora es mejor borrón y cuenta nueva. Y ésa es una buena noticia porque la demolición es su especialidad más placentera, no tiene que tratar con personas, ni matarlas, no directamente al menos. Es mucho más limpia. Ver las estructuras destruidas, los edificios derrumbados, los automóviles volando, le produce un gozo infantil, el de un niño que disfruta viendo volar aviones de papel en llamas. Esperará a que llegue el helicóptero y nada más, luego, si no ha podido eliminarlos, los abandonará a su suerte y hará explotar todo a su paso. Puede que alcance a jugar golf con su suegro en Los Cabos en la mañana temprano, la última vez no pudo ganar pero ahora será distinto con sus nuevos palos de policarbonato. Después de todo: la vida es bella.

* * *

—¿Está en internet licenciado?

Como siempre abre la puerta de su oficina sin llamar y como siempre Xiu se sobresalta. Está, estaba más bien, concentrado en la lectura de los diarios de Marcelo, completamente absorto en los delirios comprensibles sólo a medias de su hermano loco. Cierra la libreta azul de espiral metálica y la pone en una torre de cuadernos similares.

—Perdone que lo interrumpa, licenciado, pero en *youtube* han subido un video que tiene usted que ver.

—A ver, ¿cómo se llama?

—"Científica chiflada".

Xiu busca ávidamente la grabación e inicia la descarga.

En la ventana de la pantalla aparece la imagen de una mujer con camisa de fuerza sentada en silla con ruedas, no de ruedas, una silla de oficina a la que no está atada. Está moviéndose de un lado al otro del estrecho confinamiento de blancas paredes, agita la cabeza atrás y adelante. Un subtítulo corre por debajo del encuadre: *Dra. María Eugenia Holowitz, directora del proyecto Chixchulub, Área de Aislamiento del Hospital Psiquiátrico Estatal.*

—¿Son los que desaparecieron y luego volvieron a aparecer?

—Sí, esto es cosa del triángulo de las Bermudas —responde el perito haciéndose el gracioso.

—Estamos un poco abajo, ¿no cree? —dice cortante Xiu.

En la imagen la doctora acaba por estrellarse contra la pared y se cae de la silla, la cámara se mueve a ras del suelo y toma un primer plano de su expresión desquiciada, los ojos exorbitados, los labios retraídos. Está diciendo algo, no se le entiende bien, Xiu aumenta el volumen.

—… los tambores, los tambores… ya regresa a casa, ya está aquí, ¿no lo hueles? ¿no lo estás oliendo?

La imagen se detiene ahí, los dientes descubiertos, la mirada torva, los ojos inyectados. Xiu lo vuelve a ver, y a oír.

—… los tambores, los tambores, ya regresa a casa, ya está aquí, ¿no lo hueles? ¿no lo estás oliendo?

En cuanto acaba la toma el perito se apresura a hablar.

—El resto de la tripulación está igual o peor, todos están encerrados bajo siete llaves en la Casa de la Risa.

—Doctor… Mengele… no sea usted tan crudo.

—Pensé que le interesaría, por los diarios de su hermano, ya sabe… el fin del mundo y todo eso —el perito señala la pila de cuadernos azules.

—¿Los ha leído todos?

—Claro, tienen algo adictivo, ¿no?

—Dejemos los diarios en paz de momento, también a mi hermano, y dígame ¿han detenido ya al brujo?

—No hemos tenido suerte, parece que logró salir de la caverna por algún otro lado. A trece kilómetros reportan haber encontrado un rastro que sale de un cenote y se pierde en la selva. Un campesino dio aviso asustado por el tamaño de las pisadas, aseguraba que el mismísimo Camazotz había salido de su cueva, ya sabe el...

—Dios murciélago, sí.

—No creo que sea muy difícil encontrar al maldito, yo desde luego voy a tener pesadillas con él, qué tipo...

—Ofrezca una recompensa.

—¿Tiene usted esas atribuciones licenciado Xiu?

—Mire doctor... cito...

—Está bien licenciado, a río revuelto... Ah, ¿ya vio la prensa? Un problema menos ¿no cree, licenciado?

Xiu toma el periódico que señala el perito sobre la mesa y al que no había prestado ninguna atención, y lee el titular.

—"La fiebre del turista desaparece de Yucatán". ¿Y es cierto o es otra jalada de los de arriba?

—Completamente en serio, era tan virulenta que se consumió a sí misma, mataba al huésped antes de contagiar a alguien más. Es curioso, la enfermedad se fue como vino, como una plaga. Aseguran que han hecho pruebas, que el turismo ya está regresando.

—¿Será una buena señal? —apenas murmura Xiu.

—¿Lo pregunta o lo afirma?

—Lo deseo.

—Ay, licenciado.

* * *

Alisia y Asier han estado huyendo y también hablando, no han dejado de parlotear entre ellos durante todo el recorrido en autobús que los conduce a Chichén Itzá, la antigua capital de los Itzaes, ciudad del posclásico maya y que significa algo así como "La Boca del pozo de los brujos del agua". Es ahí donde van a tender la trampa para que los enemigos de ambos se destruyan entre sí, en el mejor de los casos, en el peor, ellos perderán su libertad y posiblemente su vida. Aunque pudiera parecer lo contrario, no están nada desanimados, van en el autobús, rodeados de turistas locales de medio pelo, como si fueran de excursión y siguen parloteando, Alisia se recuesta sobre su hombro, agotada, los ojos se le cierran.

—Amor, cuando acabe todo esto podríamos ir a algún lugar bonito... y nada más... quedarnos allí.

—Eso sería genial, guapa, nada me gustaría más que perderme por ahí, contigo.

—¿Me quieres entonces?

—¿Lo dudas acaso?

—Dilo, ¿no?

—Te amo Alisia.

—Yo también te amo Asier.

Se quedan dormidos, está atardeciendo, el cielo se colorea de naranja desteñido que se incendia al empezar a ocultarse el sol tras los árboles recortados en negro. Alisia y Asier han organizado una cita con sus perseguidores, ella con el Pistache y los sicarios de su marido que andan vueltos locos buscándola, y él con el comando etarra que lo acosa para eliminarlo. Alisia ha pedido a don Manolo que la recoja en Chichén Itzá, muy arrepentida y contrita le ha confesado que lo único que le importa es volver con él y que prácticamente ha sido secuestrada por unos terroristas con boina, le pide que la rescaten de inmediato. "¿Y el españolito ése?", le ha preguntado Manuel, "Eso nomás fue un capricho, ya sabes cómo soy, me aloco a veces", ha respondido no pareciendo muy nerviosa. "Ya se acabó te lo juro", ha añadido y parece que ha funcionado, que se lo ha creído.

Asier, por su parte, ha dicho a los ex colegas que tiene en su poder información vital del organigrama de la organización, así como estados de cuenta de su millonario financiamiento. Les ha ofrecido todos los archivos a cambio de que lo dejen en paz y pueda cambiar de vida; no ha olvidado mencionar lo típico, que el paquete completo llegará a la prensa si a él le pasa algo. Los ha citado en las monumentales ruinas arqueológicas para demostrarles que cuenta con esos datos altamente delicados y poder así negociar. Tienen reservada una habitación con vista al observatorio astronómico, El Caracol, abandonado hace más de mil años. Han estudiado el plano de Chichén con detenimiento pero necesitan pisar el terreno para afinar los últimos detalles, la pirámide de Kukulkán, con escalinatas en sus cuatro lados, es el lugar perfecto para dar esquinazo a todos. En la cabeza de Asier se dibujan croquis con rutas de escape, en la cara de Alisia se pinta una sonrisa.

* * *

El malvado brujo ya no es el Gran Esperador porque ya esperó más que suficiente, se ha perdido durante días en los pasadizos calcáreos bajo la superficie, comiendo murciélagos, lamiendo el agua, gota a gota, en las estalactitas. Finalmente ha visto la luz tras caer en una corriente subterránea que casi lo ahoga y llegando al mar, muy cerca de la costa, a apenas unos metros de la playa de un pueblito típico yucateco. Debatiéndose entre las olas, confundido, mareado, deslumbrado por el sol, ardiendo las heridas de su piel en sal, sobrevive porque debe hacerlo, y además porque no es posible morirse antes de tiempo.

Cruza la franja de playa desierta dirigiéndose a la carretera, del otro lado está el pueblo. La iglesia, el ayuntamiento, la escuela. Se escucha una música confusa, como de ensayo de orquesta, bastante discordante. Encogido y tropezando, se acerca, en el camino toma una pala clavada en un montículo de arena de una obras cercanas, se apoya en la puerta con la palma de su manaza, toca con fuerza. Abre el maestro, es un joven delgado y con lentes, tiene aspecto frágil pero trata de encararlo. El brujo lo empuja hacia dentro, el maestro choca con la tarima y trata de apoyarse en la mesa. Los niños ni pestañean, colocados los pupitres en semicírculo, sostienen sus instrumentos: violines, trompetas, guitarras, arpa y acordeón.

—Oiga, usted, ¿qué pretende?

Con un movimiento fulminante el brujo siega el aire con el filo de la pala decapitando de un solo golpe al pobre profesor. La cabeza cae sobre la tarima y rueda hasta detrás de la mesa, el cuerpo se desploma inerte, relumbran en el piso los lentes rotos. Una decena de pares de infantiles ojos fijos interrogan al gigante que casi toca el techo.

—A ver escuincles, toquen algo.

Los niños se miran desconcertados, pero no necesitan mucho tiempo para ponerse de acuerdo, sólo se saben una, el himno nacional, la atacan con dolorosa discordancia. El gigante malencarado vocifera:

—Pinches engendros, mejor se sientan y se quedan calladitos, no me gustaría que ninguno perdiera la cabeza —con la pala todavía escurriendo sangre golpea suavemente la esquina de la mesa. Los niños se sientan al instante.

—¿Alguno de ustedes sabe dónde hay un teléfono?

Uno de los niños, el que está más cerca de la puerta señala en esa dirección.

—Si se mueven de aquí, los voy a tener que matar, así que...

El brujo se lleva el índice de la mano derecha a la boca antes de salir, el silencio es total, el leve crujido de la puerta parece la andanada de un cañón. En el pasillo se dirige a la oficina de la escuela. La secretaria, una anciana de moño y antiparras, se levanta de su silla sorprendida, estirando mucho los brazos para compensar su escasa estatura.

—¿Quién es usted? ¿Qué hace aquí...?

El brujo hunde el cráneo de la venerable señora como quien mata a una mosca. Pasa sobre el cadáver para tomar el teléfono, responde la operadora.

—Buenas tardes, ¿con quién desea hablar?

—Quiero hablar a Mérida, a la Secretaría de Seguridad del estado. Espero...

Tras unos segundos de música, una voz femenina responde con voz impostada.

—Secretaría de Seguridad, ¿en qué puedo ayudarlo?

—¿Me comunica con el inspector Xiu?

—Un momento, por favor.

—Oficina del licenciado Xiu, ¿con quién hablo?

—Dígale a Xiu que lo estoy esperando.

—¿A qué se refiere? ¿Quién es usted? ¿Tiene una cita con el licenciado? Porque yo no...

—Sólo dígale que quiero su sangre.

—¿Su qué? No le entiendo nada.

—Estoy en...

Mira por la ventana a la pequeña placita, enfrente un enorme cartel lo informa claramente: "Palacio Municipal de Tichulumun".

—En Tichulumun.

—¿Lo puede deletrear?

—…

—¿Y usted se llama…?

* * *

Como era de esperarse, la situación general del país no ha mejorado en lo absoluto, para quien cree que la violencia puede acabar con la violencia es un trago amargo amanecerse con las listas de muertos crecientes cada día, nombres y apellidos que superan los de una guerra convencional, porque hasta en la guerra hay normas, un intento de ética, pero aquí no, aquí es la matanza sin cuartel que va escalando niveles de atrocidad, alturas de violencia inauditas. Leer cada día el número en aumento de liquidados por la policía y el ejército, de los ejecutados por los narcos, o simplemente de los caídos por estar en el momento y el lugar equivocados, bajas colaterales que le dicen, es escalofriante. Lo cierto es que han diezmado las filas del narco, pero del narco que no es don Manolo, él los ha ayudado muchísimo con nuevas estrategias de guerrilla urbana mezcladas con misiones de exterminio. Por ejemplo, acudir a los entierros de los capos y acabar con toda la familia, o poner bombas en los cadáveres. Para los sicarios el número es importante porque cobran por cabeza, así que en las matanzas si cae algún vecino mejor que mejor; el ejército otro tanto, su estrategia es de choque total mediante tácticas de combate urbano en terreno enemigo, en este caso los vecinos tampoco salen muy bien parados. Hay apuestas por cuál de las tres columnas gana esta carrera de defunciones violentas: los malos, los buenos o los pobres desgraciados que caen en el fuego cruzado. De momento parece que ganan los buenos, pero quiénes son los buenos es la duda que corroe a la población común y corriente cada vez más tocada por la masacre a mansalva. El gobierno mal que bien mantiene la obcecación como si navegara en un barco desarbolado a la deriva en una tormenta, una tormenta creada por ellos mismos. Es como una pesadilla de la que todos quieren despertar pero todos saben que no se acaba todavía, que le falta alcanzar cotas más altas de dialéctica de los puños que diría el viejo Nietzsche. Por lo menos se ha rechazado el intervencionismo gringo, que por una vez ha sacado las manos de la refriega. Nada más entrenamiento y armas, claro, *business is business*. Pero no quieren meterse en la limpieza del patio trasero, prefieren no ver a dónde va la basura, sólo que desaparezca, como si ellos, los gringos, no tuvieran nada que ver con producirla. Oferta y demanda, ellos demandan y nosotros se lo damos, libre empresa, sólo que es ilegal, bueno casi, porque bajo cuerda don Manolo participa de la política como el que más, su nómina de diputados y senadores es millonaria, casi un estado dentro del estado, y mientras, la población conteniendo la respiración y suspirando de susto en susto. ¿Es esto el fin del mundo? Es difícil pensar si se ha cumplido el ritual que abre la puerta del infierno para traerlo a la Tierra, o si nada más es la asquerosidad de la vida humana siempre enzarzada en guerras y crímenes execrables. ¿Es acaso el ahora más terrible que otros ayeres? Las catástrofes naturales que pueblan los noticieros son eso, noticias, noticias que antes no estaban en los medios porque éstos no existían. O por el contrario, ¿todas esas barbaridades no son sino el preámbulo del Apocalipsis, el Armagedón que proclaman los fanáticos cristianos yanquis? Desde luego, en el ambiente hay un tufo a catástrofe inminente, una atmósfera ominosa que parece envolverlo todo en una bruma, una nube que no motiva más que la inacción, el acatamiento a las circunstancias lamentables del presente. Anestesia general inoculada por sobreexposición a la tragedia, al drama, la puesta en escena de la violencia extrema. El país está en lo que podría denominarse como shock postraumático, o más bien pretraumático, porque tal vez todavía falta lo peor.

Capítulo 13

El tiempo de lo que tenía que ser

Licenciosa será la palabra, licenciosa la boca. Será el tiempo en que se haga música en la Tierra y suenen las sonajas en el cielo al irse ordenando las unidades de que consta el tiempo del katún. Pero a la vuelta completa del katún se desgarrarán, se romperán violentamente los cielos, y las nubes quedarán frente al Sol juntamente con la Luna, totalmente. A nadie has de entregarte tú, huérfano de madre, tú huérfano de padre, en el doblez del término del katún. Perdido será el signo jeroglífico y perdida será la enseñanza que está detrás de él, entonces será cuando se recoja la hojarasca de encima de nosotros y se quiten los ceñidores y la ropa, y no se presten máscaras ni casas.

(*El libro de los libros de Chilam Balam,
Rueda Profética de los años Tunes de un Katun 5 Ahau.*
Fondo de Cultura Económica, México, 2005.)

En el camino hacia Tichulumun la camioneta en la que viaja Xiu tiene que detenerse en medio de un descampado porque la carretera está cubierta de pájaros muertos, cientos de loros yucatecos de color verde brillante, aparentemente derribados en pleno vuelo. Xiu desciende del vehículo y levanta, con cierto asco, una de las verdes aves de ojos amarillos aureolados de rojo, la examina. No es un experto ornitólogo forense pero resulta evidente que no han muerto por la caída, estaban muertos antes de impactar contra el asfalto y los árboles vecinos. Y ha ocurrido hace muy poco, el pajarraco en su mano ni siquiera tiene rigor mortis. Le cuesta mucho pensar que eso puede ser una buena señal de algo, arroja al plumífero a un lado y regresa a la camioneta.

—Ya, vámonos.

¿Y si todo es cierto? ¿Y si de un momento a otro se desata el fin del mundo, el apocalipsis, el ocaso de la humanidad y de la naturaleza tal cual la conocemos? Las ruedas del vehículo aplastan decenas de pájaros con siniestros crujidos antes de poder alejarse de la zona. Xiu piensa que esto de la muerte masiva de aves ha venido ocurriendo en los últimos tiempos con cierta frecuencia. Recuerda algunas cifras. Un año nuevo en Arkansas cinco mil pájaros, turpiales sargento de ala roja, cayeron del cielo poco antes de la medianoche. En Luisiana, medio millar de mirlos y estorninos se desplomaron sobre la autopista tiempo después. En un pueblito de Suecia murieron centenares de grajillas sin causa aparente a inicios del mismo año. Últimamente se ha multiplicado este tipo de fenómenos. Los expertos hablan de granizadas repentinas, de rayos, de aviones supersónicos, de nubes tóxicas, nada que se pueda justificar con evidencia física. Los pájaros se caen del cielo, y eso no puede ser una buena señal, es una señal, mala, muy mala. Ha estado leyendo sobre el fin del mundo, hay miles de páginas al respecto, repasa las muchas posibilidades que existen de que el planeta, o la humanidad por lo menos, desaparezcan así de un golpe. Las más espectaculares no son necesariamente las más aterradoras, la colisión de un meteorito o un asteroide, como ocurrió hace sesenta y cinco millones de años en Chixchulub, o un cambio en el eje de rotación de la Tierra, o un macroevento geológico como un súper volcán, o una tormenta de radiación cósmica con la consiguiente lluvia de rayos gamma, o tal vez bruscos cambios en la intensidad del sol, en las emisiones de radiación solar. Podría ser también por una pandemia global, un virus desatado como de los que ya hemos tenido varios atisbos, o por la consabida guerra nuclear. Otras muchas amenazas están más del lado de la ciencia ficción como una rebelión cibernética o el ser absorbidos por un agujero negro, puede llegar un hiperciclón cargado de polvo cósmico de la nube de Ort, o generarse un agujero de gusano de materia oscura con experimentos como el del acelerador de partículas. O peor todavía, y definitivo, perecer en la implosión del universo que debe seguir a su actual expansión, su desgarramiento final según la teoría del Big Rip. A Xiu le duele la cabeza. Mira por la ventana del vehículo y ni siquiera el cielo azul le parece un buen vaticinio.

Ya están cerca del pueblito donde ha reaparecido el brujo asesino, ahora además tiene de rehenes a doce niños de la orquesta infantil del ayuntamiento. Xiu sufre una doble agitación, por un lado acabar de una vez con el caso de los sacrificios, es decir, acabar con aquel monstruo infame, y por el otro la inquietud mayor del saber que nada se acabará cuando lo mate, nunca se ha arreglado nada matando a nadie. Está justificado y tiene que hacerlo pero presupone que resultará inútil, siente que un mecanismo se ha accionado en alguna parte recóndita del mundo, que un proceso, catastrófico claro, se ha iniciado, pero ¿no es así siempre la vida? Acontecimientos cataclísmicos que nos sorprenden como si fueran nuevos… Xiu trata de desembarazarse de los pensamientos negativos, mira a los lados del asiento, de una bolsa de papel a su derecha saca un envase de plástico cúbico, le quita la tapa y se lo acerca a la nariz, aspira, una sonrisa le ensancha la cara. Es imposible que se acabe el mundo antes de que se coma esa delicia que le ha preparado su Aurora con tanto cariño.

* * *

En el hotel, mientras Asier se ha ido a dar un paseo por los jardines, Alisia compra por internet boletos de avión con su American Express. Duda mucho de que Manuel se presente, pero si puede usar a sus secuaces para acabar con los etarras, o que se maten mutuamente mientras ellos escapan, será más que suficiente. Luego evaporarse, desaparecer, resetear la vida, cancelar el pasado, inventarse un futuro. Pero lo primero, visitar las islas Caimán y sacar un dinerito que tiene escondido. Están listos para cambiar de personajes; los dos además, y por diferentes razones, tienen varios pasaportes, lo que resulta muy conveniente. Esperan salir de ésta no sólo con bien, sino iniciando una luna de miel en el más absoluto anonimato de algún lugar paradisíaco. Deben estar muy enamorados, muy locos, para poner sus esperanzas en un plan tan descabellado. Que se les haya ocurrido y además consideren ponerlo en marcha, sin pensar más allá de la confianza absoluta en el éxito, es de por sí asombroso. Han unido fuerzas, no cabe duda, o más bien flaquezas, debilidades y traumas que se convierten en los nervios de la acción. Precisamente son sus lados sin resolver, sus múltiples aristas y defectos, lo enfermo de cada uno, lo que los concatena, lo que los armoniza y los pone en la misma frecuencia, sí, es justo pensar que son el uno para el otro. Sin duda están locos, pero el plan es muy sencillo. Han citado a la misma hora en el "Castillo" de Chichén Itzá tanto a narcos como a terroristas. A los sicarios de don Manolo, que están convencidos de que Alisia se regresa por su propia voluntad, en la escalinata sur. Y en la norte a los perseguidores de Asier, a la espera de una prueba de su cacareado chantaje. Confían en poder huir por el lado Este hacia el grupo de las mil columnas mientras los imbéciles se tirotean entre ellos. ¡Santa infancia!

Asier camina por el jardín del hotel después de haber intentado tomar un trago en el bar del *lobby* infructuosamente, es demasiado temprano, aseguran. Respira con ansia el aire limpio, kilómetros de selva baja lo rodean. Está relajado, disfruta de la tranquilidad que precede a la batalla, como un héroe espartano justo antes de enfrentar a los inmortales persas en el paso de las Termopilas. Camina meditabundo entre macizos de flores multicolores y llega al borde de la alberca. Atesora una fuerza interior desconocida para su personalidad usualmente devastada por la culpa. Es la proximidad del posible sacrificio lo que lo enaltece, o es la ironía del destino que le depara una larga vida junto a esa mujer morena y encantadora. No lo sabe, pero se siente confiado en el futuro, como si lo que fuera a ocurrir, bueno o malo, vinera a salvarlo de todas formas de su padecimientos, por activa o por pasiva. Si logra salir de ésta, y vaya que resultan asombrosas las circunstancias de su situación, estará purificado y, si no sale, estará purificado del todo. No tiene nada que perder más que la vida, y ésa no vale nada si no está libre de los tormentos de su pasado y de su presente. Necesita, lo sabe bien, borrón y cuenta nueva, tabla rasa, reencarnación en vida.

Sentado en el trampolín observa su sombra recortada sobre el agua transparente, un bulto o una montaña, una figura humana en calma o una fiera agazapada, retraída para el ataque sorpresa, ¿quién es él? Eso no importa, quién puede llegar a ser, ésa es la cuestión. Se puede decir que está de suerte, piensa él, se ve que el amor es ciego.

* * *

Las explosiones siguen una cadencia, un ritmo de detonaciones en crescendo que revientan uno a uno los enormes flotadores que sujetan la estación Quelonio, la plataforma clandestina Quelonio mejor dicho, la nave nodriza de la expedición submarina que ha quedado abandonada a su suerte. La estructura empieza a ladearse, los hierros se retuercen y crujen, estallan, parece como si un gigante se tronara los dedos. Luego comienza a hundirse con un aullido como de bestia antediluviana que agoniza, que se ahoga. Atrapada en su propio remolino, se sumerge poco a poco entre el estrépito de los hierros retorcidos. Desde el helicóptero Tom disfruta el estropicio. Al no tener noticias de la tripulación submarina decide seguir adelante con sus planes dejando solos a los dos científicos en el laboratorio, a más de mil metros de profundidad. Si salen a flote se encargará de ellos, tiene acceso al satélite y en cuanto estén en la superficie se activará un detector en el batiscafo, lo sabrá al momento y los encontrará. Ahora tiene que atender un asunto en Egipto donde parece que todo se les ha escapado de las manos, debe ir a poner orden, cómo siempre, a recoger la basura. Pero antes debe cerrar otro pendiente, el que lo trajo a la península de Yucatán en primera instancia. Ha sido informado del secuestro de los niños en la escuela y sabe quién está detrás de semejante felonía, el salvaje sacrificador de vírgenes, la bestia que se autodenomina el Gran Esperador, el fugitivo por el que se ofrece una sustanciosa recompensa. Ahora se dirige al pequeño pueblito de Tichulumun para cerrar el caso. Esto de estar pluriempleado es una molestia a veces, nunca tiene tiempo para jugar al golf y menos para estar con sus hijos, pero lo cierto es que no puede parar, es un verdadero *workoholic*, no sabe descansar, no sabe detenerse o entretenerse, ni siquiera puede sentarse a leer un periódico, le come la ansiedad. Tampoco tiene verdaderos *hobbies*, nunca le ha interesado la pesca ni la manía de los barcos tan apreciada por su colegas de mayor edad, ni siquiera el golf lo entretiene como antes. Cuando no está trabajando se encierra en su estudio a leer mamotretos de historia sobre la Segunda Guerra Mundial. "¡Qué hermosa guerra!", se dice siempre a sí mismo cuando lee sobre el desembarco de Normandía, el sitio de Stalingrado, la guerra del desierto, las masacres en el Pacífico, isla a isla... Se lo perdió, como se perdió Corea y se perdió Vietnam. Nacido en 1960, el buen Tom entró en combate apenas en El Salvador en los años ochenta, tenía entonces veinte años, y se mostró bueno para organizar escuadrones de la muerte, afortunadamente se salió antes de la debacle de principios de los noventa. Una década estuvo fuera del gobierno tratando de hacerla como independiente trabajando en seguridad privada. Lo que hizo y vio hacer en El Salvador lo ha dejado marcado, pero en vez de purgarse se volvió maximalista, siempre quiere más. Al final tiene que reconocerse como irredento, impenitente "Perro de la Guerra", y vuelve a las andadas. A principios del nuevo milenio ya está en Afganistán, después de una temporada en Colombia, reciclando talibanes en sicarios. Sin duda no sabe estar quieto, relajarse es para otros, sólo duerme bien en el camastro de campaña. Debe oler a pólvora y sangre, debe ver el brillo de cuchillos y rifles, debe sentir las balas deslizándose en la recámara, adrenalina pura que maneja mejor todavía que su vida privada, si es que se puede decir que tenga una, fuera de sus misiones ultra secretas. Va a intentar cobrar por esa cabeza porque unos cuantos, muchos, miles de dólares no le hacen daño a nadie y porque le gusta la cacería tanto como la demolición. Tom ya se ha olvidado de los tripulantes del batiscafo perdido, ya está en otra cosa.

* * *

La escuela es de bloques de cemento sin pintar, el techo de lámina, el calor es inhumano en el interior. Las ventanas están enrejadas y hay dos puertas. El equipo de asalto de la marina tiene rodeado el edificio pero están lejos de las entradas y son invisibles desde las ventanas. Tampoco se ve nadie adentro. El secuestrador parece tener a los niños arrinconados. La llegada de Xiu revoluciona a los medios instalados desde hace horas. Las cámaras y reporteros lo persiguen como si fuera estrella de la farándula. Le preguntan si es casado, si va a dirigir una película, que dónde compra sus guayaberas... Xiu agita las manos como quien espanta moscas, pero no se van, el perito junto a dos federales con cachiporra y casco hacen un muro para que Xiu pueda ponerse al tanto de la situación. Atraviesa una tras otra las vallas y cintas que aíslan el perímetro. Bajo una enorme ceiba está instalado el centro de mando. Ya de lejos se oye el griterío. El jefe de la policía local discute con los oficiales de marina, los federales prefieren hacerlo con el ejército, un agente de la DEA o del FBI o de lo que sea, desesperado, se derrumba en la silla de una esquina.

—Buenas tardes señores, tengo órdenes de encargarme de este asunto. Hagan el favor de calmarse —Xiu trata de mostrarse ecuánime y conciliador.

—Nosotros estamos calmados. Con el que quiere hablar es con usted —dice con sorna el teniente naval.

—Ha pedido hablar personalmente con usted y sólo con usted —añade el jefe de la policía.

—Voy a tener que ir, ¿no? —Xiu interroga al perito.

—Desde luego que no licenciado, lo mejor es un asalto quirúrgico, como le dicen.

—Se trata de niños, doctor... No —Xiu se sorprende de la frialdad del concepto "quirúrgico" y recalca—. Niños, por favor.

Interviene un oficial de las fuerzas especiales con cuello de toro y ojos achinados.

—Mejor licenciado, mucho mejor, como son más chaparros es casi seguro que no les atinamos. Es más fácil, así nomás hay que darle al grandote. Cero daño colateral.

—¿Qué ha pedido exactamente? —Xiu no puede evitar sentirse apesadumbrado.

—Nada más platicar con usted, mi licenciado —dice el policía mientras revisa el cargador de su automática.

—Háblenle —ordena Xiu y enseguida le acercan un teléfono de campaña. Suena tono de llamada. Se tardan en contestar, luego descuelgan pero no dicen nada.

—Ejem... buenas tardes, soy el inspector Salvador Xiu, creo que quiere usted hablar conmigo, pues hable señor, hable.

Primero hay un silencio y luego surge la voz terrible, como de cosas que suben por la garganta, profunda e hiriente, como un prolongado eructo.

—Tengo que ver su cara... Xiu

—Ya...

— Además... no me gustan los teléfonos.

—Deje ir a esos pobres niños y platicamos todo lo que quiera.

—Acérquese hasta la reja, sin armas. Por cada paso que dé a partir de ahí le regalo un escuincle —cuelga.

—Espere...

—Ya colgó, licenciado —dice un cabo del ejército de tierra.

—Me voy para allá, tome esto —pasa la pistola enfundada al perito que le retiene las manos por unos segundos.

—Licenciado está usted a punto de cometer el error del siglo —dice el perito sin soltarse.

—¿Qué otra cosa puedo hacer? —dice tirando de sus manos para desembarazarse del ayudante que no lo pone nada fácil. Cuando logra separarse del subordinado se encamina hacia la escuela sin dudarlo.

Se detiene justo donde empieza el camino de grava de unos diez metros que acaba en la puerta, ésta se abre un poco, se asoma una cabeza infantil. Xiu da un paso un tanto marcial y espera. La puerta se abre otro poco más y el niño se escurre, pasa corriendo junto a él. Da otro paso, la puerta vuelve a abrirse y otro niño logra salir libre. Al acercarse al homicida de su hermano, Xiu tiene sentimientos encontrados, a cada paso un niño es liberado, pero cada vez está más próximo del maldito y no tiene ningún arma. Hubiera sido más fácil intentar matarlo por las buenas, como quien dice. "¿Por qué soy tan tonto?", se pregunta, pero da otro paso. Ya han salido diez niños y está a menos de un metro de la puerta. Permanece ahora rígido, una suave brisa congela el sudor en su cogote, siente un escalofrío.

—Uno más… si entra.

—Que sean los dos de una vez, amigo.

—No, a-m-i-g-o, uno me lo guardo como mascota, ¿sabe usted lo que es un talismán?

El onceavo niño le roza al pasar corriendo, la puerta se abre del todo. Xiu mira hacia atrás para comprobar que todos los niños que han salido están a salvo y responde.

—Claro. Con permiso —y se mete de un salto dentro de la escuelita.

* * *

—Las ruinas de lo que fue la gran ciudad capital de Chichén Itzá se encuentran a poco más de cien kilómetros de

Mérida, es un asentamiento de la cultura maya del llamado periodo posclásico y fue fundada el 525 d.C por la dinastía de los chanes, que luego serán itzáes y finalmente cocomes. Esta civilización fundó magníficas ciudades como Motul, Izamal, Champotón, Ek Balar y también T'hó, precisamente la actual Mérida. Chichén fue destruida en el siglo XI y vuelta a construir, hasta su final decadencia en el año de 1194, cuando sus últimos habitantes la abandonaron para escapar de sus enemigos de Uxmal y Mayapán, regresando a la zona del Petén en el norte de Guatemala, de donde eran originarios. Ellos habían introducido el mito de Kukulcán que no es otro que el Quetzálcoatl azteca, originario a su vez de los toltecas, y tal vez de los olmecas...

—No sé a dónde quieres ir con todo ese rollo.

—Es por entretenernos un rato, Asier, y ya que estamos arriba de la pirámide de Kukulkán —recalca— pues... Ya —Alisia apaga su teléfono.

—Me siento extraño sin un arma.

—Es mejor así, de todos modos ya sabes que "quien a hierro mata a hierro muere" —Alisia lo dice un tanto azorada, ella sí guarda un arma en su bolso.

—Puta madre, no seas tan optimista.

—¿Qué?

—Nada, nada.

—Mira creo que empiezan a llegar los invitados de la fiesta.

—Envidio tu sentido del humor, Alisia, ¿o será tu ignorancia supina?

Asier se asoma al borde de la escalinata, una de las cuatro que rodean el templete de la sala de sacrificios, alcanza a Alisia que observa en cuclillas.

—¿Pues no que los mexicanos eran impuntuales?

—Éstos son de Sinaloa, mi tierra, y pa'l negocio son rete puntuales.

Desde el lado sur, y provenientes de la entrada principal, se acercan a la pirámide cuatro figuras que no se ajustan mucho al modelo de turista. Traen botas y sombreros de ala ancha, sacos de cuero incongruentes con la temperatura ambiente. Tres son altos y fornidos como toros, el cuarto es el Pistache que lleva un traje verde loro digno de Miami Vice, se le distingue a distancia.

—Y ahí están los otros —Asier se ha levantado y acercándose al lado norte desde donde señala hacia abajo.

Alisia, agachada, lo alcanza. Dos figuras se acercan desde la llamada Plataforma de Venus hacia la pirámide. Son muy jóvenes, usan camisetas estampadas y gorras deportivas, pueden parecer dos ciclistas estirando las piernas.

Esperan a que ambos grupos se encuentren al pie de las escalinatas, en la norte los etarras y al sur los sicarios, y se dirigen a su puesto de cada lado. Se asoman y los animan a subir. Alisia se asegura de que los matones empiecen a ascender, con cierta dificultad, los escalones estrechos y altos de la empinada pirámide. De su lado Asier aprecia que la pareja de vasquitos sube la escalinata como si lo hiciera todas las mañanas. Muchas horas de montañismo, ciclismo por supuesto, y remo como mínimo, les permiten sacar ventaja a los robustos sicarios, las botas no caben en los escalones y los sombreros vuelan al viento sin remedio. Están sudando tinta, sólo el Pistache mantiene el ritmo.

—Ya van a la mitad, hay que bajar de una vez, vamos —dice Asier apurado.

—Sí, vamos.

Rodean el templete casi arrastrándose para no ser vistos y descienden por la cara este del monumental edificio, todo lo rápido que pueden. El plan es hacer "mutis por el foro", alejarse de la pirámide, atravesar el llamado Grupo de las Mil Columnas, y llegar, tras unos metros de selva, a la carretera a Cancún donde tienen escondido un jeep. La cosa es hacerse lo locos confiando en que se maten entre ellos, que se aniquilen hasta imposibilitar su persecución. Nada más piden eso mientras corren bajo el sol de plomo que brilla espléndido elevándose sobre el horizonte. Las diagonales sombras de las columnas les permiten detenerse para, a resguardo, escuchar que empieza el tiroteo.

En lo alto de la pirámide los primeros en aparecer son los etarras, frescos como lechugas llegan a la plataforma, buscan a Asier. No hay nadie pero oyen los resoplidos y quejas de los sicarios subiendo, el Pistache pisa el último escalón con el revólver desenfundado. Los vasquitos reaccionan al verlo flanqueado por los gorilas con ametralladoras que ya casi logran llegar a arriba.

—Eneko, esto es una trampa.

—Mierda, Txomin, nos han jodido —dice el otro sacando una pistola.

—¿Dónde está Alisia? —el Pistache apunta su arma a uno y a otro. También sus acompañantes los apuntan.

—¿Quién? —Txomin pone cara de *what* y es su última cara.

—¿Quién cabrón? —displicente el Pistache le descerraja un tiro en el vientre. Su compañero retrocede hasta la escalinata abriendo fuego a diestra y siniestra sin apuntar. Un sicario caen sobre el pretil de la escalinata, su sangre mancha las piedras milenarias. Eneko baja unos escalones y los espera oculto, pegado a la pared de la pirámide y sin querer mirar hacia abajo. Sabe que su compañero está mal herido pero no puede hacer nada. Un gigantón con lentes de espejo asoma la cara y no tarda en recibir una bala. Eneko se levanta sobre el parapeto para ver y es el Pistache quien le dispara a bocajarro, el vasco cae hacia atrás con la cabeza reventada rodando por los escalones como un guiñapo, en el inter ha matado al Pistache que sangra sobre las losas del antiguo altar. El sicario sobreviviente se sienta en los escalones y mira hacia abajo, los turistas gritan horrorizados, corren de un lado para el otro, parecen muy lejanos, animalitos que corretean sin ton ni son. Quitándose los lentes, se extasía viendo el panorama de las ruinas a plena luz. Mientras, hilillos de sangre se derraman sobre la escalinata, resbalan hacia abajo saciando una sed de siglos. Mas de mil años después de la última sangre ofrecida en sacrificio la esencia de la vida vuelve a empapar la piedra sagrada, los cimientos gimen, tiemblan bajo tierra.

* * *

Junto al pizarrón Xiu se vuelve a sentir niño expuesto al escarnio público, aunque el salón está vacío la figura que encarna al maestro resulta más que suficiente para retrotraerlo a la infancia cruel, por incongruente y por terrorífica. El enorme, más en comparación con el diminuto Xiu, brujo, tiene agarrado por el cuello al pobre niño que en su regazo parece un bebé diminuto.

—Nos volvemos a encontrar. Y ahora, ¿qué espera? —pese a la condición de extremo peligro en que se encuentra Xiu se siente mordaz.

—Inspector Xiu, no se haga el chistoso, no le va, sus antepasados eran reyes antes de que llegaran los malditos españoles. ¿Se han olvidado ya los Xiu de su pasado glorioso?

Cómo explicarle que su sentido de la gloria pasa más por un pastel de zanahoria de su amada Aurora que por dinastías añejas, por no decir descompuestas, piensa Xiu.

—¿Qué es lo que quiere de mí? Ha podido escapar, ¿por qué no lo ha hecho? —son preguntas retóricas porque Xiu sabe que está ahí por algo y para algo.

—Yo debo sacrificarme… pero no por mi mano.

—Me parece muy bien, seguro que alguno de sus… discípulos, de los que tenía tantos en la caverna… puede hacerle el favor. Ahora deme al niño y haga lo que tenga que hacer.

—No, lo tiene que hacer usted, usted tiene que matarme para que pueda renacer con el sexto sol, el sol del eclipse total y definitivo.

—Y ¿tengo que ser yo a fuerzas?

—Debo dar mi vida en sacrificio, es el último paso para lograr el poder, para ser inmortal.

—¿Pero por qué yo? Cualquier policía con quien se cruce no tendrá reparo en volarle la cabeza, si eso es lo que quiere.

—Quiero que usted me sacrifique, si no lo hace ahora mismo mato al niño.

—¿Qué tengo que hacer?

—Sacarme el corazón con esto —de su espalda extrae el brujo el curvo cuchillo de pedernal que deja sobre la mesa del maestro con un sonoro golpe.

Xiu comprende por qué al país le va tan mal, por qué al mundo general le va de la patada. El mal sí está dispuesto a sacrificarse, mientras que el bien confunde la bondad con la inacción, la no violencia con la pérdida del instinto de sobrevivencia. Ay, si los mansos, si los buenos, los éticos, tomaran las riendas del poder, los jacobinos serían tiernas añas comparados con la nueva era de terror necesario.

Xiu se acerca y toma el cuchillo de piedra verdosa, lo sopesa, prueba su filo, después mira el amplio pecho lampiño del brujo, los pectorales aumentados por el ejercicio, ve su respiración que lo infla como un fuelle. "Está tranquilo", piensa, "qué fe más absoluta". También piensa: "Voy a tener que hacerlo".

* * *

Los dos están igual de concentrados en la cinta de asfalto que se despliega bajo las ruedas, y va quedando atrás. Asier maneja pero Alisia, aferrada al tablero, parece dirigir la maniobra. Todo es acelerar, pisar a fondo levantando una nube de polvo que parece querer encubrir su huida. Es el telón que cae tras su puesta en escena magistral. El estreno del *show* ha salido increíblemente bien, no saben los detalles pero se los imaginan. No pueden evitarlo, ninguno de los dos, y estallan al tiempo en carcajadas, tantas que tienen que detenerse y desahogarse a gusto. Con los ojos llorosos reanudan la marcha sin necesidad de intercambiar una sola palabra, todo está más que dicho, se impone un hacia adelante como meta única, y un juntos como condición *sine qua non*. Lo demás es lo de menos, respiran, en la medida en que los kilómetros los alejan de Chichén pueden relajarse por fin. Todo ha salido bien, sienten que el estar juntos les otorga un poder especial sobre el mundo, sobre la realidad, la intoxicación hormonal hace que compartan un sueño. Esa entelequia que es el amor los ha introducido en un viaje sin retorno en el que se creen exclusivos protagonistas, todos los demás son secundarios y han quedado fuera de la acción. Lo disfrutan, se relamen mientras atraviesan la espesura. Trazan planes mentales de viajes y placeres exóticos, de andaduras novedosas, se desbordan las posibilidades imaginativas, qué goce total sentirse libres de toda atadura. Alisia sale un segundo del ensimismamiento y lo mira, no se resiste a abrazarlo y besarlo en el cuello, él decide parar el vehículo antes que arriesgar la vida por un beso, frena y se entrega al abrazo, pero algo hace que mire por encima de su hombro, hacia atrás, una sombra. No es nada.

—Todo este tiempo nada más te he esperado —dice Asier.

Ella se incorpora y acerca sus labios susurrando:

—Pues ya estoy aquí.

Se besan, y los besos tienen un extraño sabor. Alisia se detiene.

—¿No escuchas algo…?

El sonido se hace perceptible para ambos.

—Vámonos, pero ya —Asier gira la llave pero el motor no enciende. Instintivamente mira por el retrovisor y se le hiela la sangre, no ve el paisaje disminuido en la lejanía sino una foto fija de una espalda, de una nuca, de su nuca, lo sabe. Mira a Alisia tratando de decir algo, ella está concentrada en la carretera, tiene una amplia sonrisa y no se entera de nada. Todo parece ralentizarse, abre la boca pero, como en un sueño, no le salen las palabras. El Jeep por fin arranca, a los pocos metros suena un disparo.

* * *

—Usted no es de aquí, quiero decir que no es maya, no, usted más parece del norte.

—Mi padre es apache, mi madre no… importa. Ya es hora, aquí está el lugar donde debe entrar el pedernal —el gigante señala su pecho descubierto, lo rasga con la uña trazando una cruz, con la otra mano sujeta del pescuezo al insignificante niño que ni replica.

Xiu apoya la punta del cuchillo de pedernal sobre la carne, el músculo se hunde bajo la presión. De improviso el brujo suelta al niño y toma a Xiu por el cuello, lo atrae hacia sí obligándolo a clavar cada vez más el cuchillo.

—Debo morir asesinado... y asesinando, debo asesinar a quien me asesina, entonces todo estará resuelto. El fin se vuelve principio, el principio se dilata hacia el todo, hacia la nada, somos por fin al desaparecer, yo seré del mundo y el mundo será mío, mátame porque voy a matarte y al morirme viviré.

Xiu quiere acabar con el asunto y es fácil, nada más debe hundir el chuchillo en su pecho, vengar de una vez a su hermano, el buen Marcelo, y matar a su asesino, pero no. Sabe que eso no soluciona nada, al contrario, sabe que tiene que no hacer, no actuar debe ser su actuación, resistencia pasiva en consonancia con su ética prístina de ateo y un sentido de la justicia juarista; Xiu parece blando por fuera, pero tiene un esqueleto moral a prueba de bombas. Puede sentir el aliento a cloaca del maldito de ojos inyectados y furia de coloso. Morirá si es necesario pero no lo va a matar, de todos modos no hace falta porque el sonido de un disparo a su espalda casi lo deja sordo y le quita de un golpe su coraza mental, se tira al piso soltando el arma de pedernal. El gigante indio se derrumba muerto con un agujero de escopeta a través del que se puede ver. Cae como un enorme árbol cortado, con un crujido primero y luego con estruendo. Xiu se levanta y mira el cuerpo derribado, luego, más tranquilo, encara a la figura tras la escopeta humeante. De inmediato lo reconoce.

—Gracias, muchas gracias…

—No me dé las gracias, compadre, lo hago por la recompensa.

—Ya es la segunda vez que me salva la vida, señor… Singlenton, si mal no recuerdo.

—Me encanta cuando en las películas llega el séptimo de caballería, taratatá… —hace el sonido del clarín dando la llamada de ataque.

* * *

Alisia sale del vehículo siniestrado sin mirar a Asier que está caído sobre el volante con un tiro en la nuca. Da unos pasos tambaleantes, aferrada, apoyada, casi de forma incomprensible, en su bolso. No llora, siente un vértigo profundo, se mueve despacio, se concentra en la respiración bloqueando cualquier pensamiento. Recupera el equilibrio sobre los finos tacones y enfila la carretera, delante de ella desciende un helicóptero. Alisia se agacha y tapa la cara con el brazo libre. Entre la polvareda, el aparato aterriza sobre el pavimento y alguien desciende, cuando la nube de fina arena se disipa una sombra empieza a recortarse. El helicóptero se eleva entonces con estruendo y más polvo. Ella da un paso hacia atrás con tan mala suerte que se le rompe un tacón, casi se cae, se agacha para quitarse el zapato y tocarse el tobillo torcido. Ya no hay más remedio que encarar la negra figura que se aproxima, está muy cerca. Trae un rifle de precisión con mira telescópica. Ahora lo ve, es Manuel, don Manolo en persona, tan elegante como siempre con su traje de lino gris. La apunta con el rifle a la cadera, desganado, corta cartucho.

—No puedes matarme. Además…

—Además ¿qué? ¡Perra traidora! —don Manolo trata de gritar pero no le sale la voz, y contiene como puede las lágrimas que reconocen esa gran verdad.

—Tengo aquí dentro —de rodillas pone las palmas de las manos sobre su abdomen como si éste estuviera crecido— un hijo tuyo, Manuel, vas a tener un hijo.

Él se queda mudo, tieso, es la boca lo primero que afloja, las lágrimas se detienen, deja caer los brazos, el rifle golpea el asfalto. La mira, transfigurado, como si hubiera visto a la virgen. La mira y la mira, camina hacia ella sin dejar de mirarla a los ojos, arrobado, es curioso que no duda ni por un segundo de su paternidad. Se pone de rodillas frente a ella, le abraza las piernas.

—Te perdono todo, Alisia.

—Yo también te perdono todo, ahora.

Suena un disparo, Manuel se encoge y cae de lado, víctima de un estertor, patalea un poco y muere escupiendo sangre. Alisia está de rodillas conteniendo la respiración, tiene la mano metida en el bolso que echa humo por un pequeño y negro agujero. Se levanta y cojeando enfila sobre la mediana, se detiene un momento para quitarse el otro zapato y tirarlo a la cuneta. Estira su falda y sigue caminando, se aleja lo más rápido que puede, sabe que el helicóptero no tardará en regresar. Ella tendrá que esconderse durante horas en los arbustos antes de poder volver al camino.

Epílogo

A poco trecho de la costa se hallaron en el templo de aquel
ídolo tan venerado, fábrica de piedra, en forma cuadrada, y
de no despreciable arquitectura. Era el ídolo de figura hu-
mana; pero de horrible aspecto y espantosa fiereza, en que se
dejaba conocer la semejanza de su original. Obsérvase esta
misma circunstancia en todos los ídolos que adoraba aquella
gentilidad, diferentes en la hechura y en la significación, pero
conformes en lo feo y lo abominable: o acertasen aquellos bár-
baros en lo que fingían; o fuese que el demonio se les aparecía
como es, y dejaba en su imaginación aquellas especies: con que
sería primorosa imitación del artífice la fealdad del simulacro.

(Antonio de Solís, *De cómo inicia Cortés la conquista de México*,
Historiadores de Indias. Ed. Cumbre, EE.UU., 1979)

Xiu sabe que ha cambiado, que es otro, por lo ocurrido o por cómo ocurrió, siente un cosquilleo extraño, como de estirpe, como si sus ancestros pudieran sentirse ya ahora orgullosos de él, porque ha hecho lo debido, sin dudarlo, para bien o para mal, lo correcto que no es otra cosa que lo que uno puede ser y hacer desde uno mismo, sin más ni menos, sin poses ni puestas en escena, sin convenciones más que la de sobrellevar la vida, esta existencia que a veces es una corte de los milagros y otras lo más profundo, y oscuro, de una mina de plomo. En la aventura ha muerto su hermano y casi muere él mismo. Y ahora que ha vuelto de enfrentarse con la catástrofe de lo extraordinario se encuentra algo casi peor, con un país en guerra civil soterrada, dirimiendo a balazos asuntos que ya deberían estar en las mesas de discusión, en el debate político. Qué deprimente, leer los periódicos es un asco en este país, el único país en el mundo en el que un presidente electo se da a sí mismo un golpe de estado, tomándose atribuciones de dictador provisional. La población ha reaccionado tarde y mal, siendo descabezada en los primeros días del autogolpe, no ha sabido recomponerse ni ofrecer la mínima resistencia, se resigna al terror, al horror paralizante, a la persignación y el tragar saliva, al mirar a otra parte y encomendarse a la virgencita. Esperaban el fin del mundo pero sólo ha llegado el recrudecimiento de la masacre habitual. Seguro nos alcanzará la destrucción cuando nos olvidemos del apocalipsis, cuando sea insospechado, no antes. Pero no se trata del fin del mundo ahora, para qué andarse con tonterías, nada más vamos a la deriva.

Ya es hora de jubilarse, nunca ha sido tan hora de jubilarse, piensa Xiu cerrando el periódico, uno de los muchos que tiene abiertos sobre la mesa. Parece como si la humanidad tuviera un inevitable deseo de autodestrucción, un anhelo puritano de pagar los pecados cometidos, una necesidad imperiosa de purgar el sistema, la convicción última de que nada puede cambiarse si no hay una destrucción completa de lo anterior, aunque sea para una involución, pero ya es demasiado tarde...

Xiu se dispone a escribir su carta de renuncia sin más dilación cuando tocan a la puerta y entran. No es otro que el perito, como siempre avasallador.

—Aquí estos señores del departamento de estado de los *united* que quieren verlo.

Rodeándolo entran dos corpulentos, por no decir obesos, agentes con aspecto de viajante y trajes baratos. El más chaparro lleva un sombrerito negro, el más alto la cabeza afeitada, ambos sudan por igual.

—Perdone la intromisión doctor Xiu... —el agente del sombrero habla con acento chicano.

—Licenciado Xiu por favor...

—Licenciado Xiu —el agente alto toma la palabra y muestra una fotografía—. ¿Conoce a este hombre?

Xiu toma la foto y la examina, en la imagen aparece Tom, Thomas Elroy Singlenton, con uniforme de paracaidista.

—No, ¿quién es? —responde.

—Licenciado Xiu ¿sabe algo de la plataforma petrolera Quelonio? —el agente bajito interviene.

—He leído que hubo un accidente, ¿no?

—No importa... ¿Está seguro de que no lo ha visto nunca? —el agente alto insiste con la fotografía.

—No que yo recuerde... ¿Por qué lo buscan?

—Eso no importa, muchas gracias —dice el más bajo.

—Muchas gracias —dice también el alto, y los dos salen como una exhalación.

—¿No hay muchos agentes gringos por aquí últimamente, doctor... Feelgood?

—Ya no va a poder seguir con sus bromas licenciado, la universidad del estado está proponiéndolo para un doctorado *honoris causa*.

—No creo que ocurra...

—También lo van a ascender a jefe de la policía del estado, licenciado.

—Eso, menos... Pero bueno, déjeme trabajar un rato, mi estimado... colega.

El perito sale y Xiu cierra la puerta tras él con cerrojo. Se dirige al pequeño balcón que da a la parte de atrás del edificio, corre las cortinas y abre la puerta, da unos pasos para atrás para dejar entrar a Tom.

—Agradezco su discreción Xiu, ¿o debo decir doctor Xiu?

—Dejemos las bromas, le debo eso y más, pero usted me debe cuando menos una explicación.

—Las explicaciones están a la baja últimamente, nadie quiere saber nada, sólo le diré que mi gobierno es esquizofrénico, a veces se rebela contra los que de verdad mandan, pero en seguida vuelve a redil, no se preocupe...

—¿Para quién trabaja entonces amigo Tom?

—Para quién hace bien las cosas y no necesita que lo elijan. Ahora tengo un negocio en el norte de África.

—Ya…, es mejor que salga por la puerta de atrás.

—Quería darle esto, no sé por qué. Me cae usted retebién, pero no es por eso…

—¿Entonces amigo Tom?

—A veces uno se harta de tanto secretito. Cuando lo haya visto me habla por favor, ahí está anotado el número, voy a estar por aquí un par de días —Tom le entrega un disco compacto en un estuche transparente y se escurre fuera con la misma discreción con la que entró, sin llamar la atención de nadie.

"Cosa de espías", piensa Xiu.

* * *

Ha seguido caminando hasta que unos turistas con un carro rentado la han recogido pensando que hacía autostop, van camino a Cancún, a ella le da igual. No dice una sola palabra, hace gestos de que no habla inglés, la dejan en paz, todavía está en shock. Arrellanada en el asiento trasero mira el follaje, de un verde claro que empieza a secarse, cómo se difumina con la velocidad creciente del vehículo. Asier ya no saldrá de las selvas del Yucatán, allí se va a quedar, solito. Ella sí, ella está por llegar a la playa, ella se ha salvado. Sólo espera eso, ver el lienzo azul turquesa y la espuma blanca, para empezar a llorar y a morir, ahogada en sus lágrimas con el beneplácito del océano.

Horas después está ante la masa líquida que se pierde en el horizonte, sola y despojada de todo. Ni siquiera es capaz de procesar lo ocurrido, el mar embarga su mirada y se posesiona de sus pensamientos funestos. El mar de todos los mares tiene por lo menos cuatro mil millones de años mientras que nuestra historia documentada, la historia de la civilización humana, no mucho más de cinco mil. Somos, toda la humanidad, su historia y sus obras, sus batallas e imprentas, sus dictadores y mesías, justamente eso, una olita en una playa lejana, una ola desvaída que ya desapareció, sin testigos casi seguro. El mar estaba vivo mucho antes que la tierra. Y de lo que vivía en sus profundidades no han quedado muchos restos, de cientos de seres extraordinarios no hay ningún vestigio fósil. No podemos imaginar la cantidad de bichos diversos que habitaron alguna vez las aguas de la Tierra. Especies semihumanas tal vez, seres anfibios, monstruos marinos, lamias de agua salada, krakens y calamares gigantes que sin haberlos conocido todavía pueblan las pesadillas de los hombres. Por no hablar de civilizaciones completas tragadas por el mar, como la isla de la Antártida o el continente de Mu...

Cuantas tonterías puede pensar uno mientras camina sobre la fría arena de la playa. Es como si purgara los archivos, como si desfragmentara el disco duro, generando espacio, eliminando lo innecesario, casi todo. Alisia, descalza, vestida con una túnica desgarrada y con el pelo suelto sonríe levemente al sentir el final de la ola romper en sus pies. Está sola, otra vez, como siempre, o más sola que nunca, o tan sola como cualquiera. Asier ha muerto, el amor está muerto, y ella está viva. El diáfano tono turquesa invade su retina, se expande en su mente, decide fundirse con él, avanza contra las suaves olas que cubren sus rodillas, su cintura, su pecho, ya está flotando, sumerge la cabeza lista para abandonarse al vaivén de las profundidades. Entonces lo oye, un grito lejano que la nombra, una voz conocida, alguien la busca.

—Señorita Alisia, señorita Alisia...

Una ola demasiado alta e imprevista la saca a la superficie empujándola hacia la orilla donde la espera Oscar, la mano derecha de Manuel, con su traje impecable y sus zapatos italianos que teme mojar. Hace señas de que se acerque evitando tocar el agua.

—Señorita Alisia, venga usted para acá, tenemos que hablar, no se preocupe, todo está bien, no voy a hacerle nada, se lo juro señorita —el tono es cordial, hasta simpático, imposible de fingir.

—¿Qué es lo que quiere Oscar? ¿No sabe usted que Manuel está muerto? —trata de mantenerse a prudente distancia pero las olas le pegan en la cintura impulsándola sin remedio hacia él.

—Claro que lo sé señorita, pero ahora yo llevo el negocio...

Alisia cae de rodillas sobre la orilla, se apoya en los brazos y estira el cuello.

—No me llame señorita, puta madre.

—Alisia, venga por favor —tiende su mano acercándose a la orilla entre olas.

Ella sale del agua, el sencillo vestido empapado muestra su soberbia anatomía chorreante. Oscar se queda boquiabierto mientras la conduce de la mano hasta la arena seca, caminan lentamente por la orilla, a cierta distancia los vigilan varios guardaespaldas ataviados con ropa deportiva de marca.

—Entonces usted está al mando ahora, espero que no tengamos pendientes.

—Sólo algunos asuntitos de seguridad.

—Yo no sé nada de nada, ni pienso hablar con nadie de nada, en realidad no me interesa nada, nada…

—Confiamos en usted señorita… perdón.

—No importa.

—Nada más le pido que salga del país… cuanto antes.

—Oscar, lo he perdido todo.

—Aquí tiene un pasaporte, y este dinero a cuenta de una futura liquidación.

—Liquidación, entonces no me van a "liquidar" —Alisia no puede evitar sonreír con sorna.

—Alisia, escúcheme por favor, yo me acuerdo mucho de su papá… Esto lo hago por él, por don Ásun que era un genio de este negocio. Ésos sí fueron buenos tiempos y no esta porquería…

Alisia lo mira como viéndolo por primera vez, como si para ella hubiera sido hasta ahora poco más que una sombra que adquiere de repente tridimensionalidad humana.

—Oscar, creo que mi papá estaría muy orgulloso de usted.

—Gracias… Alisia. Es mejor que se vaya, pronto va a empezar la guerra.

—La guerra, ¿qué guerra?

—Contra los gringos invasores.

—¿Qué?

—¿No lo sabe?, vamos a recuperar lo que nos quitaron.

—¿Lo que nos quitaron?

* * *

El disco contiene la segunda parte de una grabación interrumpida, la continuación de un video que compartió con su hermano en la odisea que lo condujo a la muerte. Lo pone en pausa, se quita los lentes y se frota los ojos. Xiu está en casa, encerrado en el minúsculo estudio. Apenas es mediodía, las niñas todavía no regresan del colegio y Aurora está atareada en la cocina, una cerveza se escarcha sobre la repisa del escritorio de persiana lleno de cajoncitos. Vuelve a poner el cursor en *play* y oprime la tecla. Desde la cámara del submarino robot, el Independencia II, de la expedición organizada por el Instituto de Geofísica de la Universidad Estatal, se ve la profundidad marina y extrañas siluetas de lo que parecen edificios. Se oye en *off* la voz de la doctora María Eugenia Holowitz, directora del proyecto de exploración del cráter de Chixulub, comentando la inmersión en lo que parecen las ruinas megalíticas de una ciudad ciclópea, inabarcable con la mirada. Sólo se vislumbran, en pequeños detalles, unos monstruosos escalones, un umbral imposible para la naturaleza, un muro digno de King Kong. En la medida en que el submarino robot se hunde más y más los detalles se multiplican: una enorme terraza rodeada por un muro, ventanas de dimensiones colosales, el agujero de un pozo...

—Estamos asombrados ante lo que parecen ser las ruinas de una ciudad hundida hace miles de años, o decenas de miles, o cientos de miles, cómo saberlo. La roca sobre la que está labrada es tan dura que no nos permite tomar muestras. Esperamos llegar al fondo y poder recolectar algún fragmento desprendido... ¿Doctor, oye eso?

La improvisada locutora guarda silencio para dejar que el audio sea invadido por un sonido de percusión, rítmico, como tambores en la profundidad, tambores que se acercan. Aunque parezca imposible se escucha algo aproximándose, algo que hace ruido y que marca su presencia alterando los aparatos eléctricos, la imagen parpadea, se congela, avanza a trompicones, sigue.

—Se acerca algo enorme, casi se puede sentir desde aquí arriba —dice la voz en *off* de la doctora Holowitz—. Oh, *God*, esa luz, ¿qué es esa luz…?

Aparece en la pantalla la doctora con las pupilas dilatadas, está confundida, mira fuera de cuadro interrogante.

—Hemos perdido la señal —otra voz gutural se sobrepone a la de ella.

—Se acerca una tormenta.

Se oye también el estallido de los truenos, tremendos rayos iluminan la cabina del barco con espectral frialdad. La doctora sobrecogida se lleva la mano a la boca. La imagen desaparece como si la hubiera tragado una ola.

Xiu se queda pensativo, no pueden ser ciertas las zarandajas en las que creía su hermano, una civilización prehumana, que vivió en el planeta hace millones de años y que tal vez ha decidido regresar, o que dejó algo atrás que quieren recuperar, o que hay algo dormido que pugna por despertar, ¡qué barbaridad! Esa luz atisbada en el fondo del lecho marino ¿es acaso la encarnación del mal que viene por ellos? ¿Es, ahora sí, el apocalipsis tan cacareado que por fin cumple su cita con el destino de la humanidad? No, nada de esto tiene sentido, aquí hay gato encerrado. Lee la tarjeta adherida a la funda del disco y marca un teléfono.

—¿Tom?

—Amigo Xiu, ya lo vio.

—Y ¿qué significa todo esto? Creí que usted era un hombre pragmático y racional.

—Por eso le dije que me llamara, yo sé lo que es la luz y el sonido de tambores.

—No me diga.

—Licenciado Xiu es el ruido de un motor y la luz de un... submarino.

"Claro", se dice Xiu, triunfante en su escepticismo general, aunque repite:

—¿Un submarino?

—Sí, mi amigo, un batiscafo, para ser exactos.

—Y ese batiscafo ¿de quién es?

—No sea tan curioso amigo Xiu, le digo lo que puedo.

—¿Tiene algo que ver con la plataforma Quelonio?

—...

—Y de los edificios gigantes, ¿qué me dice?

—Caprichos geológicos o quién sabe, compadre.

—Supongo que no nos volveremos a ver, Tom.

—Supone bien, Xiu, supone bien.

Tom cuelga el teléfono. Xiu mira la torre de cuadernos azules de su hermano, mueve la cabeza con expresión de lástima. Una conclusión de todo esto podría ser, como ya se temía Xiu, que no hay misterio más que el que inventamos a cada instante para poder sobrevivir en la maldita realidad. O tal vez lo contrario, que los misterios son tan profundos y enredados que se ocultan bajo mentiras que algún día resultarán verdades.

* * *

De Alisia se han dicho muchas cosas desde su desaparición, que sigue viviendo en México pero que se cambió de nombre y trabaja en un museo como anónima restauradora; también que tiene una galería en Moscú y que con gran éxito expande hacia China su propuesta de arte autóctono moderno. Otros aseguran que se hizo cirugía plástica y regresó con Oscar a comandar el cartel, que tuvo mucho que ver con la llamada Glorificación de los Sicarios, y que sigue ahí, negociando con el gobierno, que ya se eterniza, la legalización de las drogas. Hay quien afirma en cambio que se suicidó poco después de los hechos. Dicen que es, alternativamente, una solterona aburrida, una libertina aficionada a los jovencitos, un ama de casa con hijos pequeños, una maestra en un pueblito de Chiapas...

Lo único que es seguro es que mandó robar de la morgue del estado de Quintana Roo, el cadáver de Asier, lo hizo incinerar y conservó las cenizas. El destino de éstas sólo puede ser, como todo lo demás más allá de la historia contada, puramente especulativo. Los arroje al Caribe turquesa o a la verduzca ría de Bilbao da igual, el tiempo de la aventura llegó a su final.

* * *

—Ya vente a comer, Chava.

—Si apenas son las doce Aurorita, acabo de desayunar.

—Has estado comiendo muy mal estos días. Esto es un *brunch*, como en los hoteles caros, vamos, deja esos periódicos y lávate las manos.

Obedece, el amor que siente por ella lo subyuga, pero el olor es como soltar un vampiro en un banco de sangre. Al llegar a la sala el televisor le escupe la noticia:

—"Los chatarreros marinos —dice el locutor con la habitual estridencia—, una filial de Halliburton que se dedica a rescatar barcos y estructuras dañadas en alta mar, encontraron esta mañana un batiscafo a la deriva a doscientas millas náuticas al este de cabo Catoche —en la imagen se aprecia cómo levantan el batiscafo chorreante con una grúa, tiene forma de torpedo y un gran fanal en el morro, para la luz...—. Las autoridades pensaron en primera instancia que se trataba de algún ingenio del narcotráfico pero no han encontrado ni drogas ni armas en su interior, nada más los cuerpos de dos personas que no han podido ser identificadas. Todo apunta a que se trata de una expedición científica pero ninguna institución nacional o internacional ha reclamado los cadáveres o la nave".

Xiu está boquiabierto. ¿Podrá ser que todas las piezas acaben acomodándose? No, claro que no.

—"En otro orden de ideas, se reportan tiroteos en la frontera norte entre la *Border Patrol* y bandas de narcotraficantes fuertemente armados que han incursionado en territorio norteamericano —en la pantalla aparecen escenas de personas corriendo entre el humo y las alambradas, suenan claramente disparos, pero no se ve nada claro—. Según fuentes no oficiales, la Guardia Nacional estadounidense se ha rendido sin ofrecer resistencia en El Paso y en Nogales, nuestro reportero en..."

"Pero ¿qué se está armando ahora?", piensa Xiu, pero alguien —benditas interrupciones— apaga el televisor. Es Aurora que en jarras le conmina a sentarse a la mesa, su cerebro se despereza al dilatarse las fosas nasales. Mientras ésos sean sus tormentos.

Femenino Criminal

Josu Iturbe

¿Cuál es tu circunstancia límite?

Ocho cuentos ilustrados por el autor

SUMA

¿A qué extremos podemos llegar motivados por la pasión, el rencor, el amor, la soledad o la furia? ¿Qué nos conduce a tomar decisiones radicales que ni siquiera podemos imaginar y que nos transforman para siempre?

El presente volumen reúne ocho narraciones breves acerca de mujeres que renuncian al orden aparente de sus vidas y cruzan una línea frágil a la cual es imposible renunciar. Con una mirada cruda y violenta, pero a la vez humana y comprensiva, el autor logra retratar personajes que se encuentran en medio de circunstancias adversas e inesperadas.

Gracias a su estilo que atrapa, Josu Iturbe nos hace reflexionar acerca de los momentos que pueden arrastrarnos más allá de nuestros límites. Cada una de las narraciones se complementa con dibujos que él mismo creó para ilustrar estas historias sorprendentes.

El escenario: La República Urbana, que vive bajo el más riguroso control político. Un mundo en el que nada más el arte ofrece resistencia y donde los creadores han hecho del terrorismo su obra máxima. Una ciudad perfecta y ordenada, como una maravillosa primavera generada artificialmente y… a punto de estallar.

El suceso: El famoso provocador y crítico de arte Gregorio Malatesta muere en extrañas circunstancias. Al inicio, parece sólo un peculiar suicidio, digno del estrafalario personaje, pero hay quienes dudan si se trata de un crimen o un acto de terrorismo artístico.

Los personajes: Kurtz, uno de sus aventajados discípulos se dispone a investigar el paradójico fin del último intelectual subversivo, para lo cual busca a Randy, un antiguo compañero de la universidad, a quien no veía desde hace varios años. Sin embargo, Kurtz recibe amenazas anónimas y extrañas ofertas económicas con tal de que abandone sus investigaciones.

Una novela de aventuras, con elementos de ciencia ficción y el brillante suspenso de la narrativa policiaca, que no deja respiro alguno al lector. Acción envolvente y misterios que se desvelan tras cada página.

Suma de Letras es un sello editorial de Prisa Ediciones
www.sumadeletras.com/mx

Argentina
Avda. Leandro N. Alem, 720
C 1001 AAP Buenos Aires
Tel. (54 114) 119 50 00
Fax (54 114) 912 74 40

Bolivia
Calacoto, calle 13, 8078
La Paz
Tel. (591 2) 279 22 78
Fax (591 2) 277 10 56

Chile
Dr. Aníbal Ariztía, 1444
Providencia
Santiago de Chile
Tel. (56 2) 384 30 00
Fax (56 2) 384 30 60

Colombia
Carrera 11 A, n.º 98-50. Oficina 501
Bogotá. Colombia
Tel. (57 1) 705 77 77
Fax (57 1) 236 93 82

Costa Rica
La Uruca
Del Edificio de Aviación Civil 200 m al Oeste
San José de Costa Rica
Tel. (506) 22 20 42 42 y 25 20 05 05
Fax (506) 22 20 13 20

Ecuador
Avda. Eloy Alfaro, 33-3470 y Avda. 6 de
Diciembre
Quito
Tel. (593 2) 244 66 56 y 244 21 54
Fax (593 2) 244 87 91

El Salvador
Siemens, 51
Zona Industrial Santa Elena
Antiguo Cuscatlan – La Libertad
Tel. (503) 2 505 89 y 2 289 89 20
Fax (503) 2 278 60 66

España
Torrelaguna, 60
28043 Madrid
Tel. (34 91) 744 90 60
Fax (34 91) 744 92 24

Estados Unidos
2023 N.W 84th Avenue
Doral, FL 33122
Tel. (1 305) 591 95 22 y 591 22 32
Fax (1 305) 591 74 73

Guatemala
26 Avda. 2-20
Zona 14
Guatemala C.A.
Tel. (502) 24 29 43 00
Fax (502) 24 29 43 03

Honduras
Colonia Tepeyac Contigua a Banco Cuscatlan
Boulevard Juan Pablo, frente al Templo
Adventista 7º Día, Casa 1626
Tegucigalpa
Tel. (504) 239 98 84

México
Avda. Río Mixcoac, 274
Colonia Acacias
03240 Benito Juárez
México D.F.
Tel. (52 5) 554 20 75 30
Fax (52 5) 556 01 10 67

Panamá
Vía Transísmica, Urb. Industrial Orillac,
Calle Segunda, local 9
Ciudad de Panamá
Tel. (507) 261 29 95

Paraguay
Avda. Venezuela, 276,
entre Mariscal López y España
Asunción
Tel./fax (595 21) 213 294 y 214 983

Perú
Avda. Primavera, 2160
Surco
Lima 33
Tel. (51 1) 313 40 00
Fax. (51 1) 313 40 01

Puerto Rico
Avda. Roosevelt, 1506
Guaynabo 00968
Puerto Rico
Tel. (1 787) 781 98 00
Fax (1 787) 782 61 49

República Dominicana
Juan Sánchez Ramírez, 9
Gazcue
Santo Domingo R.D.
Tel. (1809) 682 13 82 y 221 08 70
Fax (1809) 689 10 22

Uruguay
Juan Manuel Blanes, 1132
11200 Montevideo
Tel. (598 2) 402 73 42 y 402 72 71
Fax (598 2) 401 51 86

Venezuela
Avda. Rómulo Gallegos
Edificio Zulia, 1º – Sector Monte Cristo
Boleita Norte
Caracas
Tel. (58 212) 235 30 33
Fax (58 212) 239 10 51

Esta obra se terminó de imprimir en enero de 2012
en los talleres de Litográfica Ingramex, S.A. de C.V.
Centeno 162-1, Col. Granjas Esmeralda,
C.P. 09810 México, D.F.